中國女性文學獎得主

曹明霞 著

# 黑土地上的兒女

# 「貓空—中國當代文學典藏叢書」出版緣起

當代中國從不欠缺動盪的驚奇故事，卻少有靈魂拷問的創作自由。從禁錮之地到開放花園，透過自由書寫，中國作家直視自我，探索環境的遽變，以金石文字碰撞出琅琅聲響，讓讀者得以深度閱讀中國當代文學的歸向。

秀威資訊自創立以來，一直鼓勵大家「寫自己的故事，唱自己的歌，出版自己的書」，主張「不論任何人、在任何地方、於任何時間」都可以享有沒有恐懼的創作自由，這正是我們要揭櫫的現代生活根本，也是自由寫作的具體實踐。

期待藉此叢書，開拓當代中國文學的視野版圖，吸引更多中國作家投入寫作，讓自由世界以華文書寫的創作，中國作家的精采故事不再缺席。

「貓空—典藏叢書」編輯部

二〇二二年九月

臺灣版自序／

# 這個世界會好嗎？

曹明霞

很小的時候，鄰居華家男人鷹鼻深目，嗜酒。酒後不是掂菜刀就是拎斧頭，要劈女人。記憶中他家男孩光著腳衝進我家，有時是早晨有時是半夜，冰天雪地，嗓音沙啞劈裂：「我爸要殺我媽了！」——那份驚恐，也一次次嚇裂了我的心臟。長大後極怕驚嚇，極度膽小，應是那時養成的。

有一天，大家還沒吃晚飯，街上傳來呼叫——他媽媽在前面跑，他爸拎著劈柴的大斧後面追。一街人都跑出來看，拉架，勸說，那男人見女人加速了，竟輪圓胳膊投標槍一樣把斧頭擲了出去，好在沒剁著人。再後來的有一天，中午放學時光，他母親服劇毒倒在自家院落，回家的大女兒當場就疼瘋了。

還有一夏姓鄰舍，那男人也奇特，他家上有老母，下面兒女成群，男人只是一普通工人，可他們家一年四季有雞有魚，肉食飄香。幾個女兒花枝招展，老爹老娘冬天皮襖夏天絲綢，他自己也吃成了那個年代少有的胖子。他家是哪來的錢呢？人們納悶兒。

後來知道全憑一張嘴，和腦絡。他會幫A求B，告訴C自己朝裡有人，北京的什麼親戚在做大官。在他的斡旋下，有的人當了兵，有的人轉了正，還有人在北京瞧病住上了院。都是一些難辦的事兒。他的老爹老娘死後還成功埋進那個著名的八寶山。

也有辦不成，露餡兒時。他就東躲西藏，扎花頭巾扮女人逃掉，躲不及時直接跳進豬圈……那時人們管這種行為叫騙子，很痛恨。沒幾年，此方法盛行，且到高層，人們開始豔羨、承認這是一種能耐了。

我曾慶幸沒有生在華家，渴望夏家。

投胎這事兒不由己，沒有人不想過好的生活。可有人一出生就是「羅馬」，而有的人卻終生要當騾馬。回首前塵，半生惴惴，惶恐多憂是常態，而快樂像日子裡的鹽。是文學，她搭救性命般，拯救了我。遼闊的閱讀和寫作，讓我沉重的身心有了片刻的輕逸，舒展，自由。也有了一片扎實的大地。

年輕時嚮往樂土，中原一居三十年，見識了北方男人殺伐用斧頭，這裡的人屠宰不用刀。土壤和收成的關係，讓我持久陷入憂傷，那是一種身在泥淖，有力使不上的絕望。

寫此篇自序時，窗外，正秋陽燦爛，馬路上卻闃無一人——生活跌進了魔幻大片樣的戲劇，這麼好的陽光，只有幾個「大白」和「紅箍」可享，其他人不許下樓。「特殊時期」，手機被迫加入了許多群，群裡見識了許多平時沒有機會打交道的人。一個短視頻，一年輕男子正崩潰般的自搧耳光，左手狠抽左臉，右手猛打右邊。下面是一片呲牙的笑臉，還有人說講究，打掉了口罩還不忘戴上——同胞遭難動物尚且兔死狐悲，這些，還是人類嗎？

有人在罵染冠者是「走地雞」，怪她到處走。這些人對每天免費的捅測幾乎是興高采烈，按著大喇叭的吆喝排長龍，一個一個，毫無挂礙、也毫無心理障礙地張大了嘴，伸上去——魯迅筆下那些麻木的人，他們冷血的子子孫孫，一直活到今天。

還看到一則消息，海那邊那個女作家，她的書不許看不許賣了。而此時，這套書還在編印中，允許賣允許有人閱讀。有一點點慶幸，也有一絲絲羞恥。

這個世界會好嗎？

業餘寫作幾十年，創作過很多種文體，其中最愛的，還是小說。為之嘔心瀝血。那些書中的人物，曾陪我度過許多歲月。文學之於我，是生命的撐持和苟延，她幾乎宗教般，撫慰著我的精神和情感。二〇一五年冬，有幸受秀威之邀，去海那邊走了走，看一看。曾與一出版界令人尊敬的老先生會面，他本身也是很優秀的作家，出版了很多自己和同行的好書。當時，他把一本書平攤開來，放在桌面，中間的書頁柔軟而有韌性，絲綢一樣順滑。老先生慨嘆多媒體對紙介的衝擊，那份敬惜，珍愛，至今讓我難忘。他說文學也是他的宗教。

汽車終止了馬車，是人類的進步。但汽車是要有剎車的，沒有剎車的狂奔是可怕的。拙作文叢，自知是巨浪中的一滴水，一塵沙，讀者有限，稿酬也不可觀。但我心中，還是懷有一份夢想，一份羞澀的，可能會被人嘲笑的希望夢想：未來有一天，某書店翩翩走進一個人，或兩個，他們是關錦鵬李安以及那些熱愛藝術的行家，這套蘊藉著我生命的悲喜之書恰巧與他們相遇，一閱還很會心，嘿，這部小說我要改編她！

——多麼美好！

最近新開頭了一個小說，開篇用了東亞諺語：「河水高漲時，魚吃腐蟲；河水乾涸，腐蟲吃魚」。一個人一生的幸與不幸，與時代的漲落有關，也與自身角色相涉。生在華家好還是夏家妙？端看自身所處的網格。華家那個持斧頭的爹，他掌管著全家人的命運，生殺大權，對他來說，全是好日子。而夏家呢，那些兒女們，老爹們，則顯得幸運。

金魚是需要一泓清水的，蛆蟲熱愛腐灘。當滿天下都是一口大爛泥塘時，那泥鰍這個品種，它一定活得最歡。

網上又在流傳一張圖片，「這個世界會好嗎？」——有人把原來的答案「會的」劃掉，改成了「等通知」。

抬頭看窗外，整整封閉一星期了。群裡大家都在問：什麼時候可以解封呢？什麼時候可以下樓？明天允許大家出門去自己買菜嗎？孩子能不能上學？

還有問俄烏炮火的，問怎麼才能出門治病？去奔喪行不行？

管事的一律回答：不知道，等通知！

所有人的生活，在等通知。

身心疲憊。我關掉電腦再次來到窗前，窗外，秋陽已涼，寒意許許。如果此時可以去戶外走一走，該多好啊！可是不能，暫時不被允許。明天，明天可以嗎？我問蒼天，蒼穹巨石般沉默。

里爾克說：「我們必須全力以赴，同時，又不抱持任何希望。」

只能如此。

感謝敏如，感謝人玉，感謝秀威，也謝謝和這套書相遇的讀者。

——明霞於二〇二二年九月，河北

# 序／煙囪與呼蘭之間

顏敏如

文藝書寫容易從己身出發，記憶永遠是敘述著作上好的方便素材。以當今叨絮過往，事件與人物是堅實的、膚近的，時與空的乖隔，讓回憶的過程與手續得以上彩黑白褪色的經驗，也能夠在刺枝裡剪出玫瑰。然而，小說非自傳，故事中的「我」不必要是作者本人，正如同，「妳」或「他」可以輕易是百分之四十七點三五的作者自身一般。

曹明霞的《黑土地上的兒女》便是這麼樣的一部小說。她不僅採用了一般書寫回憶慣用的時空跳接手法，也以不同人物為敘述主體，牽帶出和這些人有關的周遭實體、社會理念，以及地方習俗與迷信，也因此，對於同一時間裡的相異空間，或同一空間中不同時間的著墨配置，必定無法避免地有所重覆。然而，明霞卻能機巧地避開無謂，她在即將重疊之處便已煞住，把「不說」的部份，留待在其他章節開展。而那「煞筆」一定點並不顯得突兀，讀者以為此即終結，不料在他處竟然終結復生，不但復生，敘述更往細裡去。就像是一旦舞台背景拖拉到觀眾跟前，所有的材質、紋路與中介色彩就要逼人靜靜審視。原本的陪襯人物一旦成了要角，哪怕是臉上皺折也不給遁形。這種柳暗花明的銜接手法，非有書寫前的縝密佈局與計劃不能成就。

四代人，一個世紀的世事變遷是驚人的，也是令人神傷或欣喜的。書中主述的家庭人物從貧困到小康，甚至富裕，其中的款款周折，因國家社會大環境變遷而影響小人物生活所呈現出來的自然與突兀，也出現在明霞的書寫語言本身。在她極具地方色彩，約半個世紀前，甚或現在，中國東北特有的語辭、語境中，有時會跳躍出極現代的政治、經濟字眼。從這個角度出發，明霞是站在一個遠距離的情境裡，冷酷鳥瞰可以讓人體會溫熱、聽到潑辣、摸到粗劣、聞到怪異、看到蒼涼的過往。明霞手握一根灰色大棒，毫不遲疑地驅趕人氣喘噓噓地跟著她的人物奔跑、叫喊、翻騰。

「多年後，當我離開家鄉到處流浪，身心疲憊的時候，靜躺下來，就特別想念那曾經的呼蘭河，河西那株百年老樹。……當我再回來河邊憑弔的時候，呼蘭河水已經變得像個衰老的醜婦……遠方那株古樹，也衰朽成了一個老頭……一河一樹，它們更像一對年老的夫妻，相伴在天地。」這段告白令人想起俄國小說家蕭洛霍夫（Michail Sholokhov）的代表作《靜靜的頓河》（And Quiet Flows the Don）。頓河發源於莫斯科東南一百五十公里處，全長近兩千公里。蕭洛霍夫一生鍾愛自家村子臨近的頓河，不願離開，正因那「水邊的石子被河水沖得泛出灰色，就像一條彎彎曲曲的花邊，再往前，便是奔騰的頓河水。微風吹動，河面上掠過一陣陣碧色的漣漪。」蕭洛霍夫筆下的哥薩克士兵葛里哥利（Grigori）歷經戰亂、欺偽、背叛、流離、痛楚，畢竟要回到那承載他生命開端與終結的頓河，也只有這條緩緩前行，悠長紛擾一如人間世的長河，才能與葛里哥利的情仇與共。

五百多公里長的呼蘭河在哈爾濱市注入松花江。大河孕育生命，培植消長。曹明霞一出手便道出呼蘭河域四個世代的故事，特別是女人的故事。在歷史的時間軸上，她從上世紀初日本佔據東三省起筆，跨越到一胎化政策的時代，當然也沒忘了「小平說，允許一部份人先富起來」對中國經濟發展的效應。小名「留住兒」的主述者劉君生，引領讀者觀看因逃避兵亂，與家人失散，後被賣入慰安所的姥姥、姨娘，以及其他年輕女子，站在敞頂的軍車上，美花一般地招展過街。這是二十世紀初，中國哈爾濱市的妓女廣告手法。在那「歪瓜裂棗也不得進」的妓院裡，得遵守「花姑娘八不准」：不但「不准與人合謀、私奔、不准挑肥揀瘦、不准敷衍了事，必須童叟無欺」之外，還要「不勾引士兵、不偷搜腰包」，並且「撿到失物要歸還、態度要好、恪守行規、勤肯幹好每一天」。一旦不慎懷孕，就要經歷一場生不如死的墮胎浩劫。「給女人喝下一種湯藥，是用來打胎的。在女人的小屋裡傳來高一聲、低一聲的痛叫，一個小時過去了，聲音沒有停止……日本軍醫去乾淨的辦法，是叫來那兩個操練模具的中國武士，一人一邊，把女人倒立著架起來……藥水注入後，扶著不動……以保證體內藥水充分化合。……大約過了一刻鐘……倒下來的女人，全身沒了骨頭，也沒了聲息，變成一具沒紮住口的袋囊，血塊兒，一點一點，流了出來。」

正當德國納粹橫掃歐洲各國，大批猶太人遷往巴勒斯坦地的同時，黃愛荷在中國東北的日本佔領區裡開了家「貴賓俱樂部形式」的「女人間」。她讓「滿堂春」裡的姑娘們識字、學藝，讓她們不輕易賣身，更讓那些大戶犯癢而闊手撒錢；如此的生意伎倆也只有黃愛荷這般高手才使得出來；她認錢、花男人的錢、翻臉無情的人格特質，也似乎是得以適時培養，進而內化了。

明霞讓美麗精幹的姥姥黃愛荷，「像扔傢俱一樣頻繁地扔棄她身邊的男人」。她的那雙小腳「又臭又恐怖，聞不得，也看不得，太嚇人」，而且「晚上洗屁股，嘩啦嘩啦，天天不落（不間斷）」，在一年只洗一次澡的地方，老姥姥每天的身體清潔工作，「有那必要嗎」？

母親李連生是貫穿全書的中心角色，也由於她的「多產」，讀者才能見識得了故事中有如滾滾珠玉般的精彩人生。這個由「大姑娘」，也就是未婚媽媽，所生下的女嬰讓姥姥撫養，十四歲時自己改名為李麗君，看上了有著厚實胸脯的劉慶林，十五歲嫁了過去，十六歲生子，此後，肚膛就從來沒空蕩過。雖然夭折了幾個幼兒，仍在窮困環境下拉拔十個「野草般生命旺盛的兒女」成人。以軍管為家管，自是母親的過人之處。「媽媽說話如訓示，孩子聽話如聽訓」是作者自己在書中的命定。整本書裡，不論是人物對答或者場景描述，曹明霞筆下厚實的地方主義色彩（regionalism）有如數公噸重的鮮麗油漆，潑灑得讀者滿身滿臉，氣味特異，黏人手腳，不是一下子能洗脫得了。

這母親不但懂得唱壓軸，「她換上了沒有漿糊的衣服，臉洗得乾乾淨淨，站到地中央，丁字步，兩手扣握，舞台上的大牌演員一樣」；她還能玩撲克，「母親一女流，敢於爭戰在三個爺們兒中間，而且她總是能摸得一手好牌，敢叫板。……母親張口就給蓋個七十；而且隨著那七十的叫喊，她手中的撲克，能發出『啪』的一聲脆響，震撼極了。」母親的特立獨行更表現在她對夭折嬰兒的處置上。北林鎮是故事發生的主要場域，「當地人習慣把夭折的嬰兒隨便就拋了。……我們常能看到光著身子的嬰兒，凍硬得像個塑膠娃娃，他們散落在豬圈或廁所旁，頭已經被啃掉了。……凍成冰雕一樣的糞便上，直挺挺地躺著一個小死孩兒，都長頭髮了。……母親都是花五塊錢雇了那個光棍老頭，讓他用草簾兒捲了，從窗子遞走，給埋到呼蘭河邊的那棵百年老松樹下。死的孩子不能走門，從窗子改轍，免得後面的孩子跟著他走。」

粗糙又堅韌如亞麻的母親，只會因著骨肉受屈而倒下。當她知道女兒英子和班上的花花公子私奔時，便因心臟「上火而癱倒」，後來英子嫁了個有父母姐妹一大幫的瘸子時，母親能不再犯心臟病？

對於母親李麗君的身世，作者把兩次伏筆藏得那麼精緻，有如春風吹過，秋霧散去，毫不留下痕跡。直到尾聲，明霞的魔法棒輕輕一點，讀者才立時大悟，二姨娘光著身子簷下淋雨的絕美淒清，以及女人們為了賞金丟下工作，連遮攔都不屑的貪婪，雖是一掃先前迷疑，讀者頓起的愁情再也無法壓抑。

《黑土地上的兒女》的語言跳躍、滑溜、粗嘎、喧囂、瀟灑、潑辣，帶筋也帶勁！它傳達了部份作者的性情，傳達了故事發生當地鮮活的人際關係——一種「打是疼，罵是愛」的淋漓詮釋。至於以刀鋒言辭對答，傷害彼此之後才默默地以行動補贖的互動模式，是否得宜，可否是貧窮階層的專屬，應該是心理及社會學家所要埋首的功課。而公器私用，無處不貪的作為，如同「滿山遍野的大豆、高粱」，屬於當地，也屬於中國？難道數十年前的「新中國」和近日的「阿拉伯之春」雷同，雖是不怕了，敢頂撞了，卻腐敗依舊、沈疴依舊？

「呼蘭」是否意為滿語「煙囪」有待考證。呼蘭河域世居人家的裊裊炊煙依舊迷茫，從不止息。一柱煙囪之下就有「炕上一個個的腦袋，炕下一排排的鞋子」；一盞清燈邊旁就有一頁情緣、一段生死、一番拚搏。呼蘭河畔，總會有女人切腕、喝紅礬自盡，也總會有男人手術後縫合的腿上像被塞了一團的繩子，成了無法解開的筋疙瘩。

**顏敏如**

喜歡寫字的人。著有《我們・一個女人》（第五十屆吳濁流文學獎小說正獎）、《焦慮的開羅：一個瑞士臺灣人眼中的埃及革命》（第39次文化部「中小學生優良課外讀物」推介）、《英雄不在家》（獲選106年「年度推薦改編劇本書遴選」）、《拜訪壞人——一個文學人的時事傳說》、《此時此刻我不在》等作品。

# 主要人物介紹

**黃炳祥**　絲綢商，黃愛荷父親。與大老婆生下四個兒子，分別是黃青山、黃立業、黃三源、黃雨軒。後娶了奶娘秋紅，生下愛荷、愛蓮。

**黃愛荷、黃愛蓮**　姐妹。家難，兵亂，與兄弟及繼母闖關東，來到哈爾濱。

**黃立業、黃三源**　後成黃拽子、黃瘸子。又狠又毒，給開了妓院的愛荷當茶壺，看堂子的。

**黃署長**　愛荷從良後嫁的丈夫，警察署長。粗魯威風，因吃粘糕生氣而噎死。

**李連長**　愛荷再嫁的丈夫，後抱養的女嬰「連生兒」，隨了這一任李姓。

**醫院鍋爐工**　光棍兒，山東大漢，陪姥姥愛荷走完後半生的好人，良民。

**李連生**　母親，大名李麗君，與劉慶林結婚，育下一群兒女。

**大寶**　大名劉鐵漢，媳婦朱米蘭。

**二寶**　大名劉鐵民，媳婦蘇麗。

**三寶**　大名劉鐵良，媳婦史大梅。

**五寶**　大名劉林海，媳婦馮小芬。

**六寶**　大名劉林濤，媳婦王芳。

**小貞**　大女兒，大名劉貞玉，丈夫李江波。

**娟紅**　二女兒，大名劉紅玉，丈夫李兵，後離婚。

**小鳳**　三女兒，大名劉鳳玉，丈夫趙小光。

**留住兒**　四女兒，大名劉君生，丈夫孫衛東。

**英子**　五女兒，大名劉君寶，丈夫張帆，後離散幾任，都是露水姻緣。

**三叔三嬸**　劉慶林的親叔嬸子，劉慶林在其家長大。慶林結婚後，媳婦李連生嫌他們一個喝大酒，一個抽大煙，一堆堂弟堂妹，慶山、慶國、大嘴、四妮（禿丫頭），懶散成性，日子過得破爛不堪。李連生說寧可給他們錢，養著，也絕不願意一鍋輪馬勺的混。為分家，鬥智鬥勇。

**劉蘭香**　當年「滿堂春」愛荷的姐妹，後從良，鐵驪鎮街的幹部。

**老孟**　鐵路工人，對少女李連生萌發過愛情。後為姥姥的吃喝，貪汙犯事。

**蕭蘭**　劉慶林家的鄰居，對劉慶林愛慕了一輩子的女人。

**王米糧**　二姑的丈夫，一個好吃懶做的男人。

**雙環、雙蓮、小雪、小冬**　都是李連生未成年的兒女。作者「我」深深地懷念著她們。黑土地上呼蘭河的兒女，生命像頑強的野草，狂野怒放，周而復始。

# 目次

# 引子

母親名叫李連生，從名字上可以看出她沒有弟妹。「連生兒」是姥姥的一個願望。姥姥希望抱來的這個女嬰，能給她帶來好運，連著生。但母親很不爭氣，在她十歲那年，姥姥就閉經了。閉經得斷續，沒有閉經經驗的姥姥非常欣喜，一般的規律，女人不來月經，多半是懷了孩子。姥姥高興得心花怒放，她悄悄備下了嬰兒用品，還用了保胎藥等。面對丈夫的欲求，也是又羞澀又含蓄，告訴他：「暫時不行了。」

可是十天半月，也許二十天一個月，那個該死的東西，又來了。一點一點，蝌蚪一樣緩慢，蛇一樣徐行。「完了，又來了！」姥姥絕望地在心底大喊。

更要命的是，她怎麼向丈夫交待？臉面往哪兒擱？女人不育，罪比男人不舉。一遍一遍地，謊報軍情，不是成了光開謊花兒的倭瓜了嘛。

那天姥姥不惜力，從不幹重活的她，竟搬起了蜂窩煤，一趟一趟，有蓄意，也有對自己的懲罰，狠狠地糟蹋。晚上，故意背對著丈夫整理衛生用紙，說：「嗐，又來了，這該死的東西。可能幹活兒抻著了，小月了（當地人說「小月」就是流產了）。」

如是反覆，最後一次徹底沒了動靜，乾乾淨淨。姥姥知道自己完了，女人絕經，子宮的使命就永遠完成了。

姥姥說：「小連生啊小連生，妳是個妨人精吶。妳的命這麼硬，哪會讓我連著生？人家抱來個丫頭，招弟兒領弟兒的，沒幾天，就讓娘的肚子開了懷兒。可妳吶，好吃好喝供著妳，好穿好戴慣著妳，妳卻連個弟弟妹妹的影兒都不讓我見，毒哎，生生把他們給剋住了，不讓冒頭兒。哪管妳讓我知道懷孩子是個怎麼滋味，也好啊。哼，這下可好，全家的福，都讓妳一個小人兒享了。」

「這可怨不著我，妳應該找那些男人算帳去！」

年少的母親不但敢跟姥姥頂嘴，還敢揭她的傷疤。「那些男人」，指的是姥姥在「滿堂春」的日子。兒不嫌母醜，狗不嫌家貧，古訓中還有「兒不察母奸」，母親卻常常拿這些當殺手鐧。那時姥姥就用食指點著她的腦門兒，說：「等天殺吧。」

母親不在乎，當她後來的日子遭遇不順心，不如意的時候，她把這一切都歸咎於家庭：如果不是姥姥把家裡招得亂兵營一般，天天烏煙瘴氣，她何至於小小年紀，就草草嫁人呢。

母親的幼年，確實過著錦衣玉食的生活。哈爾濱冬天的雪地上，留有她毛口小皮靴的腳印兒。出門進門，老媽子口中尊稱著這個五歲的女童為「黃小姐」，謙恭小心地幫著她脫換猞猁皮大衣。姥姥當時的丈夫是署長，警察署黃署長。母親對這個黃姓父親，有不太深的印象，她不知道，這個威嚴的、身上佩槍、腳上馬靴的男人，是自己的第幾個父親。她討厭自己今天李連生、明天黃連生地叫，究竟姓了多少個姓，數不過來。黃姓父親威嚴中還是有些慈祥的，他喜歡抱起這個女童，讓她坐到肩上，說：「誰欺負我的小連生了？媽了個巴子，老子槍說話。」

母親對這個給了她尊貴優裕生活的繼父，還是有些自豪和感激的。而另外一些人，比如賭棍、小吏痞，也就是姥姥後來走馬燈般短暫的丈夫，她就沒那麼客氣了。她會大聲地申斥他們，甚至粗野地請他們「都滾出去！」每當這時，姥姥沒辦法，氣得搧了自己一個小嘴巴，說：「做孽喲！」

母親長到十四歲時，就能給自己做主了。她做的第一個主，是把自己的名字，改成了李麗君，她不願意大家再叫她不男不女的「連生兒」了；第二個，就是在她十五歲那年，李姓商人的姥爺破產自殺，她和姥姥流離到一個叫北林的小鎮。協助姥姥來到這裡的，是她當年「滿堂春」的姐妹，劉蘭香。劉蘭香的故事以後再講，在這，只說母親寄居的時候看上了人窮但長相非常俊朗的父親。父親比母親大六歲，正是一個眉清目秀小夥子最吸引人的年齡。北林的三九天，生活在叔父家的父親抿襟兒的兩片薄棉襖，裸露著他壯實的胸膛。窮光蛋遇上了富家女，他們再一次演繹了舞臺上常見的愛情故事。

母親是有眼力的，父親誠實、厚道，不但外表讓人賞心悅目，就是那把肯用，又永遠都用不完的力氣，和她所見識的市井二流子相比，是多麼地珍貴啊。

母親暗暗地喜歡上了父親。在姥姥緩過勁兒來，又有姐妹相幫牽線搭橋，準備重返哈爾濱東山再起的時候，母親是死活不跟她走了，說什麼都沒用。母親對出有車、食有魚的富足生活，夠了。貧窮和愛情，對她來說倒屬稀有新鮮。青春少女，有愛情墊底，貧窮好像根本不在她考慮之內。

「看見沒有，這麼小的年紀，就知道漢子好了，就離不開漢子了。」姥姥用激將法，對她刺激了很多難聽的話，但是都沒湊效，最後以斷絕母女情相要脅，也沒有嚇住母親。姥姥只好一個人黯然離去。在她即將上火車的一刻，她的好姐妹，劉蘭香，來到小站送行。姥姥掉著淚說：「看見沒有，當初別人就勸我別抱、別養，怎麼樣，白眼狼吧，不——行！」姥姥用右手的食指，又攢了一下母親的腦門。攢一下，這是她對她最嚴厲的責罰，連巴掌都沒使過。母親知道她的媽媽疼愛她，慣著她，可是眼下，那個叫劉慶林的小夥子，對她的吸引力更大，她沒法拔得動腳。

劉蘭香用手絹幫姥姥拭淚，她彎翹著的蘭花指，顯現著昔日的風情。劉奶奶現在的眼睛眇一目，使曾經漂亮的她，威嚴中又多了那麼一點恐怖。劉奶奶現在是街道幹部，入共產黨多年，因為能文能武，有勇有謀，名義上是一個副主任，實則，全權操著一方百姓的生活。姥姥來投奔她，就是劉奶奶用手一指：「老劉家的，你家房閒著也是閒著，讓這娘倆兒住吧。」姥姥和母親當時就免費住在父親家了。

現在，一年多時間，當年滿堂春的姐妹再一次別離，所不同的是，那時姥姥是她的領班，也算領導，現在，顛個兒了，劉奶奶當了權，在照顧姥姥。姥姥再拭淚，然後唉一聲：「唉，這個犢子算是白養了，她姨，有狠心的兒女，沒有狠心爹娘。妳以後還是要多照顧著她點，嬌生慣養地長大，沒吃過磕碰兒，沒人管咋行？行她無情，我不能無義！」姥姥用手又點了一下母親的後腦勺，點得母親幸福地一梗嗒。

男人啊，漢子啊，這些蠻劣的罵人話，母親已經充耳不聞，聽過就忘了。姥姥說什麼，她全都裝做聽不見。耳不聽，心不煩。她的全部心思，都繫在父親身上，那個有著直直鼻樑，寬肩闊背，看一眼姑娘臉就紅的純潔少年郎。火車徐徐開動了，姥姥的眼淚淌成了小溪，可母親的心底卻樂開了花。

母親和父親結婚後，像示威，更像炫耀，她一口氣兒生下了四個兒子，大寶、二寶、三寶、四寶。母親身材瘦小，可是她竟有如此蓬勃旺盛的生產力。生四寶時，母親的生命受到了考驗，流血不止。這時候，她想到了她的媽媽。因為她的一意孤行，傷心的姥姥，再沒來過北林。母親對於自己剛過二十歲就要完結的生命，內心充滿恐懼和悲傷。她讓父親去了哈爾濱，找她的媽媽，也是不養兒不知父母恩吧，大寶、二寶張著小口，吃不上東西。三寶缺奶，人瘦成了木乃伊。剛生下這個，氣息奄奄，四個兒子，四個催人命的要帳鬼啊。母親比什麼時候都想念她的媽媽，這種想念，撕扯得她心肝痛。父親奉命去了，又伸著兩手回來了，他說丈母娘不認他，看來是傷透心了。

母親說沒事，我媽的脾氣我知道，帶上大寶、二寶，再去。

他姥姥稀罕小子，沒個不認！看見外孫，肯定氣兒就消了。

這一招果然靈，姥姥沒抬眼皮看父親，她踮著小腳一手一個，扯起父親身後的那兩個孩子，說：

「哎——，還真是像連生，像那個冤家哎！」

「嘿，都瘦成大眼燈啦！」

「不來找我得餓死！」

姥姥收留下兩個餓極了的「小狼崽子」，在以後的歲月裡，她常管他們叫大狼、二狼。姥姥再嫁的男人，是一個比她小十歲的光棍，醫院的鍋爐工。姥姥是聰明的，她的年華老去，遲暮的女人不再美，她沒有再嫁高官大款的資本，審時度勢，嫁了個沒有拖累又身強力壯的光棍漢。周圍的人都很奇怪，光棍姥爺長得不醜，人還厚道，每月掙的工資，一分不少交到姥姥手上。按理，像這種年齡差，姥姥應該倒過來，養著姥爺才對，可是她們家不是，她們家是姥姥當家，一切由姥姥說了算。

鄰居老女人嘖嘖，說：「看人家，當過妓女，就是不一樣，總是有兩下子。」

「那是兩下子？三下、四下子都不給。找了多少了？哪個不是心甘情願地給她當驢使？人家就是有花男人錢的本事！」

「也是，無兒無女無工作，卻能一輩子吃香喝辣！這女人，嘁。」

老女人們對姥姥是又氣又恨又羨慕。應該承認，姥姥的確是有領導男人才能的，大寶、二寶來後的日子裡，半夜有尿，或者半夜喝奶，都是姥爺起來負責，並且心甘情願。待他們混熟了，姥姥說：「這兩個小狼崽兒餵熟了，你看幾天吧，上班就帶著，別燙著就行。我去北林看看那個活冤家去。我這當娘的狠不過她，我得看看去。」

姥姥揣上當時流通最硬的銀元，一路火車軟座，來到北林。她當過署長的丈夫不在了，商人丈夫也自殺了，沒有了往日的威儀，但仍保持往日的消費，窮富都不忘享受。

到了北林，姥姥直接來到醫院，看著病床上這個她一把屎一把尿拉扯大的姑娘，瘦成了非洲少女。姥姥說：「小連生啊小連生，現世報了吧，不要媽，一門心思地只認漢子，咋樣，這麼快老天爺就不饒了吧，知道母親不好當了吧？」

「有事還得找你媽！」

姥姥邊數落邊掏大洋，噹啷——噹啷，扔給父親：「還傻站著幹什麼，去換些好吃的呀，看我閨女都瘦成啥樣兒了！」

母親只會幸福地一聲一聲叫著：「媽——媽——」

現在，母親生命彌留。她躺在北林老家的小火炕上，坐在她枕旁的，是姥姥。黑髮人要先走了，姥姥上火上出了很多眼眵，微翹的小眼毛兒上像刷著睫毛膏，一眨嘛一眨嘛。母親說：「媽，妳不用卡嘛卡嘛地算計了，放心，我死了，還有慶林，慶林照樣養妳。慶林老了，還有大寶、二寶，小貞、英子，這麼多孩子，哪個能不養妳?!」

「大狼、二狼，怕是有那心，沒那膽兒。媳婦厲害呀。」

「還有姑娘呢。讓英子住妳那，她不正照顧妳。」

「可別說她了，這英子，人小鬼大，她就是盯著我那房呢，盼著我早點死呢。」

這時英子正從外面進來，她聽清了姥姥的話，她一點不生氣，向我使了個戲弄的眼神兒，走近姥姥，拍拍她肩說：「小老太太的睫毛膏兒，刷得挺勻呢，黃色兒的。」

姥姥推了她一下，似乎還要搔她癢。差了一個甲子的我們，經常不分老少地嬉鬧。

「英子，別逗妳姥姥了。」母親氣若遊絲。

英子轉臉看母親，就是滿眼的淚了。

「唉，說來說去，我最信得過的，還是慶林吶。」姥姥說。

母親笑了，她的笑像晚風輕輕拂過的水面，皮膚都皺了。母親患了一種很不好的腫瘤，無法開刀，只能硬挨。才三個月，爽白的皮膚就暗成了牛皮紙樣的黃。

母親伸出手，討好地撫摸那杵在臉前的兩隻小腳，說：「媽，這回，妳該告訴我了吧？」

「告訴什麼？」

「我到底是誰家的啊？」

「不是說過一萬遍了嗎，妳是抽大煙的——」

「媽！」母親打斷了她，「抽大煙的養不起孩子妳說了一萬遍了。」因為用力，她的氣一下子用光了，緩了半天，才又說：「媽，抽大煙的，大姑娘養的，房簷兒下撿的，醫院裡抱的，妳都編排了多少故事？我都這樣了，妳還不能給我說個實情?!」

「實情？」姥姥耷拉下了眼皮兒。

「媽，妳說我都是要死的人了，妳說了實話，我也不能去找誰，妳就讓我死個明白不成？」母親撐著要坐起來，英子扶住了母親。

「是啊，小連生，妳都這樣了，還逼我。」

「妳可逼了我一輩子啊！」姥姥開始擠眼淚。

「一個人要死了，想知道她是從哪兒來的，父母是誰，這過分嗎？」母親的力氣不知從哪兒來，她的眼睛睜得特別亮，有點針鋒相對。

「妳知道了這個有什麼用？」

「沒用我也想知道！」

「連生，我發過誓。」姥姥輕輕搖頭。

「其實，妳不說，我也猜了個大概，好幾個老鄰居都說我像你們——黃家的人。」

「像我們黃家人？又不是養不起，誰生了妳能不要？」

母親閉上眼睛，緩緩地說：「最後那次，江北那個聾子老太太，她說，她說我還瞎找什麼呀，誰疼我還看不出？她說可惜了二姨死得早——」

「別臭美了，提什麼妳二姨！」姥姥勃然翻臉。

# 第一章

## 1

父親說：「妳媽死的時候閉不上眼睛，除了妳姥姥的原因外，還有妳大哥。妳大哥這個人呢，唉，他性格像妳媽，記仇。」

「妳媽初一就病危了，他說工程緊，回不來。我就不信，上海不是中國的地盤嗎？全中國人，誰不過年呢。大年初一，他能不過年？他一個包工頭兒，別看他叫黨委書記，整個那地方全由他一人說了算，想回來就能回來。我知道。」

母親是正月初六走的，大哥是初七晚上回來的，坐飛機。聽說母親嚥氣了，他坐上飛機就回來了。在大哥進院兒門的時候，母親已躺到靈棚，冬天，靈棚真冷啊。母親穿著她生前喜歡的呢子大衣，黑紗巾。這樣的裝扮後，瘦小的母親不再瘦小，倒顯得比平時高大。那雙灰雪花呢的毛氈鞋，也很適合母親的身份。我看過一個去世的老太太，她很老了，瘦，小，可是腳上卻穿著一雙鋥亮的大皮鞋。母親走時，父親也要這樣裝扮，他覺得皮鞋比毛呢鞋金貴。我阻止了父親，我說母親會喜歡這樣的。母親從結婚後，就跟皮靴、裘皮這些貴婦人的裝扮永別了。現在，母親就是一個小鎮的平常老太太，雖然她至死身份不明。

我一遍遍地撫摸母親冰涼的手，母親的手像平時那樣，自然地回彎著，彎得僵硬不再柔軟。大哥走過來，他摘下帽子抱在懷裡，快步蹈向靈棚，大哥的個子比較矮，使他走路總是顯得很快。我起身，大哥凍硬的單皮鞋冰刀一樣滑行不止，沒法停頓，他幾乎是彎下腰，弓住腿，才靠門板做障礙物停下了。蹲下身的大哥，一把掀開黃單子，「媽！」淚水潸潸而下。

我們都沒見過大哥的眼淚。母親更是難見大兒子的哭。除了在他襁褓時。

然後大哥好像還跪在了母親的身旁。

母親是十七歲那年，其實週歲也只有十六歲，就當了大哥的母親。在東北，人們的年歲也像他們的性格一樣，粗線條，按虛歲算。不像關內，要精細到幾週零幾個月。北方的小孩一生下來就是一歲了，第二年，理所當然地遞進為兩歲，第三年，就是三歲。以此類推，有的人能虛出兩歲，致使退休的領導幹部常因年齡計算誤差而大打不休。

十六歲就當了母親，雖然她還不一定有做母親的準備。第二年，又生了二寶；二寶還沒斷奶，三寶又懷上了。三寶的出世讓母親感覺到了手忙腳亂，力不從心。三寶勉強出生後，他好像營養不良，或者哪裡受了擠壓，小小年紀活得上氣不接下氣，外號小老頭兒。就是這樣，母親又有了四寶，四寶的出世，母親險遭一劫。沒有姥姥的銀元，叮噹大洋，母親可能就完了。因為宮內臍血不足，宮外嚴重缺奶的四寶，沒幾天，就夭折了。

母親的身體剛好點，她就又懷孕了。還好，這次生下來的是個差樣的，姑娘，大姐小貞。姥姥來北林給母親下過奶後，高興地數落：「連生連生，妳不給我帶來連生，倒是自己連著生起來沒個完。」

「沒辦法。」母親自豪地笑。

大姐小貞出生後，姥姥又把三寶抱去哈爾濱漿養了。姥姥家的生活真是好，三個月，三寶從一個滿臉皺巴的小老頭，變成了水靈靈的胖小子。姥姥的家就是我們家的兒童福利院，哪個孩子弱了、病了，就抱去那裡漿養一段。三寶抱走，把大寶換了回來。大寶一晃，長得礅礅實實，像個小牛犢子了。又一晃，大寶十四歲了。十四歲的大寶和母親一樣，非常有主意。他也開始討厭自己「大寶兒」這個小名，尤其是遇到比自己還小的孩子，跟在屁股後面「寶兒，寶兒」地叫，他覺得很吃虧。在他能獨立上街給家裡辦事的時候，他辦的第一件事，就是到派出所，把自己的「劉長寶」，改成了「劉鐵漢」，小名叫鐵子。他告訴那些半大小子們：「以後，叫我劉鐵漢、鐵子哥、鐵子，都行。不許寶兒、寶兒地叫了。」「誰不長記性，」大寶晃了晃拳，「看我不揍他！」

大哥雖然個兒矮，可是他的拳頭很硬，二哥個子頎長，長相也帥，但他要靠大哥的保護。在他們哥倆遇到外強的時候，大哥能出其不意，一拳揮倒一個，他的拳頭又狠又準。而二哥，撒腿能跑掉，就算勝利了。大哥不但跟外邊的人擰，就是跟家裡的爸媽，他也很有種。面對一個接一個出生的弟妹，爸爸還沒說什麼，他，卻站在了母親的面前，高聲質問：「媽，你這是幹什麼?!」

母親愣了一下，她說：「我怎麼啦？」

「妳一下子生了這麼多，怎麼養？」

「哎，這孩子，你爸還沒管我，你小小的年紀，倒管起我來啦？」

當英子又落生時，大哥那幾天氣得都不吃飯了，他還罷工，拒不幹活，更不進母親的屋，他不想看見這個長年頭上紮個花頭巾，因生了孩子而怕風的女人。母親開始還不明白為什麼，她奇怪，平時只知這個大寶擰，脾氣怪，現在，他這又是怎麼了呢？母親讓父親把大哥領進屋，努力和顏悅色地問：「寶子，你怎麼了？」母親雖然還不習慣叫他鐵漢，可是也知道「寶」後面帶「兒」音會使兒子反感，她儘量地提醒自己別把他當孩子了，當大人待，叫寶子。可是大哥梗著脖子，不看母親，也不答話。父親看大哥這樣，覺得他太過分了。「小兔崽子，還反了你吶，你媽這是什麼時候。」父親的大耳光可躍躍欲試了。

大哥還是梗著脖子不吭氣。

擱平時，以父親的脾氣，兩個耳光也送出去了。母親的眼色讓父親強壓怒火，產房站一大金鋼。母親輕聲問：「大寶，你到底怎麼了，有了妹妹，不高興？」

大哥突然昂起頭來，他看看母親，又看看父親，用手一指炕上，一字一頓地說：「還好意思問，你們也不知愁？一個接著一個，生起來沒完，拿什麼養?!就算養得起，你們都多大歲數了，我當兒子的都這麼大了，你們還弄一炕的小崽子，你們不嫌丟人呢！」

說完，甩手就出門了。他真的長大了，他的話把父親都臊臉紅了，兒子管起老子的事來，還是為這種事兒。母親則哭笑不得，她說：「咦，臭小子，可是挺能操心呢。我和你爸都不愁，你愁什麼。光行你到這世上走一遭，不讓你的弟弟妹妹們來看看？怪自私的吶。」

大哥意猶未盡，又返了回來。他說：「你們能生倒是能養啊，天天讓我和二寶出去拉山，拉山，為糊口拚命。二寶才多大呀，我們是當哥的，可不是當爹的！」

## 2

拉山，顧名思義，是北林人要把山拉下來。其實山是拉不動的，一座座山，連綿起伏，他們怎麼可能拉得回山？靠山吃山，大寶他們主要是把山上的針柴、灌木，像割韭菜一樣，一茬一茬割倒拉回家。冬天裡，山被剃光了，來年，大山又像人的頭髮一樣，再長出來了，還是那麼茂密、蔥籠。大寶他們比古時的愚公更辛苦。山上拉下的枝柴，經過修修剪剪，直溜的，捆成捆，賣錢。枝枝杈杈，就做燒火做飯取暖的柴禾了。拉山是辛苦的，大寶和二寶除了付出少年的苦力、血汗，還有肚子的飢餓。

劉慶林跟大山打了一輩子交道，對付大山，他算能手。在他三班倒的日子裡，好容易倒休的一個白班，他也不肯休息。母親沒有看錯他，他確實是不惜力的男人，無論炕上炕下。在父親上了一個夜班，抬了一夜的大木頭後，早上吃口飯，依然率領兩個十幾歲的孩子，向大山進發了。他領導他們拉山，割針柴，賣錢，養家糊口。

只帶他們去了兩次，大寶就記路了。現在，他當領軍人，帶著二寶，起早去拉山了。大寶也奇怪，針柴這種灌木，怎麼像頭髮一樣，剃光還長，割了一茬又一茬，甚至比頭髮更結實，長久，取之不盡用之不竭的。蓋小棚、架豆角秧、夾柵欄，針柴的用途極其廣泛，它好像成了他們生活中的糧食，須臾不可離開。拉回了針柴，就是拉回了糧食、生計。滿院堆起的針柴，是他們今後的學費、書包、鞋子，還有媽媽天天叨嘮的，柴米油鹽。

早晨，天未亮，大寶便穿好棉衣，他把昨晚準備的乾糧，用一塊白花旗布包好，做成一個褡褳，纏在腰間。這是為乾糧保暖。然後把鐮刀、棕繩，一應的工具綁上車，這時的二寶，還沒醒來。大寶搖搖他，說：「二寶，該起了，不早去，晚上趕不回來呢。」

二寶「嗯」了一聲，又眯著了。大寶把一個玉米餅子吃完了，二寶還是不願意起。大寶拿起二寶的棉襖，像舉起一副銅鑄的雕模，二寶的小棉襖被他汗漬成堅硬的鎧甲了。大寶知道二寶的棉襖穿到身上像鐵皮，他給它湊到鐵爐子前，用火烤。大寶說：「二寶，快起快起吧，棉襖烤熱了，再不穿，又涼了。」

棉襖熱乎誘惑了二寶起身，他伸直兩條胳膊，棉襖的後背是溫暖了，可是兩隻袖子進去，被燙一樣，又馬上退出來了。那裡是太涼了，真的像鐵皮一樣。二寶接下來的棉褲穿得像雜技，他一隻腿比劃半天，才突然地一蹬，在出腳的一霎像被咬了一下。另一隻被窩裡的腿，蹬褲子完全是兔子樣的速度。

「哎呀，哎呀，涼死了。」二寶說。

「一會就好了，幹活還出汗呢。」大寶安慰他。

「別洗臉了，快點吃飯，吃完就走。洗臉出門該山了。」

「山」說的就是皮膚皴了。大寶把餅子遞給二寶，讓他快吃。二寶扣子還沒繫完，他的餅子就吃完了。母親給妹妹小雪吃完奶，走過來又塞給大寶、二寶各一個餅子，說：「上山，累，多吃一個。」

大寶把餅子塞到褡褳裡，二寶則幾口又把加的料吞進去了。

「道兒上注意，早點回來。」母親在他們出門時叮囑。

大寶駕轅，二寶是邊套。大寶說：「空車，也不太沉，二寶你先別套了。」二寶應了一聲，也就順勢跟在後面。大寶說：「二寶，這回上山可不許抱熊，割柴時快點，多下點力，咱也能早回來。」二寶點頭，點得很誠懇。大寶雖然總督促他，但他知道，這個只比他大一歲的大哥，一直是讓著他、疼著他的，吃讓他先吃，活兒總是自己多幹。雖然嘴上有時不饒他。二寶覺得大寶比父親還好。

其實二寶也有他的長處，大寶平時幫母親做飯劈柴可以，什麼力氣活都能幹，就是不肯幫母親洗弟妹的尿布，尿布上嬰兒那黃燦燦的屎，要由人用手來抓洗掉，這太不可思議了。大寶堅決不幹，從他長這麼大，家裡就沒斷過尿布、屎褯子，即使母親打他、罵他，他依然是梗著脖子，絕不伸手。這時候，二寶就走過來，他小姑娘一樣挽起袖子，說：「媽，別逼我哥了，我來。」二寶說著，他的兩隻小手，不嫌髒，不嫌累，左一抓，右一抹，尿布上的屎就下去了，然後一搓一搓，一抖一抖，汰淨晾乾，洗得比小貞還乾淨呢。小貞洗過的尿布，上面總是浮著一層灰，手摸上去是漿硬的，而二寶洗過的尿布，紅是紅，白是白，透亮得很。母親喜歡二寶，二寶也由此深得母親歡心，成為了日後家中大事小事的謀臣。比如現在，只要大寶和母親對立，瞪眼睛了，劍拔弩張了，兩邊都得人緣兒的二寶，肯定能勸勸大寶，說說母親，委屈他來吃，一場內戰，就消弭了。

二寶在家中，起的是外交斡旋作用。長大後的五寶曾美譽二寶，說他就相當於新中國成立後，那個相貌端莊、處事和氣、辦事誰都不得罪的和事佬總理、國家領導人呢。

空車的行走讓兩少年歡跳，他們想找樂子。大寶說：「二寶，反正是空車，要不，你上來，也不沉，我拉著你走。」

二寶很懂事，他說：「大哥，幹活總是你讓著我，現在我拉你吧，你坐上來，我也能拉動。」

大寶一想也行，確實重活時他都搶到肩上，現在，空車空著，輪流著坐香油車，也挺好嘛。他就把車把交給二寶，自己邁腿上板車了。

太陽已經老高，山上的太陽像塊圓冰，冷冷地掛在天上。大寶已能感覺出，早上出鍋的玉米餅子，現在腰間，已經變成一砣砣，凍冰了。兩人因連跑帶跳，還不冷，頭上有了熱氣。二寶嫌拉車是後背對著大哥，他把自己掉了個身，改用推行，他推著車把，大寶臉衝他坐在板車上，他們臉對臉，嘮嗑說話很高興。

下坡路，二寶推得也不累，順風船一樣。大寶說：「二寶，把套套到肩上吧，手抓不住時，還有套吃一下勁兒。」

「沒事，抓得住。」二寶玩技高人膽大，想顯示他也很能幹。

「二寶，你說咱爸，咋那麼怕咱媽呢，跟咱們可是總瞪眼。」

「是，咱爸就跟咱們厲害。」

一個立場，順水人情，母親又不在，二寶送得爽快。

「聽媽說他在單位，熊得不行，誰都給他虧吃。媽說爸單位每次分東西，肯定是最不好的那堆兒，歸咱爸，剩的爛的，由他收。去年拿回的凍梨，沒一個好的。」

「梨爛得快，媽說咱爸厚道。」不能再順了，再順大哥就要討伐他們天天讓當哥的給妹妹洗尿布這事兒了。這些話，二寶沒法表態，如果跟他共同批判了，他以後還怎麼伸手去洗？

「哥，我聽說，王二小他爸，給他打了副冰刀，能在河面上飛，比腳滑子可好玩多了。」

腳滑子是用木板下面釘兩根鐵絲形成的一種簡易冰鞋。二寶他們自己就能做，但滑起來用的全是蠻力。二寶說起王二小、冰刀鞋，是想岔開話題，也鼓搗大寶去借，他喜歡滑冰，也過一過真正冰鞋的癮。

「王小二那小子，太賴嘰，不等動手，他就哭了。」

「咱跟他好說好商量唄。」

「好說、好商量，他的眼珠兒就能翻到天上去。」大寶樂了，他的樂是笑裡藏刀。

「哥——」二寶驚呼一聲，下坡下得太快，車已斜到小路邊沿，他拉不住了。大寶想往下跳，已來不及，二寶的車把已經離手，大寶飛起的胳膊像雄鷹，連同板車，翱翔進溝裡了。

## 3

有摔摔打打的童子功墊底兒，大寶毫髮無損。看著臉都嚇白了的二弟，大寶哈哈大笑：「沒事，沒事，二寶，你上來，我推你。」

可是他們發現車胎被樹枝掛漏了氣。

惹禍了，父親對這部板車的珍愛、呵護，可是勝過他們任何一個兒子。

來到山上，大寶把乾糧、水，放到了一塊巨石上，又用樹枝壓好。然後脫下棉襖，他脫下棉襖的剎那，身體放出一籠的熱氣，全身是汗了。大寶說：「二寶，你等會再脫，別感冒了。」說著，大寶彎下腰，熟練地割起來了。他的鐮刀和他的身體，像一頭山間覓食的小獸。

二寶歉疚剛才把大哥推進了溝裡，他央求：「大哥，你先吃點東西吧。」

大寶真是氣笑不得，這個軟弱的二弟，活還沒幹，就想先吃點東西，這樣吃完，幹活的勁頭哪裡還有？大寶佯裝不懂，他說：「二寶，咱先幹活。我四十捆，你二十捆，二十捆打完你馬上就吃，好不好？」

二寶看看天，天上是冰片一樣的太陽，又望望山，山上是比他高的灌木叢。二寶脫下棉襖，凍得兩手抱上了肩，大寶頭都沒抬地說：「你先別脫，幹熱了再說。」

二寶又穿上了，只是敞著懷。他揮起的鐮刀，像放羊娃手中甩動的鞭子。

大寶的三十捆已堆成小山了，二寶腳下只放了五捆，還是鬆鬆垮垮。大寶催他，加點勁：「二寶，太陽快落山了，太陽落山前，咱們怎麼也得把車裝滿啊，要不走這麼遠的路，不是白來了嘛。」

二寶的鐮刀由鞭子，甩成綢子了。

「要不，二寶，你先吃點？」大寶站起身，是商量，但他的眼睛裡，分明是恨鐵不成鋼。

二寶看大哥這樣的目光，他一咬牙，貓下腰，姿勢拉得跟大寶一樣，埋頭砍起來。他力氣確實太小了，他只能把鐮刀，當斧頭，一下一下，向下砍。

大寶用餘光，看到了二寶隨著鐮刀飛起的眼淚。一幹活就累尿嘰，這個熊弟弟。

大寶扔了鐮刀，沒辦法，這個弟弟跟小姑娘一樣，一吃硬兒，遇困難，就是哭。大寶說：「行，歇會吧，二寶，你先吃飯。反正就一頓，先吃後吃都一樣。」說著，大寶也累了，他一屁股坐到石頭上，巨大的石頭把大寶顯得像個小猴子。他把乾糧打開，水壺打開，還有兩根發黑的鹹黃瓜。

大寶都奇怪，二寶那並不大的嘴，甚至真有點像小姑娘一樣的櫻桃小口，怎麼一口就咬下去了半個餅子。水壺也是，他只喝了一口，大寶再拿過來，水壺就近似於空了。「唉——」大寶大人一樣長嘆一聲，怕弟弟聽見，他又把嘆息轉成了「呵呵」，他說：「二寶啊，你幹活不行，吃可一個頂倆，不示弱不服軟啊。」

二寶剛才的淚水才抹乾，他說：「大哥，等我長大了，幹什麼都行，就是不幹這苦力。要人命呢。」

大寶笑了，他把自己早上沒吃的那個餅子，又遞給二寶。二寶是真餓了，他說話都沒放棄往嘴裡塞餅子。二寶嘴裡吃著，心裡感動著，不由巴結起大哥。「哥，你說得對，咱媽確實生得太多了，生那麼多幹嘛呀，小貞就不說了，咱家還沒姑娘，又有了娟紅、小鳳、小雪。真是的。沒她們，咱倆能這麼累？是吧。」

二寶平時是避著這個話題的，繞著走，因為媽也讓他評過理，哥也讓他斷過公道。現在，為討好大哥，也算回報，他把大哥一直跟母親鬥爭的這個問題，搬到了山上。大哥看著他，不由得笑了，像一個長者那樣慈愛無奈地笑。因為平時，大哥和母親互相批判的時候，他基本是能躲就躲，能藏就藏，實在躲不過，含糊地表態也儘量靠近中立，立場模糊，致使母親叫板說：「二寶也是我兒子，和你只差一歲，人家也是半大小子了，又洗衣服又洗碗的，還不嫌褯子，不嫌妹妹們多餘，你怎麼就不能幫我擔擔子？」

那時候，大寶是希望二弟支持他的，至少行動上，消極一些，適當罷罷工。尤其那尿布，就不該男孩洗。可是那時候，二弟總是聽不見他們爭論一樣，默默地幹活。

大寶只吃了一個餅子，喝口所剩不多的水，起身又去打柴了。

二寶說：「哥，你不累呀？」

「越歇越懶。」

「那也得緩口氣呀。」

「出來一天，平車都裝不滿，打鳥食兒呢。」

二寶不吭了，天快黑了。那下午的太陽，像往下掉一樣，剛才還紅著，現在就剩一個牙兒了，快掉進山澗了。

太陽完全落山的時候，大寶把一推車的灌木裝完，近似於崗尖兒了。二寶說：「哥，車胎都癟了一個，裝這麼崗尖能行嘛？」

「崗尖兒也是虛的，壓一壓就好了。」大寶讓二寶持把，他跳上去，左蹦右跳，像隻小麞子，把車壓實了，再打幾捆，碼好，捆繩子。勒緊勒實，才架起轅，說：「二寶，咱回了。」

月亮，已經掛上了樹梢。冬天的月亮，跟太陽一樣，像一塊圓冰，寒冷，透亮。

二寶從右邊，拉起了邊套，套繩比大寶的長，二寶心裡又要流淚了。這是大哥特意給他留的，套繩越長他使的勁可以越小，還有，輪胎癟了左邊，這套繩原也在左邊的，大哥為讓他省力，把套繩挪到了右邊。二寶自覺地，把套繩挽了個扣，力求和大寶是並進，這樣有勁可以一起使。大寶看他懂事了，心裡溫熱了一下。他說：「二寶，要麼，你把那個餅子也吃了吧。」

二寶沒吭聲，他實在是不好意思再吃了，早上出門，他已多吃一個，剛才吃飯，他又比哥多吃一個，現在，大寶剩那一個，實在是該他自己吃了。連水，都沒喝的了。

剛才捆車這一通忙乎，二寶真的是又餓了，他的棉褲都濕透了。大寶的應該能擰出水了吧。

大寶放下車把，掏出那個餅子，掰成兩半，一半塞給二寶，一半塞到自己嘴裡，說：「吃了它，攢口勁兒，咱們就下山回家了。」

二寶吃下了，沒用水，半個餅子就吃完了。大寶從樹杈上摳下一塊冰茬兒，說：「就著這個吃，解解渴。」說著他摸了一下二寶的帽子，「天，這帽子不能戴了，冰腦袋。」

月色下，二寶的小腦袋直冒白煙，那是他身體的熱氣。

車重，坡陡，一隻胎癟的。他們用小小的身體，不斷使勁打著提溜，用那還弱不禁風的腰，卡住車，使車子不至於一下子衝翻了。下山比上山難啊，他們不敢走得快，一旦剎不住，連人帶車不定翻向哪裡。

到處是白皚皚、星星點點樹杈上的雪，泛著白光。走著走著，他們迷路了，越走越不像來時的路。剛才只顧悶頭抵車，順勢走，現在，大寶停了下來，他重新審視，該走向哪裡。

「大哥，是不是錯了？」膽小的二寶，戰兢著問。大寶最生氣的就是二寶的膽小，都半大小子了，動不動就聲顫。大寶意識到迷路了，二寶不問，他還可以試著走，邊走邊找。二寶這一問，恐懼加劇了，他的腿都轉筋了。

「大哥，我看像走錯了。」二寶完全是哭腔了。

「閉嘴！」大寶喝斥了他，這個倆不頂一個的弟弟，這要是戰場，他動搖的可是軍心吶，兵敗如山倒，還怎麼回家?!大寶把車靠一株粗樹停下來，他想登高望一望，大寶的個子還沒二寶高呢，在外面，很多人都以為他是弟弟，只是看到他的眼神、他的拳頭，才不得不承認這小子是大哥。

望不到頭。

前後左右都一樣。

一樣的月光，一樣的樹叢，哪裡有東南西北！

剛才的喝斥，加之害怕，二寶已經哭了，但他不敢出聲，為壓抑住聲音，他眼睛被淚水憋得生疼。天黑了，他們迷在了山上，還有一車的柴。

大寶沒再說話，他跳下來，把二寶那個幫套，扔到車上，塞住，說：二寶，下坡的陡太大，你到車後面拖著，拽，往後拉，懂嗎？」

「懂。」

二寶的淚水開始啪嗒啪嗒有聲了，都這個關頭了，大哥還疼他，怕他連車帶人翻下去。

這時，大寶才看清，二寶的兩個耳朵，在月光下，泛著紅光，像兩個又大又軟的紅柿子。天啊，二寶的耳朵凍了，這麼快就凍了，凍成了這樣！他們的帽子早已汗濕成了冰球。大寶從腰間抽下那個包餅子的白花旗布，抖了抖，抖掉上面的餅碴子，疊成三角巾，小心地，給二寶圍上。他叮囑二寶，千萬別碰耳朵，到了家，咱有辦法。

冰凍已使二寶的耳朵麻木了，他一點都不覺得疼，他還顧及著自己的形象，他說：「哥，這像啥麼，這不像個女的嘛。」

「男的女的誰看你！」大寶給了他個厲害。

## 4

父親下了晚班，已經八點多了。他撂下肩上那個二百多斤重的大花筐，裡面是他背回來的濕樹皮，挑揀一下，垛成垛，長乘寬，也是可以按立方米賣錢的。勞苦使父親的兩條眉毛長年蹙著，嘴巴彎著，那是怒氣沖沖的一副表情。如果平時大寶在，他會搭把手接下這個花筐，沒有他，父親只能就著齊腰高的木墩，背靠木墩，慢慢放下去，不至於撅了腰。

母親迎了出來，但父親讓她閃開。「大寶、二寶還沒回來？」

「天沒亮就走的，還沒回來，這孩子。」母親又快步走向屋了，炕上是襁褓中的小雪。

「我去找找。」

「吃了再去吧。」

「回來再吃。」

「都一天了。」

「給我吧，揣上。路上走著吃。」父親說著，他已經把花筐撂到木墩上了，摘下帽子，頭頂騰起一團白霧。父親來不及換下他的大頭鞋，那雙鞋子是上班穿的，平時，父親只穿打了補釘的膠鞋。「這兩個犢子，告訴他們多少遍了，早點回來，早點回來，就是不早回來！」

父親大步出門了。

父親對山林是熟悉的，他土生土長，鑽林子如履平地。父親本可以抄近道的，可是怕走差了，他尋大路。而這時，大寶、二寶，正在小道上打轉兒。父親恍惚發現另一岔道口上，有一對下山的男女，父親還奇怪，這麼晚了，誰家的小媳婦這麼能幹，還跟著男人拉山啊。女的還紮著個翹得公雞大嬸一樣的小頭巾兒。

父親往回找時，想「大寶，二寶」地喊兩嗓子，可又怕把野物招來，這麼黑了，熊瞎子、傻麅子，保不準啊。不但嚇著孩子，父親手無寸鐵，他也是害怕的。

直到進了家門，父親看到拉柴的板車已經卸下輪胎，靠牆立著了，他才鬆了口氣。母親說：「你們前腳跟後腳，怎麼沒碰見？」

父親這時看到還沒解下包袱皮的二寶，二寶的頭上戴著那塊白花旗布的小頭巾。父親難得地笑了，他說：「他媽的，我剛才看見的就是你們倆，我還以為是誰家的小媳婦兒呢。」

二寶說：「看吧，爸把我當女的了吧。」

大寶也笑了。

母親說：「什麼爹呀，連自己的兒子都認不出來！」

早飯是很稀的苞米粥，還有幾個帶著手指印的玉米餅子，東北人管玉米餅子叫大餅子。母親說：「大寶、二寶昨晚拉山累了，讓他們多睡一會兒。三寶、小貞你倆快起來，一個幫媽燒火，一個看小雪。趕早吃，吃完還要幫你哥看捆兒呢。」

母親說的「看捆」，就是過一會，大哥、二哥吃過早飯，去上學的路上，一人扛幾捆柴，昨晚父親已經把他們拉回的灌木打理好。過了道南，在街裡的垓（北林人管街叫「垓」）上，會有很多人買這種針柴，他們多是幹部，幹部家裡沒人打柴。一般的時候，大寶和二寶上課前，就能賣完了，一旦賣不淨，還有剩，跟來的三寶和小貞，就派上了用場。他們在那站著，看柴。如果上學以前全部賣掉了，三寶、小貞回來就只負責拿錢，把錢交到母親手上。如果沒賣掉，等大寶、二寶下課了，或放學了，再接著賣。

今早，母親還給大家炒了一盤土豆片。母親叮囑三寶：「三寶，一會路上你也幫你哥他們扛兩捆，昨晚你兩個哥哥累壞了。」

「行。」三寶嘟著小嘴，嘴裡的土豆片，油少，不太爛。三寶有兩顆兔板牙，他使勁地嚼著，三寶平時也算聽話的孩子。和小貞比，母親比較喜歡他。

「媽，一會我也要跟著去吧？」小貞問。

「是啊，你不去，三寶一人怎麼行。」母親給三寶的碗裡添粥，她沒抬眼看碗裡也空了的小貞。母親一點都不喜歡這個大女兒。按說，前面生了四個，出來一個差樣的，姑娘，她該多麼嬌生慣養，捧著稀罕呀！可是不，母親剛生下小貞時，是高興了幾天，隨著滿月，小貞漸漸現出了模樣，母親就覺得，這個小貞，怎麼咋瞅都不俊，咋瞅都這麼醜呢？你看她上面的三個哥哥，大眼生生，四方周正，虎頭虎腦，白白淨淨。可是小貞呢，一對小腫眼泡，一口小暴牙，直到長到了七歲，也沒個好模樣。人說三歲看大，七歲看老，小貞還特別愛撒謊，嘴硬謊多，很多事兒，你明明看著就是她幹的，可她瞪著眼睛抵賴，就是不承認。這孩子，多像那個好吃懶做、謊話連篇的二流子王米糧。當初真是倒楣，月子裡他第一個來踩的什麼生！

在東北，有「踩生」一說，誰是誰的踩生，就是指在她出生的時候，第一個來到她母親產房的人。第一個來的，孩子第一個見面的，這孩子日後，要麼脾氣，要麼性格，甚至長相，準跟那個人相似。

小貞不買母親的帳：「我長得像王米糧，那是妳出了問題！」她的嘴硬在姐妹幾個人中是出了名的，就是大寶，也說不出她這麼噎人的話。母親說：「報應啊，當初我頂妳姥姥，現在她能頂我了。」母親還說：「笑話人不如人，隨著後面攆上人。小貞長成這樣兒，就是我總笑話人家王米糧，笑話的！」

現在，小貞趴在飯桌前，粥稀且燙，小貞一吸溜一伸脖兒，一吸溜一伸脖兒，聲音不小。母親說：「小貞，小點聲兒，咱是姑娘呢。」

三寶浸著頭，把粥也喝出了豬羔兒般茲茲響，「他有聲不管，偏管我小貞，哼。」小貞沒空頂嘴，用誇張的動作、更大的聲響，對抗著母親。母親說：「又怪我偏心不是，他不是小子嘛，男孩子，有點毛病，不算毛病，咱小姑娘，得有個姑娘樣兒啊。」

大餅子太扎人了，粗得像糠一樣，走到嗓子眼兒，怎麼都難以下咽，鋸得嗓子生疼。三寶吃得較慢，他那小木乃伊身體，雖然長開點了，可是他已經落下外號叫「小乾巴」，這說明他依然不水靈，身體很弱。餅子在大寶、二寶那，都是麵條，稀裡呼隆，就下去了。而在他這，每嘸一口，脖子都抻得鵝一樣長。母親看在眼裡，疼在心上。可是，飯桌上，所有的小眼珠都盯著你，母親怎麼好只給三寶一塊饅頭？饅頭只有兩個，大得像大碗公，放到了父親面前：「你爸爸是重勞力，咱全家，全指著他呢，他要是垮了，咱們也就全完了。」這是母親曾經給大家做的思想工作。頂樑柱該吃點白麵，大家都懂並謹遵了。

父親不忍吃獨食，他把饅頭東掰一塊，西掰一塊，分發給孩子們。塊大塊小，則看他的心情而定。一般的時候，他也是照顧弱小，比如三寶，從不能拉山，可是他碗裡的饅頭，是最大的一塊兒。大寶、二寶，平均。多數時候，大寶會把那塊不夠塞牙縫兒的饅頭，讓給妹妹吃，比如小貞、娟紅，或者小鳳。二寶也想學哥哥的樣子，讓出饅頭，只吃粗糧大餅子。可是，白麵饅頭的巨大誘惑，抵消了讓給妹妹吃的勇氣和良心，二寶一般的時候是低著頭，裝著沒看見，把饅頭就默默吃了。

現在，父親把那個饅頭，掰開來，一人碗裡一塊，大小平均，這說明他今天對誰都比較滿意。棗大的一塊小饅頭，到二寶嘴裡，比糖化得還快。大寶依然往次那樣，把饅頭掰開，放到幾個妹妹碗裡。小鳳還是抓什麼往嘴裡塞什麼的年齡，她把手裡的饅頭塞嘴了。「寶子，你要噎死她呀。」母親搶了下來，她表面是在喝斥大兒子，可在內心，她知道這個反對她生育的大兒子，最疼弟弟妹妹。她希望大兒子也能吃一塊兒。

# 第二章

## 1

黃愛荷、黃愛蓮，她們是姥姥和她胞妹的名字。她們還有四個兄弟，黃青山、黃立業、黃三源、黃雨軒。一夫二妻，是太姥爺黃炳祥的家庭結構。黃炳祥的大老婆不像我們後來電影上常見的大老婆那樣，吃齋唸佛，不生不育。她不是，她識一點字，人還不醜，太姥爺算她的「小女婿」。「十八的姑娘八歲郎，夜夜晒覺抱上床」，說的就是他們那一時期的婚俗。生下第一個兒子的時候，女人二十六歲，她的小丈夫，也就是太姥爺，才十六歲。然後二三四，一連氣生了四個兒子。生到三少爺時，黃少爺已經變成了黃老爺，給三兒餵奶水的秋紅，是窮人的媳婦。到了第四個，小四兒雨軒，又請奶媽秋紅來。這一來就沒有再走，納妾收編了。窮丈夫好打發，幾兩銀子、幾頭牲畜，那家人就寫了一張紙，叫休書，人錢兩訖了。

大老婆雖然對丈夫這樣做有些傷心，可怎奈年華老去，已經像丈夫的娘了，男人喜歡年輕貌美，這是哪個女人都沒辦法的事。讓她有底氣的是，自己有四個兒子，無須擔心日後的地位。二姨太秋紅也算懂事，她不但伺候老爺開心，對大姐，也是上上下下敬著，幹活麻利。多數時候，她不用下人，親自伺候他們倆，把大姐服侍舒服了，才回自己的屋。受了半輩子累的大老婆，也過上了享福的日子，她就比較滿足。當秋紅一胎雙胞，生下倆姑娘之後，年老的大媽，倒是喜歡得不得了，常常跑過來親手抱抱。她說：「小蛋子們長大了，不招人稀罕了，這倆如花兒的小姑娘，多好啊。」

秋紅還會唱些戲，她從小長在梨園，領班的就是爹娘。那一年她們的班子讓對手給使壞，叫人砸了，領班的吐血而死，大家鳥散。秋紅跟一師哥同居。生活不久，師哥竟把她賣給一當地農民，自己拿銀子跑了。秋紅生第一個孩子的時候，那農民看是女嬰，轉手就讓他媽給送破廟，凍死了。秋紅也沒打算在這家長久生活，她還打算再走呢。當她聽到黃家找奶媽，就去應了，老爺和大老婆看她人乾淨，眉眼也順，還年輕，就留下了。奶完小三兒，到了老四，秋紅又一次生產，這一次是男娃，可是那農民和他媽喜歡是喜歡，缺錢。鼓勵秋紅再去當奶媽掙錢，他們說米湯就可以餵活自己的，窮人命賤，沒事兒。秋紅這一去，就再不回來了，那男娃，得了不知什麼病，腦袋大，肚子大，胳膊和腿都細得像筷子。嚥氣的時候，眼睛還睜著。

秋紅沒有牽掛，和農民丈夫相比，秋紅當然喜歡這個有財有貌、年齡也相當的黃老爺，雖然進門當的是小，生了兩個女兒，她覺得自己和他們就是一家人了。

黃炳祥少年讀書，肚子裡有些詩文。因他獨苗，父母親把他當塊冰護著。早早找來個大十歲的童養媳，也是希望香火早日旺起來。在捻軍、太平軍、清軍混戰的關口，國破山河碎，黃炳祥看著瘡痍的家園，決定棄文從武。可是，一腔豪情而外表瘦弱的書生，扛槍打仗實在不是他的強項，幾次掉隊遭到長官的痛罵，痛罵裡帶著侮辱：「小憋羔子，沒個三拳兩腳，來混什麼碗？累不死你！」

自尊心一再受到傷害，黃炳祥的愛國熱情也熄火了。他開始考慮：是不是開小差，跑回去？恰巧這天，部隊活捉一俘虜，從對方身上搜出的情報，謎一樣，沒人破得了。黃炳祥讀過詩文，用藏頭法，給破了出來。一傳十，十傳百。黃炳祥還寫得一手好字，就把他提到機要部，當上文書了。

按這個路數，黃炳祥是可以一步一步向上走，實現抱負的。可是風雲莫測的政局，他們部隊不知為什麼，一下子落花流水了。犧牲、投降的，跑的跑，藏的藏。黃炳祥回了家鄉。此一回，他有種出家人的心境，個人力量太微弱了，風雲面前，保住性命就不錯了。有妻有子，好好過日子，活命才是最現實的。

家裡有了糟糠之妻，不久又續上年輕如意婦，黃老爺很滿足。他在雲貴家鄉安葬了去世的老爹，就帶上老娘、家小，長途遷徙，離開了那個戰火紛亂的是非地。黃老爺選了相對安穩的山東，魚米之鄉，做為休養生息家園。

黃炳祥識文斷字，又經歷過艱苦的磨練，小生意做得風生水起。開始，他做的是海鮮批發，漸漸，有了碼頭。因為走南闖北，廣結好人緣兒，黃老爺的買賣越做越大。老母過世時，他們操辦了當地最大的一樁喪事，流水席白吃三天，隨便來。聞風而來的乞丐，都可以一直坐著吃。黃老爺在當地有了仁義的名聲。

家境殷實，妻賢子孝，這是每個男人的生活圖景。大老婆、二老婆，相敬如賓，表姐妹一般客氣，沒有雞飛狗跳的事發生，也沒有下絆兒使毒的惡行。一對如花的小女兒，黃老爺看見就心喜。讓黃老爺頭痛的，是他的四個兒子。隨著他們的漸漸長大，黃老爺奇怪：這幾個東西，都他媽像誰呢？

## 2

老大黃青山，敦厚，老實，性格像了他媽，可是他除了心眼兒好，哪都跟不上趟兒。讀書吧，一個月過去了，他連個囫圇字還寫不下來，更別說背書，搖頭晃頭，一腦袋漿糊。好在他還聽話，聽不懂，學不會，也老老實實地坐在那裡，不出去亂跑。

老二就不行了，黃立業，真應了那句老話：「老大傻，老二奸，焉嘎帶壞是老三。」老二是真奸吶，小小的年紀，猴兒一樣精。是壞事都讓他做下了，是好事都讓他搶先兒。惹下事了，拿他大哥頂缸。老二的書倒是念得不錯，先生誦過一遍，他就能背下個大概了。開始的時候，黃老爺很滿意，覺得家裡要出個秀才。可是慢慢他發現，老二腦袋好使可他不往正地方用，先生留的作業，他偷工減料，能省則省。讓他抄的帖，他把字寫得大大的，隔三差二，抄個亂七八糟。《三字經》經他一抄，是這樣的：

人之初，性相近，苟不教，貴以專。
昔孟母，斷機杼。教不嚴，師之惰。
子不學，不成器。為人子，方少時。
香九齡，能溫席。融四歲，能讓梨。

父子親，夫婦順。曰春夏，曰秋冬。
馬牛羊，雞犬豕。此六畜，人所飼。
父子恩，夫婦從。兄則友，弟則恭。
長幼序，友與朋。君則敬，臣則忠。

私塾先生發現了他的偷奸耍滑，把他的作業唸給大家聽，連頑劣的老三黃三源，都笑破了肚皮。

老二還喜歡幹的一件事兒，就是小小年紀，願意品盡天下名吃。只要他有了銀子，或者從他哥那騙到，哄出他哥每月捨不得花的用度，準領上一幫小哥們，東跑西竄，吃遍全城。十幾歲的一小幫臭小子，敢用大碗乾白酒，大塊吃肉。吃香喝辣，樂在其中。實在沒錢了，他會提他爹的名號，賒著。店家還是給他這點小面子的，可是，面對他們離去的背影，老闆會晃著腦袋，搖頭嘆息：「老黃家快出敗類嘍。」

「焉嘎帶壞是老三」，是東北人總結出的生孩子規律。一般的家庭，都是第一胎，比較老實，厚道；二胎，則聰明伶俐的多；到了第三，可能遺傳基因結合得好吧，一般的老三，都是又嘎又壞，賊心眼特別多。黃老爺的三源，人長得沒有三塊豆腐高，書讀得也不怎麼樣，可是他成了他哥哥們的頭兒。沒事的時候，他安靜地往那一坐，臊眉耷眼兒，黃老爺還怕這個小三子受屈兒，總是叮囑二媽多照顧著他點。可是他哪裡知道，一幫子出去，帶頭打架、搶東西的，就是三兒。家裡什麼都有，可他就是喜歡搶別人的，開始是包子攤兒啊，小貨郎啊，搶順手了，衝進店裡出其不意就掏出一件小玩意兒。有時候，閒逛一條街，幾個來回了，沒得手，這時候，即使搶來一塊乾巴餅子，他也吃得津津有味，露出勝利者的笑容。

在搶的過程中老三還發現，光有一副好腿腳，快身手，還不行的，還要有一身好武功。現學是來不及了，只要心硬，手狠，敢拚命，就能抵擋一陣。比如有人追上來，面對討要的，黃三源就嘻嘻笑著，把東西給毀了，讓你要回去也沒用了。來者作罷。而那些抄著傢伙追來的，黃三源不客氣，他刷地就亮出刀子。有時還有小包炸藥，轟地一下，把來者炸蒙了。遇上比他更凶猛者，拿命來的，老三硬碰硬，小小年紀還不知命的可貴，敢兑。

老四黃雨軒，顯得有些頭腦了，他書讀得好，做事也沉穩，長相也是父母兼得。在老三指揮著大家胡同裡打砸搶的行動中，他參加少。他更大的興趣，是走單兒，一人玩。老四有一對女性的柳葉眉，母親一樣的高鼻樑，薄嘴唇，眉清目秀。可是有一天，黃老爺正在一酒局上，家人來報，老四出事了。

黃老爺看家人的臉色，就能猜出這不是一般的事。「夫人怎麼了？」黃老爺勉強應付一下酒桌上的各路朋友，告辭回家。一路出來的小碎步裡，家人報告了他大概的情況：小四兒他，小小年紀，竟然會放貸、放賭了。不知惹了誰，被人扎成了血篩子。

# 第三章

## 1

大寶、二寶背起書包，他們的書包分別是父親的兩條褲腿改成的，裡面癟癟，就像糊在身上的一塊補丁。大寶扛起了十捆，他讓母親再給他加兩捆，早賣早利索，早晚跑不了賣。母親說：「那可不行，你還正長個兒呢，壓壞了，就長不高了。你本來就個子矮，再壓著，長大找媳婦都困難了。」

母親的玩笑招來大寶一個白眼，外加一句哼哼。他一使勁，小個子一聳，自己又加上兩捆。二寶還戳在那裡等著，他幹活確實遠遠趕不上大寶，可是他不惹母親生氣。母親只給二寶放了六捆，二寶不好意思比哥哥少這麼多，況且論個頭，他比大寶還高。他堅持，再放幾捆。母親嘆口氣：「遠道沒輕載兒，還是少拿吧，壓壞了可合不來。三寶、小貞，你倆合著抬一捆吧。」

「不行，他倆螞蟻似的，抬出去，別人還走不走路了？」大寶蹭地把那捆柴，又撂到了自己的肩上。

「這個犟犢子。」母親罵道。

大寶、二寶前面走，身上有了份量，步子格外快，三寶、小貞是小跑著相跟著。三寶一手拽襖袖兒，一手扯褲腰，他的褲子老往下掉。三寶熱出了鼻涕，用襖袖順勢一抹，他的襖袖部分都黑油亮成了一塊鐵。小貞說：「三寶，你又往袖子上抹鼻涕了，看回去我不告訴媽。」

「妳還管我叫三寶了呢，妳沒叫三哥，沒大沒小，妳告我也告，媽也會打妳。」

大寶回頭看了他們一眼，大寶的眼神很有威力，他看他們，他們就不再吱聲了，在後面快步跟上來。

「呵，這是誰家的孩子呀，這麼小，就能幫大人幹活了。」

「不只幹活，還能拉山呢。」有人附和。

「誰家的？」

「道南老劉家的那幫兒。他媽你不認識？就是個兒不高，挺能養的那個，聽說一下子生了十個，還不算死的，真能生。」

「人家能生也能養啊，你看把孩子伺候的，多乾淨。一個個也能幹，隨了根兒。」

「是，那女人可要強了，特別乾淨，聽說他家門檻兒，都擦得銼亮。」

「這家爺們兒，有福了。」

「爹強強一個，娘強強一窩兒。老話兒說得沒錯。」

聽到表揚，二寶的腿有勁了，三寶和小貞也都昂起了頭。他們走得雄糾糾，很是自豪。唯有大寶，像什麼都沒聽見似的，悶著頭，一如既往。

今天運氣不錯，剛站下，就有人來問價了。五分錢一捆，雖然大家的價錢都一樣，但貨有差別。劉慶林捨得下力，他把這些小灌木，削得就像一根根竹子。筆直，好用，何況，又是四個小孩兒。

只剩一捆的時候，快八點了，該上課了。大寶把這捆柴立到一電線杆上杵那，說：「三寶，小貞，你們看著吧，別讓人拿跑了。」

三寶、小貞都點頭，說：「知道了。」

大寶拉著二寶的手，撒腿就跑，他們趕去上課。

天冷，兩個孩子對著腳下踢起了歌謠：「小皮球，架腳踢，馬蓮開花二十一，二五六，二五七，二八二九三十一……」你左我右，我右你左，他們用踢腳絆兒來緩解寒冷。小貞突然出主意：「哎，三寶，咱們把這捆賣了唄，賣完了，咱就可以回家了。」

「妳怎麼又管我叫三寶了？媽不是讓妳叫我三哥嗎？媽不是說差半歲也是哥嗎？妳怎麼這麼沒大沒小，等我回家告訴媽。」

「告吧，你就愛告狀，告狀精！」

這時，小貞回頭，才發現，孤零零的電線杆上，沒有了那捆柴，什麼也沒有。那捆柴，長進電線杆裡去了嗎？

三寶嚇得一下子就蹲地上了。

小貞東跑跑，西看看，這時，一個中年男人走了過來，他說：「小姑娘，妳是找這捆柴嗎？」他的胳膊下夾著那捆柴。

「是啊，那是我家的。」小貞要上去搶，可是她又止步了。

中年男人說：「妳家的，我知道，我是想買啊，只是我沒有帶錢，妳跟我回去拿錢吧。」

三寶看向了小貞，小貞看向了三寶。

「不遠，就在後邊。你們倆一塊去也行。」男人說，用手一指。

兩人一起去，小貞膽壯了，她拉起三寶，說：「行，咱們拿上錢就能回家了。」

三寶猶豫著，站了起來。

## 2

當天晚上，三寶就發燒了，還頻頻地尿炕。睡著了眼睛也是睜著的。「這孩子是嚇著了。」母親問小貞她們都去了哪裡，見過什麼。小貞說：「跟著叔叔拿上錢，就回來了。什麼也沒看見。」

母親問：「誰跟那叔叔進屋拿的錢呢？」

小貞說：「我在院裡玩了幾下悠悠（秋千），三寶進屋跟著拿的錢。」

「哦。」母親放了心。她想，三寶也許是讓黃鼠狼給沖了。那時候，在北林鎮，走在柴垛旁或哪條胡同，都能遇見黃鼠狼，當地人叫黃皮子。有時你沒看見牠，一晃，一個黃影，就沒了。人回到家，會流淚，打哈欠，要酒喝，嚴重的，還哭笑著要雞吃，如果有人上去拉她，她會說：「別踩我的腳啊，別拉我的爪兒啊。」——完全是替黃鼠狼在說話。害這種病的多是女人，當地人說女人體質弱，七竅容易被黃皮子串通，串通了，也就被迷（讀「祕」）住了。遇見黃鼠狼的，男人一般沒事，女人或孩子被黃皮子迷了，家人一般會手持鐵鍬、刀具，來到院裡，對著陳年的柴禾垛，一通猛搗，把柴堆掀個底朝天。有時，也真會竄出一隻黃鼠狼，嗖地跑掉了，跑不掉的，被人打死。這時候，屋裡的人，漸漸平息了，睡死了一樣。一兩個小時，回過神來，家人給叫一通魂兒，再過兩天，人也就好了。

三寶是不是被黃鼠狼嚇著了呢？母親等到子夜時分，拿上飯勺，「噹噹噹」，在屋門的頂框上，磕三下，揚聲說：「三寶——跟媽來——三——寶，跟媽來——」如是三遍，再走到大門外，對著院裡的大門框，噹噹噹，又是三下，「三寶，跟媽來，三寶，跟媽來——」叫聲悠遠，淒涼綿長。屋裡的三寶，答得小聲，囁嚅，伴隨著羞怯。雖然他還出著汗，莫名的虛汗，確實很難受，可是母親的這種治病方式，讓他更難為情。小貞、娟紅，她們一雙雙黑亮的眼睛，正看著他，好像他是演員。三寶天生膽小，不願意與眾不同。直到母親拿著那隻勺子回來，到缸裡舀了一點水，抱起三寶的頭，讓他喝下，然後把三寶喝剩下的，灑到屋門後。再叫一聲：「三寶跟媽來——」三寶答應畢，三寶的魂兒，才算回來了。

三寶躺了下來。

小貞嘻嘻掩嘴笑。

那一天母親忽略了一個事實，就是三寶和小貞到了那家，那人把小貞支到院裡跳繩、打秋千了。而三寶，他指著他，說：「來，你跟我進屋拿錢。」

母親沒有深究，她只覺得，出事的應是女孩兒，一個小蛋子，沒人感興趣的。可是後來她才知道，她錯了，她的錯，是她們那個時代的整體性意識疏漏，她們只怕女孩子被人糟蹋，只知道女孩易傷，而不懂得，男孩，也是可能被嚇壞的。

三寶因為這一經歷，影響了他後來的婚姻。

娟紅的出生給我們家帶來了階級的差別和真正的不平等。小貞是大姐，雖然她只比娟紅大兩歲，可是她相當於我們家的童養媳，而娟紅則像個闊小姐。小貞每天有幹不完的活，她不但做飯、餵豬、剁雞食，還要看孩子、洗衣服、拎馬桶。晚上的時候，插雞窩，插大門（雞窩用木板，大門用比她高的木門槓），棚豬圈（豬欄上面也要用木板棚上，因為豬也怕冷）。小貞最恨的就是插雞窩了，她也怕黃鼠狼。黑黑的院落裡一個不到十歲的小姑娘，貼著牆根兒，七拐八拐，幹著一個年老更夫的活，確實難為了小貞。

小貞曾跟我說，她老是怕腳後跟兒有東西，就像有一隻鬼的手，在抓撓著她，她只有貼著牆溜。小貞說：「咱媽吧，不但重男輕女，她還偏向好看的，妳看娟紅，她又稀罕又慣著，從來不讓她幹活，碗都沒洗過吧，倒是比她還小的三鳳，要洗碗掃地。還有留住兒（留住兒說的是我），妳才四歲，就天天抱個土豆撓子（削土豆皮的一種自製工具），黑燈瞎火地打土豆皮，唉，這人啊，就是命，親爹親媽，也照樣不公平！」

小貞的感慨是有道理的，在我們家，確實人人有崗位，沒有白吃飯的。唯獨娟紅，可以逍遙。大寶、二寶，是負責出力的，上山，拉柴，幫父親抬花筐。三寶體弱，但他頭腦聰明，能算得一手好算術，他就負責全家人的文化建設，誰的功課不好了，由他督導、批評，也兼體罰。母親用人識人，人盡其用。五寶、六寶，平時頑皮、淘氣，母親利用他們攀高入低喜歡撒野的特點，讓他們去廣闊天地裡採集豬食菜，一天的定額是一麻袋，要實的，不能虛飄著那種。豬特別愛吃的灰灰菜，在黑油油的大地上，像一片茸茸的草坪。兩個猴子一樣的男孩兒，打著滾玩兒，就把麻袋裝滿壓實了，麻袋實成了一個圓球，小哥倆滾鐵環一樣骨嚕著回來。再小點的，也不閒著，都安排到沒什麼危險的崗位，比如小鳳洗碗，我和英子輪流掃地、削土豆皮。小鳳的兩隻小手，又輕又快。英子也將飯後的殘渣一絲不落地倒給雞吃，小雞只要看見她就會圍攏過來……。唯有娟紅，大家閨秀一樣，閒閒散散，隨隨便便，什麼事兒都沒有。別人幹活是任務，她搭把手算解悶兒。

小鳳曾問母親：「為什麼二姐可以不幹活？她怎麼就沒有分工？」

「娟紅不是有病嘛，她生不了氣，妳看她脖子下，那淋巴，一氣就起來。」

「她一氣就起淋巴，我一氣還流鼻血呢。」瘦小的三鳳，像大姐小貞，敢於鬥爭。

母親自知理虧了，笑笑，說：「妳們都是我孩子，手心手背都是肉。」

「手心手背可不同，上回娟紅上火，妳帶她吃的是冰糕，我病呢，就是一碗白糖水。」

「咦，都跟妳大姐學啦？都學會頂撞我啦？」母親強詞奪理，還要虛張聲勢。

「那我也不幹了！」小鳳把笤帚扔掉，罷工了。

## 3

因為四寶的夭折，母親在給五寶起名的時候，從第二個字，鐵部分，就改轍了，不再順著「鐵」來叫，大寶劉鐵漢，二寶劉鐵良，三寶劉鐵民。四寶被老天收去了，母親怕剩下的也給順了去，五寶改叫劉林海、六寶劉林濤了。他們順了父親尾字「林」那一脈。

小貞長到十七八歲的時候，連鄰居都奇怪：「你家小貞，為什麼長得一點都不像你們老劉家人？看她上邊，三個哥哥，大眼生生，都那麼好看；再看她下邊，幾個弟妹，也都水靈，怎麼就她一個人，長了一對小腫眼泡兒？」

大家說這些話，是不忌諱的，因為她們也都相信「踩生」一說，知道小貞的踩生人，是那個人人不待見的，人人痛斥的，我的二流子姑父。她們挑起這個話題，一是表揚母親，說她養的一堆孩子裡，個個都好，小貞稍差，也無大妨。而同時，也能讓母親，把那個王米糧的故事，再講一遍。婦女們在一起，愛聽家長里短，然後對勤勞的二姑姑，寄予同情。

母親說：「也怪了，生頭幾個，都是他姑姑來的，來了也捨不得工夫兒多待會，留吃飯都留不住，說地裡有活，緊趕慢趕就往回走了，他姑姑就是個勞累的命！到了小貞這，那天還下著小雨，誰想到，是他王米糧冒上來了呢。他說去街裡給牛治病，抱個鞭子，就進屋了。當時小貞剛睜開眼，看到的就是她姑父這麼個德性。該著啊，有什麼辦法呢，現攆出去都晚了。」

母親生下我們這一堆，都是在家裡生產的，請來接生婆，之前好煙好茶地恭敬著，之後好吃好喝招待一頓，就算酬勞了，不用付錢。家裡沒有沙發，對客人的招待，一律是上炕，稍遠的關係坐炕沿、邊上；親戚，或者貴賓，就是炕頭兒了。接生婆從早晨來，就盤腿坐到了炕頭上，炕頭兒是北林人待客的最高禮遇。

小貞的出生很順利，白胖白胖，又是個姑娘，接生婆和母親都很高興。父親當時又跑出去多買了一道菜，算是慶賀。酒足飯飽，接生婆前腳剛走，王米糧後腳就到了。他抱著個趕牛的鞭子，五月份了還穿著大棉襖，長年的油漬使那黑棉襖發著鐵皮一樣烏黑的亮光。又來趕飯碗了，可是他怎麼趕上了小貞的踩生？唉。

王米糧說：「你二姐說了，弟妹可能這兩天生，讓我捎來五塊錢，給弟妹下個奶。」說著，他瀟灑地伸手到懷裡，捏咕半天，掏出一張票子，拍到炕沿兒。意即：看，我不是來白吃飯的。

母親沒給他什麼好臉色，勉強地說了一句：「他姑父，你坐吧。」讓出了炕沿兒。母親自己，則坐回炕頭上，頭上包著花頭巾，五月份的天，確實還不暖。剛生出來的小貞，包裹得像一穗玉米，放在炕裡，炕根兒上，母親是怕其他的孩子跑進來，壓著、碰著這穗玉米。

二姑父不客氣，他說：「看看孩子。」然後不管母親願意不願意，他探身向裡扒望，這時小貞就醒了，嬰兒的臉就像小老頭，全是皺，還很紅，並不好看。二姑父說：「是個丫頭。」母親很煩他說話，什麼丫頭丫頭，又不是舊社會。

二姑父穩穩地坐在炕沿，中午是肯定不走了。父親問他：「喝水嗎？」二姑父說：「還喝水呢，不喝肚子都咕嚕咕嚕叫，沒食兒啊。」

「那麼大人了又不是小孩子，肚子沒食兒怨誰？我二姐天天那麼辛苦下地，你都管不了自己的一張嘴？」母親像呲答兒女，跟二姑父說話。也難怪，別說母親，就是父親，都痛恨這個比自己姐姐大十幾歲的老爺們。他差不多是集所有東北老爺們兒的毛病於一身，是東北好吃懶做型的標本。平時，姑姑下地，他放牛；姑姑做飯，他在一旁喝酒；姑姑晚上搓玉米，他早早睡懶覺兒；姑姑吃粗糧大餅子，他偷出錢來買糖蜜麻花。總之，姑姑成了他家的長工，每天都男人一樣幹重活，他則懶婆娘一樣處處溜奸耍滑。懶和饞，是村裡人最忌諱的毛病，也是人人都愛享受的毛病。王米糧把這兩樣都占上了。

母親背後一直管姑父叫二流子，隔一段時間，母親就會說：「你那個遊手好閒的二流子姐夫，又要來趕飯碗了。」

今天，他把飯碗趕了個正著。

母親所言不虛，王米糧經常拉上那頭比他還懶的老牛，有時去山坡上吹吹風，有時去街裡看看病，說牛不吃草了，可能病了。其實他是想走一趟，去街裡，去街裡每次就要路過我們家，二姑父會找出各種理由，到我們家停一停。口渴了，腳累了，跟牛歇一會兒。他的口渴或腳累總是正趕上我家的中午飯，總不能大家都吃讓他看著啊，磨磨蹭蹭，他就端起了飯碗。

現在，遞上五塊下奶錢的姑父，吃得更理直氣壯了，禮都隨了，焉有不吃之理？好歹還是個喜事。父親除了給母親煮小米粥、雞蛋，給他的二姐夫做的下酒菜，就是土豆絲、土豆片、土豆泥了。雖然父親的土豆絲切得很粗，粗得像木棍，片也厚得像木板，可是桌上有打來的一斤酒，這頓土豆宴，有酒有菜，也就算一席了。

在小貞越長越大的日子裡，母親總是用狐疑的目光，審視她：這小貞，真是被踩生了，越長越像那個王米糧了。

「像也是妳的問題！」小貞的反抗很有力量，說得母親一愣。

「咦，這孩子，這麼小就會血口噴人了。」母親說，「那個二流子王米糧，長得那麼醜，黃眼耗子似的，我看上誰，也看不上他呀！」

「那誰知道！」小貞說。

由於劍走偏鋒，小貞的反抗很奏效，母親後來，輕易不敢再說她長得像誰誰了。因為小貞的回答，讓父親也很煩惱，他會一天時間，都不給母親笑臉，而在小貞的記憶中，父親是怕母親的，母親是這個家的最高領導，中央政府，集權。而現在，父親的態度，顯然是厭惡了母親，至少是動搖。母親老實了，她的老實表現在，一天三頓大飯，做起來不再唉聲嘆氣。每個孩子兩套棉衣，夏天就早早縫製出來。母親對小貞，也經常稱呼「我大姑娘」了，而不是像從前，動輒就說：「看妳那受氣的樣兒，像妳姑！」

母女鬥爭，小貞取得了小小的勝利。

勝利的小貞還總結出了她小時候經常失敗的教訓，那時候，她沒有這麼多學識，跟母親頂起來，就是硬碰硬，母親說一句，她有十句。她的活兒幹得不好，錯誤就擺在那裡，她也不服批評，嘴裡橫七豎八飛出一堆話，惹得母親上來擰她的臉，掐她的腮。每當這時，三姐小鳳就遭殃了，小鳳本來是背在她背上的，她們的頭是同一個方向，都向上。而這時，大姐小貞會突然一抖，也是一聳，背上的小鳳，就被反方向聳了個腳朝上。

頭朝下的小鳳就像三十年後奧運會上的體操冠軍，兩腳的吊環兒是大姐尚未撒把的兩隻小手，小鳳的本能掙扎使她的動作顯得高、難、險。小鳳的小臉兒都憋青了。「妳想控死孩子呀！」母親大叫，並來擰小貞的臉。

「妳養出來的崽子，天天讓我哄！」小貞一抖摟，小鳳又被劫持的人質一樣，正了過來。小臉兒貼著她的姐姐，母親下不去手了。

# 4

後來的日子裡，小貞還用怠工、破壞設施等行為，出她胸中的悶氣。家裡的碗、盆、碟，時常有磕掉的茬兒。有一次，那個容十口人用的馬桶，大缸一樣，裂璺兒了。早上小貞拎走的時候，地上滲了一灘濕，是尿。母親心疼啊，這馬桶很貴的，相當於家裡的一大件，準是小貞晚上拎進來的時候不好好拎，摔摔打打，磕裂的。母親追出去問是不是她幹的，她怎麼忍心摔破了馬桶。

「憑什麼就說我呢，五寶、六寶也有拎桶的時候啊。」

「妳拎的時候多呀。」

「幹活多還有罪了唄。」

「妳就說是不是妳磕的吧？」

小貞突然一昂頭，大聲地回答：「不知道！」

「妳打死我也不知道！」小貞學起了劉胡蘭。

她的英雄氣概把母親都氣樂了，母親說：「可惜，妳的英雄都逞在了家裡，跟妳媽使了。」

母親後來，也改變了持家政策，因為她看出，小貞快成農民領袖的頭兒了，沒有她，小鳳不會也學會頂嘴；沒有她，英子不懂用怨怒的眼神看她。小貞說：「咱媽呀，天天天不亮就讓咱們起床，糊火柴盒，糊火柴盒，快累死了。我看她不像咱們的媽，倒像個女生產隊長！」

說母親像個生產隊長，事實上她比生產隊長更能幹。因為真正的生產隊長，是背著手的，偷奸耍滑得過且過的；母親不是，她身先士卒，全心全意，而且不留餘地。比如現在，為了領導大家把火柴盒糊得好，她親自上陣，手不閒著，嘴不閒著，眼睛也沒閒著。

案桌前，母親盤腿而坐，她的左右腿形成兩個窩床，正躺著吃奶的雙胞妹小智和小慧，她們一左一右，腳對腳，她們吃她們的，母親的手忙自己的。刷漿糊，捲盒套，母親是兩隻手工作，同時捲，不須眼睛看，她的眼睛用來巡視哪個孩子不好好幹，搗亂。

「五寶，你的漿糊刷得太厚了，那樣盒不好乾，麵粉也浪費。」「六寶，老實點，別淨往人家那扔，圖那點小便宜。」母親可謂「眼觀六路，耳聽八方」，她一邊飛快地完成著她這道工序，一邊指揮調度。催促犯睏的英子，調解正跟英子嘔氣的小鳳：「別跟妹妹一樣的，大的讓著小的。」正說著，「哎喲，」她懷裡的小智，因為吸不出奶，會突然咬她一口，母親疼得說，「這孩子，這孩子。」也有左右兩邊，齊心合力，一起咬母親乳頭兒的時候，母親推了她們一下。「牙還沒長呢，就知道咬人啦！」這一推，使本來就吃不足奶的她們，「嗚哇嗚哇」，變成嘹亮的軍號了，「嗚哇兒——嗚哇兒

——」震得耳鼓都顫。母親怕影響大家的工速，因為哭聲讓我家小小的屋子一下子就炸了，大家紛紛停下手裡的活兒，圍過來看。說實話，大家都是喜歡這對小妹的，她們倆太小了，抱在懷裡，像抱個小小的玩具娃娃。母親說：「別看熱鬧，別看熱鬧，看也手都別閒著。」然後她趕緊安撫這兩個惹麻煩的小東西，用腿輕輕顛晃。母親的腿相當於搖籃，或者比搖籃更舒服，晃一會兒，再把嘴填滿，她們就不哭了。慢慢地，睡著了。

# 第四章

## 1

把老四救活後，黃老爺給兩個老婆開了會。他說：「我平時在外邊忙，鄉黨會，搞應酬，哪個廟拜不到，燒香都不靈。妳們倆呢，平時也沒什麼事兒，怎麼連個孩子都管不好呢？」黃老爺批評大老婆，說：「妳身為親生母親，從小對四個兒子就縱慣，不然不會走到今天。」又責問秋紅，說：「妳雖然不是他們的親生母親，但妳比大姐年輕，精力好，也應該用些心才是。」

大老婆說：「你是忙，可我也沒閒著呀。那個什麼什麼商會的會長夫人，叫我陪著玩幾圈，我能不去嗎？你以為我願意去啊，去了也是輸銀子，那不都是為你墊關係嘛！還有誰誰誰，說要聯合起來把你從碼頭上擠出去，我不也是東打點西幫襯，拉攏他們，希望他們別整你？還有，家裡這一大攤子，上回我聽說，洗衣房的那個王寡婦，要跟大廚私奔，出去成家另過了。他們走了，我們家這塊怎麼辦？還有你娘和你爹的併骨，不是我操心讓人跑去大雲南，去那麼遠把他們給合了，你娘能閉眼？一攤攤一件件，我可沒閒著啊。」

這是大老婆第一次跟黃老爺頂嘴，幾十年來，他沒聽過她的抱怨。

「這麼說，還委屈妳了，呵呵。我怎麼聽說，妳的時間都用在了店鋪上，哪哪的那個鋪面，讓妳娘家什麼侄子幹了，靠得住嗎？」

「我就是白給了他，還不應該呀。當牛做馬在你們黃家幾十年，沒功勞也有苦勞吧，那一小店面，我讓誰幹，還沒這點權力？」

黃老爺點點頭：「你有這個權力。」

大老婆說：「你不要頭痛卻到腳上找毛病。四個犢子不爭氣，天天招災惹禍，老大還好點，他像了我。另三個，不定中了什麼邪！」

「養不教，父之過，誰的孩子誰不疼，你還是拿點時間，管管他們吧，他們怕你。我們一個當媽的，誰捨得往死裡打孩子?!」

黃老爺「唔」了一聲，又把臉轉向了秋紅，這個他平時寵愛的妻妾。「妳，都忙些什麼呢？」

秋紅說：「老爺，四個少爺，我是管得少了點，可是我想著，讀書有先生，家教有大姐，我一姨娘，管多了，他們會煩我、恨我，時間長了，就不好相處了。」

「我怕老爺到時候怪我這當後娘的偏心眼兒。」

「其實咱小四兒，平時看著挺好的呀，不聲不語，他小小年紀怎麼就會放貸了呢。」

「老爺我可以衝天說，我的心思可是全都撲在這個家上。有幾家鋪子仗著偏遠，咱們去人不方便，他們長年欠帳，後來幾筆款子就是想賴帳。是我抽空兒，帶上人找他們討回來的。不信你問問我大姐。」秋紅把臉轉向了老大，老大慈愛地點點頭，給她證明了。秋紅還說：「那些總想賴帳的，躲一時是一時的，我沒慣著他們，給他們長了利息，連本帶利，越拖越多，看他們最後是吃虧還是占便宜！」

「秋紅是沒少幫咱們家攬錢。」大老婆說。

「呵呵，」黃老爺笑了，「這麼看，小四兒吃妳的奶最多，他是像妳了。」

雨軒被扎成了透籠兒，小三子哪信這個啊，那是他弟呀，他得替弟報仇呢。平時找茬兒還沒茬呢，老三嚥不下這口氣。他帶上他的一幫兄弟，找到那夥人，有備而來，上去就把對方的腦袋給開了，腿卸了，趴在地上的，只剩一口氣兒。

打完就回家了，回家後，三源還指揮大家，脫去血衣，洗淨血手，讓廚房給他們開飯，說兄弟們太餓了。

沒多一會兒，他們正吃著飯，院門大開，傭人紛紛向後退，院裡好像刮進來了一股黑風，黑衣人，手拿板斧，見人就砍，見物就劈，一直劈到小三他們屋。大家手裡沒傢伙，只是易碎的酒碗，擲過去，也就一下子，再無還手之力了。風刮走後，一片殘垣，血肉殘垣。

黃老爺到家的時候，大老婆已經沒氣了，看樣子她是跟他們拚過命。二姨太當時沒在家，帶著兩個閨女去看戲，躲過了一劫。四個兄弟除了老四，他因受傷一直躲在裡屋，其他的，都是血葫蘆。傭人除了管家外，均無掛彩。看來他們是保命躲藏了。

現場還留信一封，告誡黃老爺，他們太歲頭上動土了，他家鱉犢子們打的人，正是斧頭幫孫爺的兒子，親兒子。自己想想吧，拿什麼，能平了這事，自己掂量著辦。

災禍的平息，是黃家的傾家蕩產。

大老婆死了，因為四個孽子，不明不白，還賠了那麼多銀子。黃老爺只覺得一口東西，堵在胸口，上不去下不來，躺著難受，坐著也難受。從前，同僚們喝酒，他一下子能乾進一碗，現在，他喝口水，都噝不下去，就是覺得有東西，堵著。

黃老爺一病，這個家就算塌天了。

晚上，秋紅把一切打理好，她把兩個女兒安坐在丈夫左右，輕調琴弦，秋紅想給老爺唱一段，解解悶兒，緩一緩丈夫難解的愁緒。她知道，黃老爺心疼家產，也有對大老婆的思念。這個家要想東山再起，除非老爺起死回生。秋紅粉黛戲妝，舞臺上真人秀的打扮，她輕輕撥動琴弦，唱道：「夫在東來妻在西，勞燕分飛兩分離……」

這時候，老大慌張跑進來：「爹，不好了，匪兵又進來了！」

## 2

這時候是一九一五年，國恨家仇，亂世沒有好日子。直皖戰爭，直奉戰爭，國民革命北伐。戰爭打敗的散兵游勇，像黃河兩岸的乞丐一樣到處流亡。不定什麼時候，他們就鑽進院子。他們會說：「老子在前線流血打仗，吃你們點東西還不應該嗎？」光吃也就吃了，還要搶，見什麼搶什麼。他們還不同於鬍子，鬍子殺富，基本不奪貧。而他們，一路搶奪，專揀老百姓欺負。這些兵匪打過仗，見過一條命一秒鐘前是命，一秒鐘後是灰。他們活著出來，已經拿命不當命。只想吃好喝好，活一天是一天。

黃老爺讓妾女向裡屋走，他起身迎了出來。匪兵們什麼口音都有，南方的話是哇啦哇啦，他們面都不蒙，衣服領子歪斜著，橫衝直撞，一看就是打了敗仗逃竄的散兵，沒根沒系，自成土匪了。

走南闖北的黃老爺，能聽得懂南方兵的哇啦，他們是在命令，讓這個看著就像有錢人的老頭，把值錢的，東西、銀子，統統交出來。不然，他們的刺刀不認這些。

其中一個小個子還說：「這世道，可別捨命不捨財啊，今晚你還吃著飯呢，一會，哐，一炮炸彈，嘴就不知哪吃飯去了。」

黃老爺一拱手，說：「兵爺，看什麼好，儘管拿。」

其實家裡已經空了，沒什麼東西好拿了。

「少耍滑頭，老東西。讓你給我們拿！」一兵用槍托拐了黃老爺一下。

四個兒子，四條虎一樣衝了上去，父親挨打，他們的血性一下子又被點燃了。

槍栓嘩地拉開了。

黃老爺喝止了他們，讓他們退到身後去。

有一個膽兒小的家人，看到這一幕他嗖地向後竄去，是想躲開還是去保護秋紅她們，黃老爺判斷不出。他的飛跑，讓一匪兵以為他是去搞什麼貓匿，提著槍就向他追去。

後面亂了可不得了，還有兩個幼小的女兒呢。黃老爺說：「兵爺，咱們匪有匪道，哪行有哪行的規矩。今天爺們不就是要錢嗎，拿錢就是了。跑後面，驚嚇了家眷，不應該，不應該吧。」

可是那個兵像沒聽見一樣，繼續向屋裡竄去。

一幫兵黃蜂一樣擁向後院。「站住！」黃老爺斷喝，大喊，撕裂的嗓音像閃電，但在兵匪們聽來無異於蚊子。四個兒子離箭一樣衝到前面，他們去保護他們的二媽和胞妹。

原本站著沒動的，看這一跑，一定以為後院有成箱子的金條吧，呼啦啦，全都奔向了後屋。黃老爺步履踉蹌，他意識到今晚，可能要完了，難逃此劫。只有魚死網破了。

黃老爺拿來了槍。他當兵回來私藏的那把手槍。

擁到後屋的兵匪們，看到一母兩女，瑟縮在哪兒，他們一時不知怎麼辦好了。

兄弟三個圍了上去。老大過來靠助父親。

黃老爺說：「誰先壞了規矩，我就打死他！」

有一兵不信，他可能以為黃老爺手裡的槍是假的，他挑釁一樣，用手，上去摸了秋紅的臉一把，說：「嘿嘿。」

「啪！」黃老爺的槍響了，那麼密集的人群，他的槍法還挺準。匪兵倒地了。

持刺刀槍的兵匪們呼啦一下，他們用幾十支劍戟一樣的刀尖，對準了黃老爺，他們是想，把這個老頭當稻草人來練了。秋紅、孩子不約而同衝了上來，她們不顧命地圍住老爺，哭聲一片。有一兵匪惡毒地挑向秋紅的臉，想破相，黃老爺一挺身，上去了。妹妹愛荷背上刺來一刀，老二用胳膊，擋開了。

從此胳膊不吃硬，悠著走，落下外號黃拽子。老三在搶護父親的撤離中，缺了一截腳趾，穿上鞋看不出來，但走路快了，明顯腿跛。在後來他們發達的歲月裡，「黃拽子」、「黃瘸子」，是人們對他倆的畏稱。

還剩一口氣的黃老爺，把全家老小叫到跟前，告訴他們去關外逃命吧，那裡聽說只是一夥人統治，一人當家，混戰少，日子好過點。

老大青山問：「爹你怎麼辦？」

爹說：「不用管我了，我走不了。」

青山說：「爹我背你。」

爹說：「那哪成呢，不是一步兩步的道兒，遠著呢。唉，我是要去陪你娘去嘍。」

秋紅說：「老爺我願意留下來，陪你。讓他們幾個哥哥帶著妹妹走吧。」

黃老爺湧出了淚珠，他沒白疼這個女人，有情有義。黃老爺說：「妳們都走吧，沒妳帶著，他們沒有主心骨。遇事沒主意。我也不放心。妳們都走，我也就淨心了。」

然後老爺吩咐，讓他們都出去，他想一人清靜一會兒。

然後黃老爺，用女人的方式，切脈永訣了。

# 第五章

## 1

大寶、二寶賭氣參加了鐵路的大招工，去了北京門頭溝兒的丁家攤兒，叫「入路」。

這年春天，當大寶看到母親的肚子又鼓起的時候，他都氣哭了。他對母親這種隨心所欲、不計後果的繁殖，束手無策，難過得淚水洶湧。他嗚嗚滔滔地說：「媽，你們這是幹什麼呀！你們還像個爹媽嗎？」大寶抱過小鳳，又扯起六寶，他說：「你們看看，看看，弟弟妹妹都瘦成了什麼樣兒，不是營養不良，六寶的腦袋能這麼大嗎？小鳳，胎裡就沒吃飽，看她骨頭軟的，都兩歲了，還不會走呢。媽，爸，你們只管生不管死活啊！」

「嗚嗚嗚！」大寶臉上的淚水把他螫癢了，他用胳膊肘到臉上狠狠一蹭，繼續哭。「嗚嗚嗚，你們幹點什麼不好呢，拚命地生孩子！……這可不是玩具啊，不用吃，不用喝，一張張小口，等著吃飯呢，你餵給他們什麼？嗚嗚嗚……」

大兒子犟，這一點母親是知道的，平時打他，他都不給你掉淚。可現在，大寶哭成了這樣，母親都不知所措了，她還沒見過兒子如此傷心。她也像犯了錯一樣低下頭。

難堪的局面，讓父親惱羞成怒了，他叫板道：「有能耐，你把弟弟妹妹都捏死啊。這個家，你不願意待，就早點滾犢子啊！」

捏死弟弟妹妹，是不可能的，但滾犢子，離開這個家，對於一個長大了的小夥子來說，應該是不難的。那一年，大寶所在的學校，趕上全國鐵路大招工，叫「入路」，大寶不但自己報了名，他還拉上二弟，讓他跟自己一起走。離開家，到外面找生活。

離開家裡這個火坑。

回到家的時候，大寶給父母看的，只是一紙通知書了。

「你這麼小，還不到十八歲，人家也收？」母親問。

「收，一鍋抬，這還不夠呢。」

「你這麼點個兒，去了能幹啥呀？那裡可不是打打針柴那麼輕鬆。」父親也不相信。

「沒辦法。缺人吶，是個半大小子都要。瘸拐瞎都要，湊數唄。」對父親的回答，大寶明顯是挑釁。

「願去你自己去，拉著二寶幹什麼？」

「二寶是我弟，我得帶著他逃活命呢。」

「你是說家裡沒法活了唄。」

「無底洞，活不好。」

「比火坑強不哪去。」大寶又來一句。

擱平時，父親大巴掌早掄上了，可現在，大寶要走了，翅膀硬了，跟他敢分庭抗禮了。父親一下子就傷心得蹲下了。

臨走前，是半夜的火車，大寶看著這一炕的腦袋和一地的鞋，都是他的弟弟妹妹，真要離開了，他很捨不得。大寶眼裡噙著淚，一一摸著弟妹們的頭。母親過來看他，大寶不願意服輸，更不能露出軟弱，他一吸鼻子，把淚水吸了回去，換上一副冷硬的臉，表情分明是：「哼，生孩子還生上癮了呢。」父親也走過來，他不理他的大兒子，可又捨不得走開。嘴角一樣是堅硬的，潛臺詞像說：「哼，敢情生完你了，你到人世走一遭了，樂了，玩了，他們呢，都是你的弟弟妹妹，誰不想來人世看一看！」

六寶醒了，他拉住了大寶的手，叫著：「哥，哥。」

大寶把他抱進懷裡，頓失滔滔。

## 2

大寶、二寶走後，母親說：「大寶不是嫌家不起嘛，咱們就好好過，過給他看看，讓他看看咱們家，是不是人多力量大，大家是不是都是白吃飯的。」

母親根據家裡這些弱勞力的特點，不能上山打柴了，女孩多，就集中家裡糊火柴盒吧，女孩子，適合手工業，糊火柴盒是髒點、慢點，但不傷不碰，沒有危險。

全家人圍坐在一起，糊出一千個完整的成品盒，才掙九毛五分錢。母親說：「大鍋飯，最好混了，誰磨洋工都看不出來，效率低，還影響了幹活好的積極性。這樣吧，給大家分組，包產到組，一組兩千，早幹完早出去玩兒。」

五寶、小鳳沒有異議，因為他們的手都特別快，明顯願意顯示自己。我和英子不高興，因為我們幹得慢。還好，母親還算主持公道，她把我們強弱搭配，重新整合資源。五寶最大，也最能幹，他就要跟最小的英子一組；六寶居二，他按序，和我一組；娟紅則和小鳳。這時的娟紅，已經跟我們大家一樣，要參加勞動了，把她逼到勞動人民的中間，是小鳳、我，還有英子，我們集體罷工，多次向母親鬥爭抗議的結果。我們說：「比她大的也有，比她小的也有，為什麼她就可以光享受，不幹活呢。」

母親說：「她不是有病嘛，不是怕上火嘛。」

「小鳳不怕上火？英子不怕上火？誰上火了不得病？」車軲轆話，都爭執了多少圈兒。

「她是妳們的姐姐，妳們要尊重她。」

「媽妳平時不是一直教育我們大的要讓著小的嗎？」

「大的讓著小的，姐姐照顧妹妹，怎麼到了娟紅這，就小的要讓著大的了呢？」

母親詞窮。

我們句句頂硬，把母親平時宣教的那一套，和她具體施行的這一套，打得落花流水。母親沒辦法，只是用微笑，來死活不認帳。我們看不動真格的是不行了，那一天，我們三姐妹，不但罷工，還絕食。法不責眾，母親不好一個一個地打，也可能有下不去手的成分，更大的擔心，是我們不吃飯，餓病了，不是要出更大的麻煩嗎？母親只好妥協了，讓娟紅參加勞動，和小鳳分一組。娟紅幹活像繡花，兩千的勞動量，小鳳能擔一千五，她完成五百就不錯了，雖然這樣，小鳳也高興。

人員分組後確實提高了勞動效率，母親還規定，連續三次拿到第一的，月底有獎勵。獎品是一塊錢，夠買二十根冰棒，十碗甜爆米花。有了競爭，就有速度和效率，比拚是殘酷的，連續三次拿老末兒的，還要懲罰，不但什麼都拿不到，還要負責收工之後的刷案板、清洗工具、曬盒、掃地，一切戰場的打掃。看你以後還當不當磨磨蹭蹭的老牛了。

我們大家只負責糊火柴盒底，技術含量較低的第一道工序，屬於基礎工作。母親不同，她捲蓋兒、粘標、成品盒，是終高端。捲蓋兒是火柴盒裡最重要的一道工序，如果盒上的商標捲不正，或太緊太鬆，都容易崩開。即使不崩，驗收時也要降等，每等相差五分錢呢。我們家的火柴盒從來都是一等品，這是母親引為驕傲的地方，她一直說，盒站的老吳頭說了，老劉家送來的火柴盒，都不用看，管保不會破頭扯爛，一等品。

母親願意維持她的榮譽，為保持榮譽，她對我們嚴格把關。誰糊的盒底不正了，歪了，要返工，重糊。損失大的，要包賠。也就是扣工資（一個季度，我們每人能發到一塊錢）。母親為了她的榮譽，付出的辛苦也是慘重的，我們小工糊出十萬的盒底，她就要親自捲出十萬的盒套，還要粘商標。我們糊出二十萬，她則要捲二十萬。二十萬個成品盒啊，她是我們勞動的二十倍。

但母親能咬牙堅持。

## 3

如果說姥姥有領導男人的才能，那麼母親確實有管理孩子的本事，不然，她不敢生了一個又一個，一下子生出這麼多。就說我們現在吧，分組，競爭，有了產量，可也有了疲憊、倦怠呀，犯睏的信號是傳染的，六寶瞌睡了，英子的眼皮就打架了。有人說累死了、煩死了，附和的人也馬上說是啊，我們班同學，星期天都能出去玩，我們卻要待在家裡，天天糊這破火柴盒！

我的感慨也是她們的共同感受，可不是嘛，好不容易星期天，好不容易放假，誰不想出去玩玩呀，五寶、六寶曾自製了抬漁網，就是一張撿來的有篩眼的鐵布，一邊插一根棍兒，就成抬網了。兩人到河邊，往水窩深的地方一插，兜住，抬起來，有好多小鯉魚呢，越抬越上癮，是個太好玩的遊戲了。英子也有她的娛樂，她有一柄心愛的蜻蜓兜，那也是她自製的，當然，有我的協助，用她的花手絹，縫成長形口袋，再縫在圓圈鐵絲上，下面一柄隨處可撅的針柴棍兒，一支上好的蜻蜓兜，就做成了。在滿天飄飛的蜻蜓中，只要把這支兜輕輕靠近柵板梢兒，就是蜻蜓挺立的地方，輕輕一兜，那隻小東西，就穩穩地落進了兜裡。一會兒，就能弄上一小串，還有特別紅的，大家管牠叫新媳婦兒，特別細的，叫蜻蜓娘子。每當幹完活，英子都會歡呼：「兜螞螂去嘍。」

外面正是秋天，陽光好，空氣好，天高雲淡。我們卻要窩在屋裡，糊這遙遙無期的、瑣碎的、煩死人的，破火柴盒。

這時候，母親看到渙散的軍心了，她不來硬的，而是懷柔。身先士卒，已經不能起表率作用了，她要換樣，變招兒，督導大家起來喝口水，活動活動，精神精神。

沒人聽。活動也好，精神也好，時間都是自己的，你活動一天，你的活也沒人替你幹，兩千的量也由你自己組來完成，你活動個什麼呢。

「留住兒，別總坐著，起來喝口水。」母親說我，我的小名叫留住兒，我上面的姐姐小雪沒活下來，都快一歲了，夭折了，母親就給我起了個「留住」。母親讓我喝水，實際就是讓我打起精神頭兒，我兩手糊著漿子，像一層繭，難受死了，我怎麼還願意動呢。只有三鳳的兩隻小手，像機器，我都沒見她是怎麼彎的，一個盒底就飛出去了。我想，三鳳天生就是糊火柴盒的，那兩隻手麻利得無人能比。長大後她瘋狂地迷上了麻將，能準確地摳摸出寶兒、風，還有三餅、四餅，一坐二十四小時不動窩兒，晝夜堅持，這得益於她幼時的童子功。

不但軍心渙散，戰爭又要起來了。「媽——六寶又把他的圈兒，扔到我這邊來了」五寶開始告狀了。六寶不在乎，依然把他做好的圈兒，我該糊成的底兒，扔到了五寶那桌兒。明顯，他是在犯邊境，挑釁。悶頭糊盒，實在太枯燥了。

「六寶你老實點，怎麼一幹活就犯毛病？扔人家那兒一個兩個，美到哪兒？一人兩千呢，讓人家幹上那麼一兩個，還落個懶的名聲，多不值。」

母親說著，又看到了另一組，小鳳，小鳳，小鳳把紙條上的漿糊都刷成水汪汪了。「小鳳，給鬼子幹活呢，漿子刷那麼厚，盒雞曬乾不說，多費麵粉呀。盒站發的麵粉可有數兒。」

「媽——六寶還扔。」五寶再告。

「六寶你怎麼就不聽話，等你爸回來熟你一頓皮子是不是（東北所謂熟皮子，是抽人身上一頓皮帶）。」

「反正已就是已就了，」六寶知道跑不了一頓打，索性破罐破摔了。他連母親也不再怕，繼續投籃一樣，一個圈兒一個圈地扔。

五寶的嘴上發著狠：「看著吧，等爸回來，媽不給你告狀，看爸不抽你。」

在我們家，母親相當於政府，黨委、黨政一肩挑，是最高領導。她除了制定政策、施行方針，還隨時發布命令，而父親，也就相當於國家機器，具體地說，是警察、軍隊、行刑的劊子手。當父親下了班，回到家，母親告訴他誰誰誰犯了錯誤，幹了什麼，不等再說什麼罪，父親就不顧疲憊，掄起他的鞋底，或者皮帶，猛掄一頓。有時我都怕他累得上不來氣，悶過去。父親不管多累，他都不惜力氣打孩子，狠狠地打。好像這打，有助於緩解他的疲累。

當然，母親不希望他實打實地打，打壞了怎麼辦！威嚇、皮肉吃一點苦，只為了整肅家風，也是殺雞嚇猴。一般的時候，母親讓父親學習中國法場的那套做法，挨打的站成一排，不挨打的也要站成一排，陪綁。這一招很管用，挨皮帶的和觀看的，都會長時間不再鬧事兒，嘴上也都老實、聽話。

看今天這勞動態度，六寶是少不了一頓皮帶了。但是母親好像不打算告狀了，不打算肉體懲罰這個小兒子了，她把懷裡睡著的小智、小慧放到炕上去，然後讓大家停下，都歇一會兒。母親說：「大家睏了，也累了，今天的定量，從每組三千，減到兩千吧。兩千幹完，一天的活兒就算結束了。現在，來，咱們歇一會兒，大家都歇，都歇下來，幹時再一起開工。」

減賦，又同時停工，這個大家願意回應。

剛放到炕上的小智就醒了，母親說：「娟紅，妳抱妹妹出去玩一會吧。」

娟紅不願意，如果看孩子算工時，還可以，現在大家都休息了，讓她看孩子，她可不吃這個虧。我們全體看向母親，又相互對望了一眼，看看娟紅不聽話，母親怎麼辦？

這時小慧也醒了。「我哄吧！」小小的英子，她才多大呀，她要哄兩個妹妹。態度力求和藹的母親都氣笑了，她說：「醒了正好，咱們大家現在唱會兒歌兒，開歌唱會。都洗洗手，五寶、六寶去園子，砍些甜杆兒，大家吃甜杆兒，唱歌。」

甜杆兒就是園子裡秋天的玉米秸，玉米掰掉後，杆兒的部分，能嘬出近似甜的一種汁兒。

飆歌兒嘍！洗手的、去菜園子撅玉米秸的，做各種準備的，好戲就要開張了。在我們家，有一臺勞動之餘，自編自演的節目，也是歌詠比賽。非洲奴隸們邊勞作邊哼哼，我們家是勞動累了集體歡唱，可以說是母親把非洲那一形式演繹了並發揚光大。停工休息，正兒八經地大合唱，大合唱為鼓舞士氣，調節精神頭兒，唱好了歌兒，養精蓄銳，能更好地投入下一輪的勞作。演員是大家，觀眾也是每個人。如果三寶在，我們的節目還能更隆重些，因為三寶會口琴，口琴伴奏，算樂隊了。今天，三寶出去談對象了，沒有音響伴奏，我們就只能憑著自己的嗓門兒和力氣了。

## 4

組織全家人唱歌，以激情解乏，以唱歌兒提氣、抖精神，這是母親的一大法寶。通過一試兩試，效果頗好。大家在歌唱中產生愉悅，忘記了勞動的疲累，真是一舉兩得。演員陣容是全體勞動者，因為人人有份，大家互相捧場。母親算總導演，她本來是喜歡京劇的，但為將就我們的耳朵和審美，她儘量來通俗，〈黃河大合唱〉、〈松花江上〉，一部，二部，分工明細，母親是合唱指揮。我們男一組，女一組，聲音尖細的娟紅，負責高音部分，母親右手的食指，就是指揮棒。當我們都唱不上去的時候，身為指揮的母親也加入進來，助一把力。

「二部輪」，最初我們聽到這一名詞的時候，紛紛嘻笑，甚至興奮，形象裡這是兩個車輪子，跟唱歌有什麼關係。二部輪是兩隻車輪，這是我的想像，也是我經常笑場的原因。母親說：「小留住妳再這樣，把妳清除隊伍。」清除隊伍的恐嚇讓我老實下來，一心一意學唱歌了。二部輪，就是一組唱一部分，唱到後來，越飆越高，此起彼伏，浪滔似的，那才唱出了黃河的效果，高山、大海，太恢宏了。

在用聲上，母親給不出什麼理論指導，基本全憑大家喊，能喊多高是多高，像搶似的，在這搶唱中，我們唱出了歡樂，唱出了勁頭，唱得忘記了勞動的煩惱。

每次，節目開始，都是先用〈黃河大合唱〉來熱身，一部為女聲組，二部男聲，母親用手給大家打拍子。女聲年齡小，但我們人小聲高，有時還很尖，對聲樂有天賦的五寶，常常舉手叫停：「媽，小留住那麼高，都把我們拐跑調兒了。」

母親用手摁下，再摁，示意停。然後告訴我：「不要顯示個人，合唱，看的是整體。留住，妳再唱的時候，跟著大家唱，不要起高調兒。」

我很不好意思。

大合唱唱完了，報幕員一般是娟紅，今天她臨時內急，輪到我了，我很高興有這個機會：「下一個節目，獨唱，《紅燈記》選段，〈臨行喝媽一碗酒〉。演唱者，劉林海。」

「不就是五寶嘛。」六寶在一旁起鬨。

五寶天生是獨唱演員的料，為了出效果，他還抄起了案子上的那碗漿糊，當道具：兩腿一併，丁字站立，背挺起來，胳膊彎得恰到好處，很有範兒：「**臨行，喝媽，一碗酒，渾身是膽雄糾糾，鳩山設宴和我交朋友，千杯萬盞會應酬，時令不好，風雪來得驟，媽要把冷暖，時刻記心頭哦——哦——哦——**」五寶學著臺上李玉和的模樣，運用眼眉的躍動來和觀眾交流。可是他沒有濃妝，大眼睛、濃眉毛也都不具備，素面的誇張使他顯得滑稽，好像在擠眉弄眼，故意逗大家笑似的。母親的身份使她忍住笑，而六寶、我、英子、小鳳，我們都哈哈哈笑噴了堂。五寶是個好演員，面對起鬨依然能壓住陣腳、穩住神兒，繼續唱：「**小鐵梅出門賣貨——看氣候，來往帳目要記熟，睏倦時——煩悶時——**」五寶的用聲是無師自通的，沒有老師教，更不懂理論，但那些高亢，難唱上去的部分，他都能用氣頂住，拔上去，包括有些要用「哦哦哦」過門的地方，他也都掌握著節奏，快慢不偷懶兒。聲音是發出來了，一支歌唱完，五寶也累得不輕，脖子上的青筋暴得老高，小蚚蚓一樣在那伏著。五寶的投入使他忘記了手裡這個碗不是道具，使勁一揚，漿糊全潑在了六寶身上。

我們終於笑彎了腰，笑倒地上一片。

六寶清洗過後，邁著八字腳走上來，大家就知道更大的樂子來了。六寶唱歌走調，不是一般地走，基本是自己作詞作曲，臨時改詞兒，「窮人的孩子早當家」，他一般的時候不等唱完，也許一段都沒到頭，我和小鳳，還有娟紅、英子，我們的肚子都疼得直打滾兒，眼淚都笑出來了。那是比過年更讓人真心實意湧起的，抑制不住的歡笑。

看五寶是欣賞，看六寶就是笑料。

壓軸唱一般是母親，母親很正規，她換上了沒有漿糊的衣服，臉洗得乾乾淨淨，站到地中央，丁字步，兩手扣握，舞臺上的大牌演員一樣。母親今天的曲目是〈松花江〉：

我的家──在東北松花江上，
那裡有──森林煤礦，還有那，
滿山遍野的大豆高粱。
我的家，在東北松花江上，
那裡有，我的同胞，還有那
──衰老的爹娘……

# 第六章

## 1

愛荷和愛蓮，跟著母親，還有四個哥哥，奔走在闖關東的路上。二哥立業的左臂還吊著繃帶，擋那一刺刀，挑斷了一根筋。三源的左腳走不快，一快腿就瘸了，醫生說如果缺的不是大拇腳趾，不會顯得這麼吃勁。手和腳，大拇指都是中央司令部，起總指揮的作用。秋紅看著兩個落殘的兒子，說女兒：「妳們兩個，害人精吶，妳爸爸、妳哥哥，為了妳們，傷的傷，殘的殘。妳們以後可要有良心啊。」

六兄妹長這麼大，也沒受過這番苦，滾滾黃塵，乞丐一樣的盲流大軍，他們這支家庭小隊，開始還有分別，穿的好，也有吃的。一天一夜之後，再裹進滾滾人流裡，就分別不出來誰是誰了。男男女女，老老少少，大家全一樣了。形容枯槁，目光破碎，大家的目的地只有一個：關外。

走不動的二媽秋紅，已拄起了棍子，渴極睏極的愛荷、愛蓮，蓬頭垢面，她們已經哭啞了嗓子。快到山海關時，人群忽然忽啦啦撕開一道口子，奔過來一隊人馬，不知又是哪部分被打散的騎兵。騎馬的長官停下來，用鞭子一指這隊闖關東的男女老少，立即有十幾個兵向他們包抄過來，不好，是抓兵差的。二媽急喚已經東倒西歪的幾個兄弟，老大青山扯起地上的四弟雨軒，又一下子背起了妹妹愛蓮，老二和老三，雖然他們有傷殘，可是撒腿逃命，都不含糊，好像突然變成了飛毛腿，至於跑向哪裡，他們也不知道。就是狂奔。而就在剛才，他們還說走死不如一頭栽死。

騎馬的長官下了馬，走過來，他有點氣，也很想笑，這幫難民，剛才還看他們一步三晃，都要成「倒臥」了，這一抓兵差，跑得比兔子都快，轉眼就沒影兒了。青山的負擔比較重，扶老攜幼，他的速度無法快起來，他們被幾個兵圍住了。在那一霎，本能使秋紅保護女兒，把她們推進了人流，小四兒也貓腰跑掉了。她和青山挨宰的牛一樣，站住了。青山瞪著溫厚的大眼睛，一動不動。當官的用馬鞭指著他們倆：「你，你弟弟逃了，就由你來頂吧。」「還有妳，用妳替了妳的女兒們。」

母親失散了，哥哥失散了，愛荷和愛蓮隨著人流湧到長春時，她們並不知道這裡是長春，當時叫奉天。對她們來說，一切都太陌生了。出門的時候，天還熱著，她們穿著單衣，現在，也是單衣，可冷得瑟瑟發抖。她們連東張西望的力氣都沒有了，除了身上這身襤褸的衣裳，她們腳上的鞋子，只剩下幫兒了。手包、銀子，什麼都沒有了。沒吃沒喝，到底這樣挨過了多少頓，兩姐妹也數不清了。天塌了，地陷了，從前的一切，都碎為齏粉。她們的日月換了，她們的世界變了。

妹妹愛蓮已經好多天不再哭了，姐姐愛荷除了安慰一句「沒事兒」、「沒事兒」，她也說不出更好的安慰話。其實這樣的話，連她自己也不相信。她看到一個婦女在給孩子嘴裡餵餅子，有碎渣兒掉下，愛荷用兩手併一起，去接。接完，捧到妹妹眼前，讓妹妹舔手。

她的手突然被人撥翻了，餅渣撒沒了。愛荷驚恐地抬起頭，一個麵包遞到眼前，是一張粗大的巴掌，一柄銅鐵般壯的胳膊，順著胳膊，愛荷看到，一張滿是絡腮鬍子的臉。

另一隻手又掏出一個，遞給愛蓮：「吃吧，吃完跟我走。」

愛荷、愛蓮互相看了一眼，又共同看了大漢一眼，再看看麵包，猶豫了有幾秒鐘，她們同時狼吞虎嚥起來。飢餓已經使她們忘記了母親教導的吃相。

酸酸的麵包花味兒，真好聞。吃完了，那股好味道還留在口中。

「走吧，一會兒還有。一人兩個。」

「我們在找我媽。」愛蓮說。

「我會幫你們找。」

「我們還找我們的哥哥。」愛荷說。

「他們會來找你們的。」

大漢笑得很溫和。

虛弱疲憊，愛荷和愛蓮走不動了，大漢用三輪車拉著她們，走了好長時間，來到了一處人煙稀少的江邊，這是哪兒呢，愛荷看著周遭的環境，她心想，一旦吃飽了，她還要帶著妹妹逃跑呢。

和路上黃塵滾滾、滿目瘡痍相比，這安靜的江邊，江邊唯一的小窩棚，讓愛荷和愛蓮喜悅起來。江山多嬌，江山美如畫。江兩岸，一邊是若隱若現的炊煙，只有一縷，很遠，說明那邊住著人家。另一邊，是秋天的野草，金黃一片，無邊無際，柔美起舞。江沿兒有可以蹬踩的石頭，愛蓮跑過去洗臉，江水真清啊，鏡子一樣照著她們。愛蓮把臉洗乾淨，看著水裡的倒影，水裡還有藍天白雲。「姐姐，姐姐

──」愛蓮像在家裡那樣大聲地喚著姐姐，她已好久沒有發出這樣的聲音了。「姐姐，妳看水裡多美呀。妳說這地方，叫什麼名呢。」

「是啊，大叔，這地方叫什麼名字啊。」愛荷也洗淨了手臉，她內心的不安被這世外桃源的景象給沖抵了一部分，她叫親人一樣叫起這個人「大叔」。

大叔笑呵呵地說：「怎麼，想跑啊，不用跑，一會兒吃飽，大叔送妳們走。實話說，總在這兒，大叔我還養活不起妳們呢。」

「我是問這江，叫什麼江啊。」

「呵呵，小姑娘，這可不是江啊，這叫河啊，也叫泡子。這裡是長白山，打我生下來，就有這麼個天然的泡子，書上還說叫什麼湖，我們當地人，管這叫泡子，山那邊有一條比這還大的水，天池，聽說，那裡還有水怪呢。」

愛蓮嚇得一下子站起來，離開石頭，回到地面。

「大叔，江和河、湖，有什麼區別呢？」

「哈哈，小姑娘，這可把我問住了，大叔也不知道，大叔沒文化啊。」

「這江水多清啊，怎麼能有水怪呢？」

「這裡有沒有，我不敢說。反正吧，這地方，野地，野河，長年人少，養活怪物，成精。黑前兒的時候，我也不敢一人下水。」

「黑前兒」是傍晚的意思。

大漢指著那個人字形的小窩棚，說：「妳姐倆吧，先進去睡會兒，歇歇，我給妳們整點吃的。吃飽，睡好，咱們就繼續上路。」

再上路，去哪呢。愛荷拉著愛蓮，進到窩棚裡，地上鋪著野草，她們怕草上有蟲子，蹲下看了半天，還好，都是乾草。她們頭朝裡，腳朝外，躺下了。愛荷說：「愛蓮，妳說吃完飯，他能帶咱們去哪呢？」

愛蓮回答不出，勞累，睏餓，使她們睡著了。

## 2

再睜開眼睛，她們腳前有兩套衣裳，一看是給她們準備的。是那種土布印著鳳凰的紅布衫。愛荷說：「咱們套上吧，反正天也冷了。」愛蓮聽話地把衣服穿好，她說像個小土妞。愛荷說：「蓮子，現在沒媽和哥管咱了，處處妳多長點心眼兒，有什麼事，看我眼色。」

愛蓮點點頭。她們出來窩棚，夕陽下的江面，像鋪著一層金幣，閃閃發亮，大小不一，微風輕拂，金幣，珠簾一樣環佩叮咚，粼粼地躍動，真是好看極了。「姐，香味兒！」愛蓮拍起手來，她們看到，大漢背對著她們，正蹲在那裡烤魚呢，魚香在這樣的傍晚，好像要替代了空氣。真誘人啊。他從哪兒弄回來這麼多的魚呀，大小不一，都串成了串兒，一杆兒一杆兒地掛在那裡。木樁架起的烤架，底下燒著的是紅紅的木炭。她們來到跟前，看到有更大的魚，開膛破肚，已摘好，擺在一個磕癟的搪瓷盆裡。

大漢說：「妳們姐倆兒，幫我看一下火。」然後他起身，來到江邊，舀起一盆江水。「用河裡的水燉鯽魚，鮮啊。這要是給女人下奶，一下一個準兒。」說著，他把那盆水坐到炭火上，大魚放裡，清燉上了。

「先吃烤的，吃渴了，再喝湯，保妳姐妹有精神兒。」

一口下去，一股香得沁人心脾的鮮美，這是在哪兒啊，不是人間？

夜幕很快就降臨了，大漢沒有送她們走的意思。愛荷跪了下來，她說：「大叔，行好行到底吧，我和妹妹，還是黃花姑娘。」

大漢笑了，說：「誰不是黃花小子！」

大漢說：「不過，妳們放心，沒事兒。我光棍一條，沒老婆，沒孩子，也慣了，還真不想娶這些拖累。亂世，一個人好活。我沒打妳們的主意，妳們想多了。」

「待會兒，妳們睡窩棚，我睡外面，明早起來，早醒早上路。」

「大叔，這兒，有狼嗎？」

「我在外面都不怕，狼來了我有一堆火呢。」

愛荷拉著愛蓮，她們迷迷糊糊，不知這個大叔到底什麼意思。兩姐妹沒有躺下，她們坐在草褥子上，看著外面的繁星滿天，江邊的夜晚，月亮和星星，都那麼清亮。愛蓮睏得眼皮都沉了，可還是擁在姐姐身邊，不敢躺下。她說：「姐姐，我們跑吧。」

「往哪跑呢？外面那江水，黑得像鍋一樣。」

「順著來時的路唄。」

「那麼窄，掉下去呢，水裡不是有水怪嗎。」

「再說了，如果跑，讓他逮回來，還不打死咱們？」

「哈哈，別商量了，孩子。放心睡吧。我不會打死妳們的，明早就送妳們走。」大漢兩隻眼睛在黑夜裡，比黑夜還亮。他蹲在窩棚門口，說：「跑這個打算，妳們想都別想了，沒地方可跑。別說妳們，就是熟悉這兒的人，大黑天的，都不敢亂走。走迷了，就得餵魚精。」

「大叔，明早天亮，你送我們上哪呀？」愛荷一口一個「大叔」。

「到那兒妳就知道了，好著呢，有吃有喝，穿得也比妳現在好。保證去了都不想回來。」

「你不說，我們不去。」愛蓮天真地爭執。

「不去？那妳們，在我這窩棚裡，待一輩子？不找娘、找兄弟了？」

愛荷拽了一下愛蓮，愛蓮閉嘴了。

早晨起來，江邊又點起一堆篝火，松明味、烤魚味，還有魚湯飄香味。「香味給香起來的吧，看看，怎麼樣，這魚湯，比昨天還鮮。」大漢說。

露水打濕了鞋子，穿在腳上很潮。她們走向篝火，愛荷四下望望，此境只應天上有吧，這是人間嗎？早晨的江邊，四周還有霧氣，遠方的野草像一片白茫茫的海，水天相連，一望無際。媽媽沒了，哥哥沒了，父親永遠離去……，這些天，這一切，是不是一場夢啊？

大漢倒湯很有技巧，他能滴水不灑地，把湯倒進碗裡，然後一人一碗，說：「喝吧，這樣的漿養，沒個不水靈啊。」

愛荷和愛蓮像在家裡對爸爸一樣，說：「大叔，你也喝啊！」

「大叔，你也吃魚啊。」

「大叔，我們幫你摘刺吧。」

「不用管我，你們吃飽就行。」大叔說。

像親如一家的父女。

大漢還和她們聊起了家常。問她們哥哥和娘是怎麼走失的。這話題一下子讓兩人嘴裡生了刺，卡在嗓眼兒，她們忽然哭起來。

「大叔，你送我們走吧，等我們找到我媽、我哥，我會讓他們來報答你的。」

大漢嘆了口氣，說：「世道不好啊，世道。姑娘，如果不是這世道，我真想認下妳們兩個，當我的閨女。」

## 3

三輪車拉著她們，出了江邊，一條沙土小路，泛起零星的灰塵。大漢說：「小姑娘的腳，是不能長時間走道兒的，可著腳板兒走的，都是那粗老婆子。」大漢說：「坐好，往裡，別顛下去。天黑前就到了。」

小路漸漸轉成了大路，大路兩旁是秋天的原野，路邊凋謝一些野花。車漸漸多了起來，驢車、馬車，偶爾，還有汽車。「大叔，這是哪啊？」愛荷問。

「奉天。奉天城裡到了。」大叔說。

照明的街燈，熙攘的人流，男人西裝，女人旗袍，這麼冷的天，她們是那麼洋的裝束，好摩登。李記飯莊，東門客棧，識字的愛荷和愛蓮，一家家看去，看到像漢字又少筆劃的一塊門匾，她倆都愣住了，那上面是什麼意思呢。大叔說：「不懂了吧，那是日本人開的，茶館。」

有日本女人出來，頭上的盤頭像一盤黑線，罩在腦袋上，似很沉，走路都直晃。身上的布罩子抿成的和服後面背了個小枕頭，她們腳下的木屐聲在這深秋的夜晚，格外響。「再向前，就是日本人的地界了。」大漢介紹道，「看，茶館，銀行，還有他們的館子，叫料理。」大漢說著停下了三輪車，他用袖子擦著額上的汗，說：「姑娘，到了，下車吧。」

好開闊的一大片廣場，有武裝軍車，有三輪摩托車。黃衣黃褲腦後飄著一塊布簾兒的日本兵，出出進進。愛荷覺得他們走路像朝鮮人，總是小跑著。男人小跑兒，女人也小碎步兒，「大叔，你是帶我們進飯莊？」愛蓮問。

「哦，飯莊跟他們是一家，咱們繞過這，去後院兒。」

愛荷、愛蓮預感不妙地跟著大漢來到後院，院門的牌子看不懂，像是什麼所。院牆上戳著一塊好大的黑板，院裡燈火通明，掛著中國人過年用的那種大紅燈籠。愛荷走近前，看到黑板上用白油漆書寫的漢字：

花姑娘八不准：

一、不准與人合謀，私奔。

二、不准挑肥揀瘦。

三、不准敷衍了事，做到童叟無欺。

四、不准誤工怠工。

五、不准大意得病、懷孕。

六、不准白受禮券，偷搜腰包，撿到失物要歸還。

七、不准與客人耍大牌兒，待客態度要和好。

八、不准勾引士兵。恪守行規，勤肯幹好每一天。

那一天，大漢走時，還和她們告了別。愛荷叫「大叔」，大叔說：「姑娘，安心待著吧，這裡比哪兒都享福，不是看妳們可憐，大叔我不會管妳們。」愛蓮叫「大叔」，大叔說：「孩子，別怕，妳們住上兩天就知道了，這裡不像外面傳的，地獄魔窟，實話告訴妳們，歪瓜裂棗的，想進還進不來呢。」愛荷看到，大叔從一個男人手裡，接了一袋重重的銀子。愛荷後來知道那個男人是日本人，老闆。愛荷的印象裡，這種地方，當家的，都是女人，媽媽，這裡怎麼是男的呢？

看來他們是把這當公司開了。

晚上，愛荷和愛蓮分別分到了兩個小房間，屋裡有床、梳妝檯、盆兒，抽屜裡是梳子、粉盒、安全套。

她們是晚飯時見到女領班的，她幾乎和她們同齡，高高的個子，白淨的皮膚，頭髮盤到後面，是中國婦人那種盤法，一個飽滿的頭髻。高跟鞋，軟緞旗袍，說著生硬的漢語，說不出時，打手勢。看來她來中國的時間還不長。一臉嚴肅，高級白領一樣走一圈兒，告訴她們吃過飯，集合到大堂，培訓。

培訓分三個環節，第一步是觀摩，有人舉著寫有「突擊一番」的一個柱狀東西上場，柱子的頂頭，像火箭。「突擊一番」是日本橡膠套的名稱，它現在套在一個木頭削成的模具上。又走出一個人來，也舉著個東西，類似蘋果的一半，也是橡膠的。「第一課，學習怎麼用好它。」日本女人配音一樣慢慢地說著，那兩個人拉開了架式，他們都是中國人，那個舉著橡膠套的小夥子低眉垂眼，黃臉精瘦，憔悴得猜不出年齡，愛荷後來知道，他是大煙鬼，煙資就是每晚到慰安所的雜役所得。他舉著東西，準確地說是抱著，低垂著頭，不看姑娘們失措的臉，不看人們怪異的眼神兒。

另一小夥子與他正相反，他仰臉朝天，那個東西扛在肩上，不動時，蘋果狀的橡膠是閉合的，對方刺來，蘋果打開了。他們一張一弛，像兩個比武的武士。老闆小本「嗨」一聲，他們就對一下，再「嗨」，再來。沒令的時候，他們就那樣舉起，站著，無聲無表情無變化，不動時，他們更像兩具兵馬俑，各自抱著矛和盾，固定在那裡。

第二項，檢查身體，是普查。大家排好隊，穿白大褂的是日本軍醫，他好像對這項工作沒什麼興趣，也缺少責任心，匆匆地試一下，看一眼，就喊下一個了。

第三項，是那個叫枝子的女人，給大家詳解「八不准」，黑板白字，是個中國人都能看明白，沒文化的女人也能明白。可能老闆小本怕有的姑娘不識字，讀不下來，才讓枝子再述一遍吧。在枝子慢聲慢語，磕磕絆絆的講解中，有的姑娘都睏得哈欠連天了。

## 4

早晨，小本走進來，有人吹口哨，姑娘們按著枝子頭天晚上的培訓，迅速集合到大堂。小本說：「全體站好，一縱隊，跟我來。」他在前面雄糾糾地走，姑娘們後面跟隨，再後面是枝子斷後。小本帶著她們來到了最裡間的一門，打開，是一寬闊的會議室。裡面有天皇相，有几案。案後面的牆上掛著一塊大大的木牌，上面是日文，姑娘們不明白到這裡幹什麼，更讓她們恐慌的是，另一隊，日本兵，已經對著牆站好了。

小本的頭，像撥浪鼓，左右地轉著。他給士兵們說：「你們，都是為大日本天皇效忠的，天皇獎賞你們。要守規矩。」然後，頭又轉向姑娘們：「妳們，昨天枝子小姐給妳們說的那些，都記好了。」「現在，還有這些！」他的白手套向牆上一揚。「這些規矩，你們雙方都要牢記。」全體士兵「嗨」的一聲。小本才一擺手，枝子走上來翻譯：

慰安所規定：

一、本慰安所除陸軍軍人、軍中文職人員（軍中民夫除外）外，其餘不許入內。

二、入場者必須登記及付款，付款後領取入場券及避孕套一個。

三、入場券價，軍士、兵、文職人員，每人二元。

四、入場券只限當日有效，如當日未使用，可憑票換回現金。但若將券交給酌婦，一律不再退還。

五、購券後，進入指定房間，時間限定三十分鐘。

六、入室的同時，將券交給酌婦。

七、室內禁止飲酒。

八、完畢後，立即退出房間。

九、不遵守規則及擾亂軍風紀者責令退場。

十、不使用避孕套者，禁止接觸女人。

十一、本院只限使用聯銀券、軍用票，其他幣種在本院無效。

十二、一切解釋權歸本院所有。

小本說，有破壞上述規定的軍人，姑娘們有權投訴給本老闆：「嚴懲不怠！」

上完課，一輛軍用大卡車，把愛荷和愛蓮她們裝到車上，她們身披斜紅授帶，上面寫著「金牌美人」、「銀牌美人」，分別站在了車的頭排。姑娘們全部被打扮得花花綠綠，頭上插著鮮花，這麼冷的時候，不知小本從哪兒給她們弄到這麼多的鮮花。站排的次序不是按大小個兒，而是按黑白醜俊，最標緻的、細高的、有模有樣的，站到了外面，車下的人們一眼就能看到的位置，稍差的，裡層。再遜色的，充在中間，起的是壯堆兒作用，外面的人幾乎看不見她們。車箱四壁，掛著大紅的彩綢，車一開，呼拉呼拉響，紅綢條幅上寫著：「本所新到花姑娘若干，體香貌美，含苞待放……」接下來是街道門牌號……

# 第七章

## 1

大哥、二哥入路後，他們並沒有像他們說的那樣，逃了活命，離了火坑，就不再理這個家了。第一個月，他們領了工資，除了每人留下十元錢伙食費外，剩下的，包括糧票，全部寄回家裡。當時，母親正坐在炕上糊火柴盒，老郵差孫爺爺進屋舉給她一封信，心急的母親當面拆開來，裡面掉出一張面值十元的人民幣，孫爺爺說：「這可不行啊，這樣寄錢，是違法的。再寄我就直接收了，呵呵。」母親忙不迭讓我給孫爺爺倒水，歉意地拿過糖罐，還給裡面加了白糖。「鐵漢就是愣，為了讓母親見錢快，信裡就夾寄了十元錢，就算不犯法，丟了咋辦？」母親心裡幸福地嗔著，她給孫爺爺答對走，才洗乾淨手，坐下來，看大兒子的信。邊讀邊流淚，鐵漢說：他和二弟都很想家，「哼，能不想家嘛，哪個孩子不想家呢。他們才十六歲，都還是孩子。」鐵漢還說，他們哥倆都好，有他這個哥哥護著，二老不必惦念。「哼，這個犢子，就是犟，知道他能照顧弟弟，在家裡，他也捨不得讓弟弟受屈兒。」母親看一段，評判一段。待父親下班了，母親遞上去：「哎，看看吧，你兒子寄來的。」

「說什麼了。」父親並不接，父親沒讀過幾天書，沒有母親認字多。

「自己看嘛。」母親有點擺樣，多認幾個字，就驕傲了，想看自己男人的笑話。

「你說說就行了嘛，我哪有工夫，還得出去幹活呢。」父親並不願意承認自己看信費勁。

「外邊的活明天再幹，先看信吧。」母親真是有點戲弄人。

「留住兒，妳來唸，爹累了，躺一會兒。供妳們讀書，現在唸唸信，看看妳們書念得咋樣？」嘿，父親有意思，被母親逼不過，又把球扔給了我。考驗我呢。

唸就唸吧。我展開，大哥的字有點連，我認得很費勁：

爸爸媽媽，我們離開家有一個多月了，我和二寶，都很想家，也想念弟弟妹妹……。這次郵回的，是全國糧票，全國糧票到哪兒都好使，二寶說，多攢點，等媽媽想我們了，就帶著弟弟妹妹，來北京吧，我們工地上有住的地方……

「這兩個犢子，還真有孝心！」父親閉著眼睛說。父親的罵裡分明是高興，我看到他的內眼角，是兩滴止不住的熱淚。

母親也幸福得淚花閃閃。

那天晚上，母親還當著父親的面，給全家開了個會，會議主要精神，是讓全體兄弟姐妹向大哥、二哥學習，學習他們吃苦耐勞、勤儉節約、不忘兄弟、捨己顧家的精神。母親還著重強調：「從今往後，更要嚴肅劉家家風，長幼有序，尊卑有禮，大一歲也是大，誰再沒大沒小地叫哥哥姐姐的名字，輕則罰勞動，重則掌嘴。要讓外面人看到，我們劉家，是一個和睦、友愛、團結、奮鬥、禁得起考驗的家庭。現在，大哥、二哥孝心的名聲在外，全家老小互相幫扶的美德在外，誰要是給家裡抹了黑，看我不好好收拾他。」母親最後說：「小留住，妳不是愛寫寫畫畫嗎，就由妳，代筆，給妳大哥、二哥回信，表一下你們大家的決心，平時應該怎麼做，長大後怎麼報效這個家，報效父母的養育之恩。」

我熱血沸騰地點頭領命。

母親的鼓動會開得很成功，不久，三寶工作了，因為他學習出色，畢業直接留校當了一名老師。三寶每月全部的工資是三十八點二毛錢，他手裡只留兩毛，剩下的，全部交給母親。母親抖著三寶的工資，說：「看，榜樣的力量是無窮的吧，上面有好哥哥，好帶頭，下面的就跟著學了。」母親也算好政府，她沒有太貪心，又抽出五塊錢，說：「給，掖著吧，大小夥子了，別到用錢時，拿不出來，兩毛錢是太少了。」

再後來小貞也參加了上山下鄉，她當了一名林場的知青。當知青前，小貞對母親是咬牙切齒的，也發過一輩子都不回這個家的誓言。可是沒多久，她不但回來了，還把掙到的錢、糧票，像大哥、二哥那樣，都交到了母親的手上。小貞還給我們，分別買了花手絹、膠皮娃、毛襪子，和小口琴，如果不是一人只能挑一樣，我真想全部擁有。小貞對我說：「留住兒，別急，姐以後再掙了錢，還給妳買。」

後來的日子裡，我就覺得，大姐小貞比母親還親。

## 2

那一段，是母親非常驕傲、開心的日子，她逢人便說：「我家三寶，就是鐵良，留校當老師啦。」因為三寶這份工作，對於「沒鉤沒門」的工人家庭來說，無異於出了舉子。從哈爾濱走來的母親，原本鄰里關係是很淡的，很多婦女背後說她端架兒，不合群兒，母親心裡也確實鄙夷過她們，瞧不起她們，覺得沒文化的婦女太傻，除了知道牛馬一樣幹活，伺候丈夫、孩子，其他什麼都不懂，更不會教育孩子，成天就知道悶頭拉磨。幹不好還要挨男人的打，幹在前，吃在後，家裡的奴隸一樣。而母親則完全相反，她也是家庭婦女，可她是全家的最高領導，連爺們都聽她的。實踐證明，母親的領導方針是正確的，北京門頭溝丁家攤兒，已經有兩個有出息的大兒子了，他們經常往家裡郵錢。而家裡這些，上學有上學的樣兒，幹活有幹活的樣，見了鄰里，叔叔、大嬸地叫，都非常有禮貌。禮貌讓誰都舒適。那些婦女也覺得自己的孩子太沒出息了，別說叫大叔、大嬸，見了爹娘，都頭一低就過去了。聽著劉家的孩子叔叔、嬸嬸這樣清脆地叫，有家教的孩子，是招人稀罕。她們喜歡跟母親搭腔了，母親也願意聽她們問起，老大、老二在哪，都幹什麼，三寶、小貞幹什麼，然後她一一道來。

學習三寶好榜樣。三寶在學校工作不到兩年，又被調到局裡的團委了，當幹事，寫材料。三寶有一手好鋼筆字，還會寫發言稿，校長經常誇他「有才」，每次學校有活動，牆上的大字塊都是三寶操刀。三寶的「才」被林業局團委書記看中了，把他要到團委，那裡更需要寫材料、寫發言稿的幹將。校長很惋惜，說：「水淺養不住大魚啊。」上級的安排，哪敢不服從，雖然培養一個伺候自己這麼順手的手下不容易，沒辦法啊。

當了幹事，三寶就算公家的人了，國家幹部。國家幹部三寶，處處能得公家的濟，我們姐妹幾個上學用的作業本、稿紙、白紙，自從三寶到了局團委，應有盡有。他們辦公用的墨水瓶、釘書機、資料夾，都是我們的學習用具。他們有什麼，我們家裡就能用上什麼，包括那副羽毛球拍兒，和一架人工彈撥的「快樂琴」。快樂琴大小如電腦的鍵盤，彈的人須極其用力，那琴發出「噌噌噌」比胡琴難聽的聲音。琴和球拍都是團委用什麼經費買的，說是開展全域青少年健康娛樂活動。被三寶借回了家，一借就再沒還回去。那時，三寶經常叮囑我們的一句話，是「注意影響」。我們都不明白「影響」為何物，但看三寶的眼神，知道這不是好東西。三寶說：「白紙可以在學校用，稿紙，帶字頭的，就在家用吧，讓老師看見，影響不好。」

母親搭腔說：「三寶，我看你們那白紙，又柔軟又透亮，前兩天，我給你前院的趙二奶奶，拿了幾張，當煙紙用挺好抽，她用完了，說再要點兒。給她吧？」

「給是行，別說我拿回來的就行，影響不好。」

「媽，妳給她拿稿紙吧，白紙我還用描圖呢。」我說。

「稿紙上不是有字嘛。」三寶說。

「趙奶奶又不認識字。」我說。

三寶沒再說話，母親不情願地拿起一本稿紙，說：「這個可沒那個軟和，不知行不行。」這時，六寶冒出一句剛學來的話：「要飯就別嫌餿！」

「這孩子，啥時學得這麼飆呢。」母親用食指攢了六寶一下額頭。

## 3

因為三寶的地位，他在我們家越來越權威了。他下班的時候，我們比歡迎父親還要熱烈地歡迎他，真心地盼望他。因為他能不斷從包裡拿出新鮮東西：好看的圓珠筆、色彩鮮豔的塑膠皮筆記本，還有帶香味的橡皮擦、轉筆刀、泡沫文具盒。大大小小，都是會議發剩下的獎品，我們誰讓他高興，他就發給我們誰。有時母親表揚了誰今天的活幹得好，他就拿出一支筆獎勵。

三寶剛進大門，五寶上去把他的包接了。三寶進了屋，六寶把他棉猴（一種北方棉大衣）掛了。三寶脫下帽子，我搶了過去。三寶剛坐炕沿，小鳳、英子一起用力，把他推到炕頭兒上。東北火炕最熱乎，炕頭是主賓席。三寶花果山的美猴王一樣被我們簇擁著，追捧著，他很受用。今天高興，他乾脆讓五寶把他的包拿過來，撒暴兒一樣把裡面的東西掏出來扔給了我們，雖然一人一件夠分，但因獎品不同，大家還是搶成了一團麻。小鳳因為瘦小，她像一個小球一樣滾來滾去，手被踩了，踩破了一塊皮，破皮的小手上抓著一塊橡皮。其實小鳳更想要的，是那隻泡沫文具盒。小鳳的哭聲像貓咪，「喵，喵」，高一聲，低一聲，三寶安慰她：「別哭了，鳳兒，下回開會，哥給妳專門留一個文具盒，比那個還好看。」

小鳳比較好哄，喵喵就停止了。

「三哥，你還要我們給你撓頭嗎？」拿到文具盒的英子，心情最好，她才八歲，可是她拍馬的技藝更高一籌。

三寶把頭向廚房探了一下，說：「看來吃飯還得等會兒，來吧，你們撓吧。今天開了一下午會，真累。」

「撓頭」是三寶把母親的「掐頭」享受發揚光大。這些年，母親說她生產時著涼了，也有孩子們不聽話氣下的毛病，在她休息時，母親喜歡頭衝炕沿兒，讓五寶、六寶，或三鳳、英子，當然，也跑不了我，我們任一人，或兩人，搬個小板凳，坐到她頭跟前，用兩隻小手的指甲，一下一下，均勻地用力掐，十指呈抓撓狀，主要是掐頭皮。母親說這樣做非常有效，不但她的頭不疼了，全身的肌肉也輕鬆了，還很舒暢，氣也順了。孩子們的小手給她掐一會兒，不知不覺，什麼藥都不用吃，就睡過去了。

長大後我的頭痛時，也用過此辦法，這才發現偏方療效真不錯，比什麼安眠藥都好使，是最快捷的舒筋活血，舒服得彷彿抽了大麻。苦的是我沒有那麼多孩子，也不像三寶，有兄弟妹妹這麼多義務兵。我們圍著三寶，給他掐頭的陣勢比母親浩大，氣氛也比對待母親熱烈。給母親掐時，即使我們是兩人一組，掐著頭嘮著嗑，因為枯燥機械，一會兒，也厭倦得要睡著了，手在頭髮裡，根本不成狀態，完全是一隻敷衍的小木耙。雖然母親已經給了我們政策，掐頭者，可免去糊火柴盒、削土豆皮，或洗碗、掃地等其他徭役，但兩害相權，我們哪個都懶得動。三寶不同，三寶是懸賞的，「掐頭」半小時，可得人民幣五分，買一根奶油冰棒。三寶的有償使我們手指賣力，技術提高。偶爾的一次，英子拿來了一把梳子，掐一掐，梳一梳，梳子齒密，一道一道，一行一行，一趟兒一趟兒。三寶說：「好，對，你們別掐了，梳，就像英子這樣用梳子撓，撓可比掐舒服呢。」

「三哥，我給你掐頭啊？」「三哥，我給你用梳子撓頭？」三寶每晚下班，我們都有人這樣問。三寶如果寫材料，就不用我們了，有時他說：「今晚累，撓撓吧。」我們大家就齊上陣，圍著三寶黑亮的頭髮，掐撓並舉。英子的小手最賣力，得文具盒的喜悅還在鼓舞著她，她不斷地推開我們，想一人邀功。母親進來，看到我們像一幫小猴子，圍著三寶擠來擠去，母親說：「唔，好好給你哥掐掐吧，他天天寫材料，用腦，費神，使勁掐掐，少長白頭髮。」

可是，小鳳怕自己的表現落後，下次還拿不到文具盒，她一遍一遍地往上擠，而事前，五寶和六寶已經合計好，他們要跟三哥好好套套近乎，讓三哥能給他們五塊錢，買一副冬天裡真正的冰鞋。五塊錢，在母親那，是打死也要不出來的。五寶往上搶，六寶也往上搶，英子年紀小，可她占據著有利地形。「頭髮，頭髮！」人群又一次發生踩踏了，三寶的頭髮被六寶的腿給擠壓住。「手哇，手！」小鳳的手又一次被擠，她「喵嗚喵嗚」又哭開了。「英子妳是個溜鬚匠兒！」有人大聲指責。「你才是！」英子的回擊雖然無力但聲高。母親聞聲進來，看到這局面，她沒有喝斥三寶，而從前，一旦有了事，母親一定是拿老大開刀的：「你這個當大的是怎麼當的?!」可是現在，母親息事寧人，給足了三寶面子。

## 4

三寶更讓我們羨慕的，是他能經常「公出」，公出就是出差的意思。據三寶描述，他每次公出，即開會吃飯，開公家的會，吃公家的飯，不用自己掏一分錢，而且再不濟，頓頓也是四菜一湯，解饞得很。三寶說那紅燒肉的香軟、雞蛋湯上面飄著的油花，我們聽了都嚥唾液，四菜一湯，是我們家過年的水準。平時，也就是包穀麵大餅子，長年的老鹹菜、稀湯寡水的包穀粥。三寶願意開會，母親也希望他常去開會，開上幾天的會，再回來的三寶，不但氣色好了，兩腮的肉，也能鼓起來。三寶從小到大，身體一直不好，有肺結核，家裡的全部營養，差不多都將就給了他。現在，三寶上班了，成了公家的人，每當看到他臉色紅潤地開會回來，母親逢人就高興地說：「看，又公出了。剛回來。開開會好，共產黨的會，養人呢。」

更讓母親欣喜的是，三寶開會回來，不但沒有花出去一分錢，通過報銷，差旅費、各種公出補助，還能多出一些錢來，比在家的工資還要多，這完全是外落兒啊。這樣算下來，三寶的工資不動，吃飯省了，還多出一部分錢，這麼好的事兒，到哪兒找啊。三寶把錢悉數交到母親手上，母親掂著錢，淚花閃閃，心說：「鐵漢那個犢子，還不讓我生，沒有三寶，這個家能這麼欣欣向榮嗎，沒有公家的人，哪兒占這麼大的便宜去！」

母親還現場教育大家：「看見沒有，你三哥，他掙了錢，一分的心眼兒都不藏，全部拿給我，交回家，這是什麼精神？這是無私奉獻，捨己為家的精神。你三哥跟你大哥、二哥一樣，當然，還有你們的大姐小貞，他們都是掙錢顧家的好榜樣。你們長大了，一定要向他們學習！」

母親拿出十元錢，塞給三寶，讓他留著當零錢花，三寶給塞了回來，三寶說：「媽，月月五塊錢我都花不著，十塊，更不用了。」三寶說著，從錢包裡，捏出五塊、五塊的，一沓。天啊，他不但五塊的沒花，就是那兩毛的零頭，也攢成沓了。三寶把兩毛的零幣分給弟妹，五塊的塞給媽媽，母親更感動了。「看見沒有！」母親舉著那沓五塊錢，再一次勉勵我們，「你們要好好學習你們的哥哥姐姐，他們吃苦耐勞，掙了錢也捨不得花的好精神，夠你們學一輩子的。」

三寶跟母親的分裂，緣於他第一次有了女朋友。他的女朋友叫孔令美，是林業局組織部長的二閨女，孔令美聽從了她爸對這個「有才」小子的描述，同意跟三寶見面了。可是談話之後，孔令美覺得父親有點誇張，她沒發現劉鐵良的「才」在哪裡，有什麼與眾不同。特別是當她來到他家，看到劉家大大小小，像所小學校一樣出來進去，孩子多得讓她數不過來時，她眉頭都皺了，這麼多人呀，這麼多人，天天的飯怎麼吃，碗怎麼洗啊。

門不當戶不對是肯定了，母親提前有心理準備，可是面對孔小姐表現出的傲慢、冷漠、失禮，母親還是被深深地傷害了自尊心。在得到通知孔小姐即將來家的前一天，母親率領我們全家進行了聲勢浩大的大掃除，外牆壁粉刷，院落重新鋪上沙土，從大門口，一直鋪到屋門，相當於一條豪華沙地毯。而從前，院裡院外一直是泥土，下雨天，沒有路，到處是泥濘的水窪。現在，為迎接孔小姐玉駕光臨，母親動用了財政，鋪路，刷牆，屋內設施的更換，包括衛生，不留一塊死角。平時，母親就以把門檻都擦得鋥亮著稱，現在，更要拿出權威的本領、教子有方的好名聲，陳年的老垢，全部擦蹭乾淨。桌上還添置了新水瓶、新水杯，舊有的，鋁的、瓷的、玻璃的、鐵的，老少輩兒不分的杯子、碗，實在拿不出手，都藏到櫃子裡去了。

炕上、地下收拾畢，我們全體，還都換上了出門才可以穿的那身體面衣裳，母親對我們進行了一次「三講四注意」教育。三講就是講文明、講禮貌、講規矩。四注意是說話注意、幹活注意、吃飯注意，下桌後也要注意，不能老盯著人家的臉看個沒完，不能湊得太近圍觀個沒完，不能……。讓母親下不來臺的是，她的準備一條都沒用上，孔小姐到屋裡只是走馬觀花地看一圈兒，水都沒喝一口，就傲慢地離去了。

# 第八章

## 1

母親和三寶鬧了分裂，父親一直算中間派。他不得罪左，也不得罪右。兩方當面交鋒，他就儘量避開，走掉。有時，母親會一把拉住他的胳膊，命令他別走，一定要評評理。父親左看看右看看，「唉」一聲，算開場；再「唉」一聲，也就結束了。

在這兒，該說一說我的父親劉慶林了。父親命硬，硬得妨人，在他一出生的時候，是「立生兒」，「坐生娘娘立生官兒」，立著來的孩子，是先出腳、腿、胳膊，完全是戧茬兒，女人非常危險。父親的叫聲剛起，奶奶就命赴黃泉了。他的哭聲，是為自己的母親送葬。

在父親三個月大時，因為沒有奶水，他又不肯喝米湯，眼看著要餓斷氣兒，爺爺想為他打點兒魚，熬點鮮魚湯來救命。魚沒打回來，爺爺命喪冰河。

那一天，爺爺因父親的哭啼，上氣不接下氣的啼哭，他決定出去打魚。寒冬臘月，北林的鎮子上，實在沒有什麼有油水的東西。如果能給這個缺奶水的孩子熬上一碗白白的魚湯，那該多好啊。吃飽了，他也許就不哭鬧了。爺爺尋思著。

不遠的呼蘭河，河面已結冰，有的地方凍實了，有的地方還虛著。那些會打漁的人，坐著橡皮筏，用鋼釬，找準地方，一釬子下去，能網上一兜的活魚，又嫩又鮮。爺爺不會水，他有一窮哥們，叫王福順，王福順擅捕魚，擅喝酒，擅女人。捕了魚，換酒喝，換了錢，找女人。那時爺爺開粉房，王福順以魚易粉，沒有女人的時候，他跟爺爺對喝，時間長了，爺爺發現這個名聲不好的男人，其實挺義氣。不幸的是，半年前，他老婆喝了紅礬，娘家人不饒，天天上門，鬧得他實在沒法待了，隻身一人去了關內。他走了，這套漁具，就留給了爺爺。

魚叉，水褲，膠皮筏子，人踩上去，沒凍實的冰面小舢板一樣來回晃動。這是捕魚的好季節，也是危險季節，坐在膠皮筏子上的爺爺，不時被冰面的冰排擠一下，爺爺有些害怕。爺爺備下的魚食，不太專業，撒下去，沒多大吸引力。他使勁向水裡看，並沒有如期的魚群湧來。爺爺撒下一把又一把，在河面上飄了一個多小時，一條魚的影子也沒見到。看來淺水處是打不著魚的，爺爺向深水划去。

深水區，就不太好划了，河兩岸是枯樹，樹枝不時地划向人的臉，臉要避著，手還要向水裡使勁。說不定，這個湍急的水渦，就會有魚群。爺爺力求使身下的皮筏子穩下來，可是水流的湍急把他一遍遍沖開。爺爺伸手去抓岸上的枯枝，他想把自己的筏子拴住，拴牢。就在這時，不幸發生了，皮筏子被水裡的暗樹枝，刮住了——動不得，走不得，皮筏子在一點一點漏氣。那一刻，沒有經驗的爺爺，驚恐極了，他看著越來越癟的輪胎，不會水的爺爺，抱住樹幹，喊起救命。冬天，河兩岸人煙稀少，爺爺的喊聲化成一團團白煙，飄在河流兩岸。爺爺的體力越來越不支，胳膊實在撐不住了，人整體落入水中。

屍體打撈上來時，爺爺已經凍成一砣冰。

三個月大的父親和不到三歲的姑姑寄居到了三奶家，三奶家並不缺孩子，慶山、慶國、大嘴兒、二妮，她有兒女一大堆，自己的孩子還養不過來呢，誰還稀罕外邊秧兒？雖然姑姑乖巧得勝過童養媳，父親也是很有眼色地一聲不吭，吃不飽都不敢鬧了，可是在姑姑十二歲那年，三奶給她找了個「婆家」，就把人送到「婆家」去了，也就是比姑姑大二十來歲的王米糧家。王米糧光棍，黃眼珠，黃牙齒，黃鬍鬚還向外呲著，大家背後管他叫黃眼兒耗子，可見其醜。十二歲的姑姑，就給他當童養媳了。

父親長到十四歲，渾身就有一把好力氣了，他差不多扛下了三爺家裡所有的苦力活。「比養個長工合算，親侄子，又不偷懶兒。」三奶的盤算實事求是，她不急著讓父親成家。三奶內心險惡，面目強悍；因為三爺是個瘦小的麻子，麻子男人，對女人沒有資格太挑揀。三奶從嫁到劉家那天起，就沒順心過，她納悶兒：同是兄弟，親兄弟，人家老二，怎麼長得又高又健壯，這老三，跟他哥比都不像一個媽養的。以至於高大英俊的老二娶的女人也比她秀麗端莊，處處壓她一頭。

爺爺是漢人，奶奶是滿族，在那時，滿漢輕易是不通婚的，漢人不配。爺爺這樁婚姻，全憑的是他勤勞、能幹，也兼外表的帶人緣兒。那時候，奶奶的父親是八大營一管後勤的頭目，他對每天給他的營盤送一挑豆腐的漢人小夥子，有了好感，經過半年的考察，發現小夥子真不錯，人品好，心地善，看來漢人也是有好樣的。

奶奶跟爺爺一心一意，日子過得有滋有味。哥哥比弟弟能幹，媳婦也比弟媳溫良，這樣的對比，三奶沒法不生氣。當父親出生，奶奶走了，爺爺又早亡，三奶心裡感嘆：「老天爺真是公平啊，要不是這樣，好日子都成他們家的了！」三奶有桿兒大煙袋，她氣不順時，長煙袋會「噹」地一刨，炕沿兒、門框，一刨一個坑兒。三奶的煙袋是銅頭兒的，父親的後背，包括堂弟慶國的腦袋，都留下了三奶銅頭煙鍋兒的刨印兒。

## 2

母親的到來，彷彿共產黨領導窮人翻身得解放，父親能掙錢了，三奶剛過了幾天舒心的日子，可是母親，就要領導受壓迫階級鬧革命了。革命的主要形式，就是分家，單過。母親說：「你們看看，你們看看，老沒老樣，少沒少樣，一個大煙袋，一個大酒瓶子，這樣的日子，誰跟你們拎得清？」

「拎得清」本來是上海話，不是東北人的表達，但母親在電影上學會了這句話，她為顯得與眾不同，哈爾濱話都不用，就直接搬來老上海的。母親說：「你們養大了慶林不假，但我們也不忘恩呢，分家後，我們月月給你們錢，月月拿贍養費，夠意思吧？」

母親的心思是這樣的：人多沒好飯，豬多沒好食，這大鍋飯，最要不得了。父親天天最累，可是他要跟大家吃一樣的，頓頓包穀大餅子，沒有一點油水。黑爪子掙錢，白爪子花，三爺的酒瓶子空了就要再裝滿，滿了又一次再喝空，三天五日，就拎回一豬苦膽形的綠色大酒瓶子。三奶呢，天天炕上抽大煙袋，看著沒幾個錢，日積月累，開銷也不小。還有，就是這一窩弟妹，慶山、慶國、大嘴兒、禿丫頭，家風不正吧，他們天天東歪西歪，睜眼就是趴炕上打撲克，混日子，閉眼睡覺大門都不插。家裡豬不養、鴨不養，破爛不堪，也不怕來小偷。一家人這樣大幫混的日子，什麼時候是個頭兒呢。大嘴兒和禿丫頭，都那麼大的姑娘了，整天頭不梳、臉不洗，姑娘家家的，哪有個姑娘樣兒。還專門扯瞎話告黑狀，今天說嫂子沒給她們做飯了，明天說嫂子給白眼了。母親趁又一次嘴仗打起，三爺偏袒著斷官司之際，果斷地撕破臉皮，提出分家。她說：「既然大家在一起不愉快，都這麼屈，分家好了。分開單過，誰也別怨誰。我和慶林搬出去。」

「搬出去過？你可想得美！」三奶的煙袋把炕沿都刨出了個窟窿。

「我們白養小林子長大啊?!」三爺也會算帳。

「我們出去可以月月給你們拿錢，算養老費。」

「那也不行！拿兩個錢兒就算完了？家裡一大攤子。」

「是啊，是一大攤子，有手有腳的都不幹活，慶林是長工，我是你們家不花錢的老媽子！」

「那是妳當初上趕著啊。我們家的條件也沒藏沒掖著，都在那擺著呢。妳嫁我們小林子，是妳願意的。」三奶的嘴比銅頭兒煙袋嘴厲害。

揭短的羞怒使母親意志更加堅定，鬥志昂揚，她說：「這麼說，你們一家老小，要賴上我和慶林一輩子了唄？」

「賴上」兩個字，也讓三爺憤怒了：「太不像話了，這還是晚輩跟長輩說話嗎，反了天啦！」三爺蹭蹭蹭衝到家裡那堆破爛棉花堆，抓出父親的那條，扔一條大魚一樣把被子扔了出去，是通過窗子，甩出去的。隔著這麼遠，三爺那樣一個小個子老頭，能把軟塌塌的被子扔出那麼遠，可見他因怒而生的力氣。「分吧，分吧，分了滾吧。」

一條大魚撲面而來，父親正下班，被子把他蓋了個正著。肯定是屋裡又發生交火了，一個時期以來，母親鼓動他分家，三奶敲打他不能分家。父親確實左右為難。母親在被窩裡的思想工作是這樣做的：「分家是必須的，不分家，一輩子都沒好日子過。」

「分家不行，三叔、三嬸傷心不說，鄰居也會笑話。」父親說。

母親說：「鄰居笑話不笑話，日子不是跟他們過的。現在一家人窮成這樣，人家就不笑話了？咱們分了好好過，日子過好了，他們眼紅還來不及呢。」

「三嬸死活不會同意的。」

「她說了不算，她不會教育孩子，不會過日子，就會抽煙袋。」

「妳別那樣說我三嬸。她怎麼也是我三嬸。」

「我說的不是實情嗎？你說她會幹什麼？」

「怎麼著我小時候也是她把我養大的。」

「咱們不忘她呀，過年過節，買吃買穿，平時月月給錢，還對不起他們？」

「看三叔吧。估計三叔也不會同意。」

「這事兒關鍵還是得你表態。你願意這樣大幫兒混一輩子？咱們以後還要有自己的孩子，孩子天天跟著他們，吃不上喝不上，也學這樣混日子？」

父親不吭氣了。

「反正我跟你說完了，你要是不聽，就跟他們過吧。我回哈爾濱，找我媽待一陣子去。」母親的威脅沒能脫離女人常用的伎倆——回娘家。

父親嘆了口氣。

現在，頂著被子進來的父親，被三爺喝住：「小林子，你媳婦要分家，你說，你是願意還是不願意？你想不想出去單過？」

三爺暗想：借這個侄子一個膽兒，他也不敢吧。從小長大，父親的老實都是出了名的，現在，眾目睽睽，他敢跟他媳婦一個鼻孔出氣？

父親抬頭看著他。

父親的猶豫使三奶搭了腔兒：「哼，白眼狼。沒了媳婦就不活了？」

三奶的話似是提醒了父親：是啊，沒了媳婦是不好活。年輕小夥子剛嘗到日子的甜頭，沒了媳婦，當然不好活了。

父親開口了，說：「分吧，分了單過我也養你們老。」

三爺手裡的酒瓶子，綠色流彈一樣帶著呼哨飛過來了。父親躲閃有技巧，這得益於他平時練就的躲閃銅頭兒煙袋鍋的功夫，酒瓶子在空中走了一個拋物線，再滑到地上，就碎了。

滿屋酒味飄香。

叔侄的養育帳，就在酒香中情恩兩訖了。

## 3

這個女人，不但感情上拐走了她們的侄子，更實實在在的，是她瓦解了她們家一個頂樑柱，一個長工般的壯勞力。三奶的煙袋鍋敲得像錫鑼——「噹，噹——噹噹噹」，三爺看出大勢已去，他傷心跺腳地說：「這沒骨頭的小子，是事先跟他媳婦串通好了哇。」

母親和父親還算仁義，他們不但分文不取，還把家裡欠下的八十多萬外債（當時的東北九省流通券，通貨膨脹使錢毛了，面值最大有一千元的）給背了過來。走時，他們還跟二老說：「放心，我們人走了，家裡有困難，照樣管你們。」

鬧革命成功了，分家單過，父親、母親歡歡喜喜，全身的力氣從早到晚用不完，日子有了盼頭。大鍋飯一盤散沙的日子結束了，他們要開始新生活。白天男人去上班，晚上父親跟著母親學文化，有了文化的父親還從工人隊伍，拔萃出來，當上了幹部，也就是林場的檢尺員。當了幹部的父親穿制服、大皮鞋，頭型也分成三七開，手腕上還戴塊手錶。工作輕鬆了，臉上天天都是笑容。他們白天、晚上，誰都不惜力，火紅的日子，最有力的證明，就是他們一個接一個的孩子，歡天喜地中，成群的兒女誕生了。

到六寶出生時，父親跟領導說，他不當檢尺員了，也就是不當國家幹部了。他要去幹工人的活，抬木頭，歸楞垛。父親說：「那樣我可以多掙些錢，我家裡孩子多，需要錢。」

當工人不難啊，難的是工人想當幹部。有多少工人送煙送酒、請客吃飯，就是想求領導安排自己當幹部，父親主動下來，給想輕閒的倒地方，這是好事啊。領導當時就點頭了，說：「劉慶林，好樣的，覺悟高，是個好同志。」

父親當晚，就換到歸楞班了。所謂「歸楞」，就是四個人，兩桿槓，抬上那鎮海神針鐵般粗重的大圓條，百年老木頭，兩前兩後，步伐一致，把它們一根一根，歸到木頭山上。木頭山叫「楞垛」，想抬著木頭走上這座山，是須有些技巧和膽量的。勁朝一處使，步子有規律，若有一人快或慢了，大家都危險；因為在向上走的過程中，容易導致大夥把木堆踩成多米諾骨牌，也就是俗稱的「攢堆」。攢堆跟雪崩一樣，一剎那，沒有站腳的地方，嘩啦啦，木頭一根接一根飛起來，人在上面，腳下失空了，不知要滾向哪裡，飛滾的木頭泥石流一樣，能把人壓得找不到蹤影。父親幹活不藏奸，在工友中是有名的，讓抬前扛就抬前扛，沒人後扛他就後扛，把他安排在哪，他就扛起哪裡。

那一天，下著雨，春天的小雨確實像油一樣滑，六寶剛滿月，母親頭上紮著枕巾（雖然生了好多孩子，母親也沒有給自己備下一條專門防風的圍巾，而是一直讓枕巾兼著）。出了滿月的母親出門透一口氣，春天的空氣真好啊，那時人少，地多，門前的呼蘭河，清澈得見底。母親心情不錯，她一出來，鄰居們就會問她，孩子怎麼樣，她的身體恢復得好不好，母親會驕傲地告訴她們，都挺好。那時候，還是個以能生孩子為榮的時代，每生一個，政府獎勵五塊錢。女人能生，也是一種勞動模範，讓女人羨慕。

母親正跟大家聊著天，忽見遠處小道上歪歪扭扭走來一個人，可能因為走得急吧，這人像競走。母親認識，他是父親場裡工會的，每生一個孩子，就是他來家裡送上政府獎勵的五塊錢。錢已送過了呀，現在也不年不節，母親的心跳加速了，她感到了不祥。這人呼哧帶喘，走上來扶住要軟下去的母親，說：「別怕，別怕，老劉還活著。」

從父親抬木頭的那一天起，母親的心就始終提在嗓子眼兒。當抬木頭男人的家屬，跟礦工的家屬沒什麼兩樣，都是腦袋別在褲腰上，只要出事，就不輕。礦工是在地獄，林業工人是在半空。

「他怎麼樣？」

「跟我去醫院吧。」

父親確實命硬，他當時失血已經休克了，而且那條腿，要去掉。母親大聲哭著，不讓鋸，母親說：「不能鋸腿，不能啊。不要讓他腿沒了哇……」母親把她的血也獻出了，她沒說她生了孩子，剛出滿月，她說：「我是萬能血，抽我吧，我家慶林不能沒有腿啊……」

四人兩扛，走到木頭頂峰時，有人腳下踩滑了，雨水把木頭的樹皮澆透了，成了一張油皮，踩滑的人本能使他腳下又蹬出千斤力，頃刻間木堆滑動了，嚕嚕嚕，四人木頭一樣全部滾散，有人成了肉餅，有人攔腰夾折了，父親則是順在木垛裡，待工友們愚公移山一樣把木頭挪完，四個人，只有父親還活著。還保住了那條腿。

手術就在北林鎮的醫院，鎮醫生的水準不太高，父親術後縫合的那條腿上，像被塞了一團又一團的繩子，麻繩、棕繩，一團又一團，成了永遠也無法解開的，筋疙瘩。

父親的腿是落下病了。

只是鄰居們奇怪，她男人都那樣了，還能一個接一個地生孩子！真能耐！

# 第九章

## 1

母親和父親的婚姻危機，始於一個叫蕭蘭的女人出現。

那一天，母親出去玩，玩什麼呢，撲克，是賭錢的那種，叫三打一。母親一女流，敢於征戰在三個爺們兒中間，而且她總是能摸得一手好牌，敢叫板，別人手裡掐著大小王，開口也就是六十、六五，母親張口就給蓋個七十，而且隨著那「七十」的叫喊，她手中的撲克，能發出「啪」的一聲脆響，震撼極了。那氣派相當於日後拍賣會上的最後舉牌者，一錘定音。

母親手裡有牌，眼裡有事兒，嘴上還運用著心理戰術。她說著，猜著，嘟囔著算打下來的主數兒：「三四一十二，四四一十六，唔，我手裡還有五張，你，你，外面總共剩不到兩張主了，一圈就把你們吊利索。」其實母親使用的是兵不厭詐，她手裡根本沒有五張主，這樣自言自語，詐得另三家真真假假，不由不緊張。「吊！」母親的氣勢把他們嚇住了，他們不知這兩張主說的是誰、在誰手裡，戰戰兢兢，左顧右盼，主頂主，空走空，鬼子拉弦兒一樣抽下那張主，悄沒聲地撂下了，結果誰都沒敢加分，最後的時機也錯過了。

「打光頭兒了，這老娘們兒真厲害！」夏老二說話粗俗，掏錢痛快。

打得另三家一分沒得，就叫「打光頭兒」。

母親臉上是勝利者的笑容，三個老爺們兒，果然中計，她只用手裡光桿司令般的一個王，就大獲全勝。這般賭技，誰能不佩服，她自己都驕傲了。「光了。拿錢！」母親攤開了手裡剩下的最後幾張牌，明擺著，不用再打了。

母親收錢不用手摸，而是很專業地用小撓子摟。需要找零，也是撓子。母親的賭技，得益於她少年時觀摩姥姥的推牌九，那時她看一會兒，就給姥姥搗一通亂，平亂的手段就是姥姥抓上一把錢——「小祖宗，拿上錢看戲、吃館子、看電影幹什麼都行，隨便玩兒去吧！」母親當時的玩伴叫小慧蓮，她是窮人家的孩子，母親待她相當於劫富濟貧。慧蓮也喜歡看戲，兩人從戲院出來，眼神一對，腔調一挑，唱詞就出來了。慧蓮扮的是小生，母親是花旦，兩個人馬路上就敢用腳尖走路，蹬蹬蹬一個亮相，舞著、說著就唱開了。看完戲吃頓小館，錢有富餘，再去看場電影。玩夠了，回到家，牌九局還沒散。為所欲為的母親，再一次走上來，要麼拿了人家一張牌，要麼不經意扯翻了桌上的臺布。「做孽呀，哪輩子欠下的這個冤家呀！」姥姥的抱怨看似哭天搶地，實則蒼白無力。

那些贏了錢、正想找藉口散了走掉的人，也就找到了臺階，說：「行了行了，不玩了，妳家小當家的不願意了呢。」

是的，母親不願意，她對姥姥有兩大不願意，一是不願意她總找男人，二是不願意家裡支賭局，而姥姥的日子，似乎就是靠這兩樣打發的。那時母親都恨死了姥姥推牌九，看見了就煩，可是現在，經過了叛逆，鬥爭，結婚，過日子，當家做主，日子平淡，父親在家休公傷了，國家的政策也不讓糊火柴盒了，閒下來的母親，就找到了打發時光的好方式，賭撲克。

開始父親很生氣，他說：「妳也不看看，那些賭棍都是遊手好閒的老爺們兒，喝大酒，抽大煙，哪有一個正經人。妳一娘們家家，也湊上去玩，妳不嫌寒磣?!」

「有啥寒磣的，不做賊，不養漢，憑的是心眼掙錢，誰算得快，誰贏唄。」

「我贏了還能添補家用。」母親很會狡理兒。

「家裡不缺妳那兩個錢兒！」

「你敢說不缺？你的腿不能吃硬了兒，打不了針柴賣錢，六寶他們還小，沒有我添補，老的、小的喝西北風去。」

「我沒工資嗎?!」

「那點錢，夠一家老小張著的這麼多嘴嘛。你三叔那月月還得納供，哼。」

「這麼說，沒妳賭，家裡都不活了唄。」

「不讓我玩，你讓我天天幹什麼？」

「幹點什麼不好，掃掃地，擦擦玻璃。」

「我不能一天二十四小時，老是掃地、擦玻璃吧？」

「老實兒在家待著，不也挺好。」

「就這麼乾坐著，天天望房巴？」

「唉，妳就狡吧，妳就是跟妳媽一樣，是狗改不了吃屎！」

父親的話把母親螫了，她一下子跳起來，以眼還眼，以牙還牙：「你好，你們家好，你們家人可不是狗，懶得天天都成豬了。窮死也不去掙，一家人天天賴在炕上，你三嬸是大煙袋，你三叔是大酒鬼，你弟弟妹妹整天頭不梳、臉不洗，天冷了一大家子人還扯一張被子，蝨子、蟣子都餓成了雙眼皮兒！……你們家……」

臉撕破了，母親嘴快成了機關槍，「嗒嗒嗒」靶靶命準。她還乘勝追擊地提出了父親的姐姐，那個受氣的二姑，母親說：「你想讓我像你二姐一樣啊，現在都是新社會了，男女平等，憑什麼還讓我受氣！你姐受那個二流子王米糧的欺負她願意，她窩囊。想讓我那樣，沒門兒！」

父親有些傷心，也傷感，他終於揮揮手，表示休戰。

「願意幹嘛幹嘛去。好孬自己帶著吧。」

那年頭沒人輕易敢提「離婚。」

## 2

從那以後，母親每次回來，踏進家門，雖然她的戰績讓她底氣十足，可是看到父親的臉色，她的表情怎麼也顯不出理直氣壯。贏得開心的她會低一點姿態，甚至是討好：「晚飯吃什麼？我做。有錢了，買二斤肉？」

「我跟孩子吃過了，妳做了妳自己吃。」父親口氣很冷。

在母親又一次勝利歸來，懷揣鼓鼓的賭資，因為肚子突然疼，她提前退場，興沖沖走進家門的時候，父親正仰著頭，那個叫蕭蘭的女人，兩手扒在父親的臉上，向父親的眼睛吹氣兒。母親問她：「你們在幹什麼？」

女人說：「慶林哥的眼睛眯了，我給他翻翻。」

「他都沒上班，眼睛在哪兒眯的呢？」

「我剛出去了一趟，上廁所。」父親證明著說。

兩人說著，一起向有光線的窗前移動，父親剛才是坐在炕邊，現在站起來，蕭蘭手不離臉，還指揮母親：「快拿手巾。」

「誰給你拿手巾！不要臉。」

母親摔門而去。

母親就是從那一天起，開始生父親的氣，並傷心自己的婚姻的。她開始懷念，那樁可能比這樁更好、更幸福的愛情了。

母親說，認識父親後，她還認識了一個叫孟憲輝的人，如果不是姥姥太貪心，老孟出了事兒，她的婚姻完全可能是另一番天地。因為老孟比父親有文化，還懂感情。

關於老孟，大概的情形是這樣的。

母親跟姥姥因姥爺商人的破產而來到北林，一是避難，二是躲債。姥姥來到這裡，投奔的是先她從良的姐妹劉蘭香。劉蘭香那時已是北林街道辦主任，她盲了一隻眼，劉奶奶是有過見識的女人，雖然眇一目，不但不醜，還給她憑添了威嚴。那時她已經成功地嫁到丈夫，一個有工作的良民，唯一的缺憾是沒有孩子。沒孩子使她廣愛天下孩子，她不但疼愛母親，還對母親生下的我們這一幫，沒有血緣關係的孫子孫女，視若己出。劉奶奶的居委會主任身份使她對方圓百里瞭若指掌，誰是好人家，誰是二賴子，各家的底細，一清二楚。姥姥帶著母親投奔到這裡，劉奶奶第一家就選在了三爺家，三爺家人是窮點，但絕對算良民，抽點煙，喝點酒，懶點，不是那種打架罵街招災惹禍的人家，況且爺爺死後家中還留有空房子，就在那閒著，收拾收拾，房租都不用掏，就能住，叫借居。

有居委會主任親自出面安排，三爺覺得很是榮幸呢。開始的時候三奶有點警惕，這一老一少倆奶奶，可別打她男人的主意。幾天過去，三奶就放心了，自己多餘了，哼，看看人家那穿戴，那做派，哪裡會看得上她們家這蝨子都餓成了雙眼皮兒的窮人家？自己的爺們兒是高興，願意顛顛兒地裡外忙活，可是白忙，就那一臉麻子，人家黃老太就沒正眼瞧過。

三奶又足不出戶地放心抽起了她的大煙袋，到了冬天，為了省火，她還勸姥姥和母親，搬到了她們的屋裡，南北兩鋪大炕，分別住著兩家人，取暖方便，也省燒柴。白天裡，兩鋪大炕燒熱了，就相當於兩座大爐子，散發著熱烘烘的松木味。晚上睡眠，三爺還進行了合併同類項，即南炕睡的，都是公方，三爺、父親，和他的堂弟們。當然，三奶也住南炕，因為她和三爺是老夫婦。北炕，則是姥姥、母親，和後來成為她姑妹的，大嘴、禿丫頭們。

母親就是那時，見識了父親的胸膛，萌芽了少女的春情。

不稼不穡的姥姥，手頭的銀子只出不進。她不能幫人家幹一點點力氣活，吃現成的，住現成的，姥姥似乎也不安心。她就用錢，補付人情。姥姥出手大方，自她來後，三爺的酒錢、三奶的煙錢，幾乎讓她包了。姥姥似乎真正視金錢如糞土，花錢從來不心疼，不算計，她是真正的今朝有酒今朝醉，明天沒有再掂兌。她幾乎想都不想，手裡的錢花完了，下一步怎麼辦。那個小商人姥爺，只是個做牙刷生意的，口挪肚攢下的一點家業，剛娶了姥姥半年，就所剩無幾了。最後倒楣是受人坑害，才破產的。破產的姥爺像許多男人一樣，用一死，來結束一切。可是他死了，那些要債的人，也沒放過姥姥，他們天天上門，逼姥姥拿出錢來。姥姥就是在這種情況下，驚弓之鳥，帶著母親逃離了哈爾濱，來到北林小鎮，躲難。小鎮的日子確實比不了哈爾濱，有錢都買不到好東西，酥皮點心、老鼎峰冰糕，還有那真正的蘇州絲綢小襖褂，要什麼沒什麼，沒有一樣是順心的。姥姥也就住了半年，就想念哈爾濱了，可是回去，沒有消停日子啊。兩害相權，姥姥委屈在這裡。

現在，姥姥的幣子又花沒了，姥姥一沒錢，她首先想到的就是男人，讓男人來掙，由女人來花。可是，姥姥明鏡兒地看出，母親喜歡上了那個除了長相好，哪兒都叮噹三響的窮小子劉慶林。慶林算個好小夥，不惜力，也肯幹，可是他家弟弟妹妹一大幫，爹天天大酒，娘天天煙袋，慶林掙的那點錢，對他們家來說，是累死都填不滿的無底洞啊。找了這樣的男人，別說自己借不上光，就是這姑娘自己，清湯寡水的日子，又能扛幾天呢？

姥姥用她的生存邏輯，告誡母親，要找個輕手利腳的男人，有能耐掙錢的男人。

母親沒有搭腔。

姥姥說：「七仙女和牛郎、白娘子和許仙，那是傳說中的故事，是扒著瞎兒編著簍兒哄人的，自古嫁了窮小子的女人，就沒有過上好日子的。妳還小，不要打錯了算盤翻錯了眼珠兒。」

「我打什麼算盤了？」

「妳看上了那窮小子，以為我沒看出來？」

「妳看出來什麼了？」

「看出妳動心了唄，看出妳眼裡都沒我這個娘了唄。」

母親一梗脖子，給姥姥一個後背。

姥姥說：「要找也得找條件好點的，咱們明天就沒吃沒喝了，妳說怎麼辦吧？」

「可別拿我當妳，我不會專門坑男人掙錢。」

「妳個沒良心的，不讓男人掙錢，妳去掙啊！」

「行，明天我就出去掙錢！」

## 3

第二天，母親把頭髮梳起來，打點了一下自己，就去道北找活了。母親和姥姥住的地方叫道南。道南道北，以鐵路線劃分。道南人煙稀少，有沙石場、呼蘭河，還有無邊的黑土地。相比之下，道北是商業區，小鎮的熱鬧繁華盡收於此。這裡有手套廠、筷子廠、服裝加工廠。母親當天，就找到了手套廠縫手套的工作，白棉布紡線，機器織出個大概，一片一片地散著，細微縫口處，要靠人工。縫一副手套一金元。

同樣不稼不穡的母親，當起了縫線女工。

在母親來來回回上班下班的日子裡，她要跨越鐵路線，小站沒有天橋，每天過那縱橫交錯的鐵軌。本地的孩子們，把過鐵軌當做了一種娛樂，冒險，刺激。很多男孩，還要單等那龍頭一樣猙獰的火車冒頭兒時，他才開始跑，一跑一跳，一跳一躍，鋼軌是他的舞臺，膽量和雙腿是他的技藝，跟火車賽跑，安然無恙。

嬉鬧的少年們捂著胸口，暢談著感受，他們是快樂的、開心的。只有母親，她這個膽小的外鄉人，一直規矩地等在那裡，她等了一輛又一輛，東邊看完西邊又來了，不盡的火車，沒完沒了的等待。穿著碎花棉襖的母親，北風吹得她的臉色非常好看，是不施粉黛的白裡透紅。地上是薄雪，經太陽一曬，成了冰面。冰面上比冰更亮的鐵軌，映著寒光。母親微蹙著眉頭，失措地站著，工廠要點名，她又要遲到，看那架式，她是想等火車全部走完，她才敢過去。

而鐵路，鐵軌是河流，火車就是游來游去的魚兒，沒有止息。

母親的焦急被那個搬道工看了很久，他叫孟憲輝，是小站的值班兼後勤主任，他觀察母親好些天了，他已經不忍再看下去了。他穿過月臺，來到母親面前，說：「姑娘，來，我幫妳過去，這樣等，妳是等不完的。」

母親看看他，他手裡拿著紅綠兩杆旗子，旗子很舊，紅的變黑，綠的也變黑，兩杆旗都捲著，旗襟兒被他攥在把上。眼前的男人猜不好歲數，他的臉，跟手裡的紅旗綠旗一樣，是黑不溜秋的。

母親雙手抱著懷裡的花布包，她在猶豫，是過還是不過。

「沒事，走，跟著我走。」拿旗的男人攙住了母親的胳膊。是輕輕的，有教養的，可以信賴的。母親沒有推開，就跟著他過去了。

「謝謝你。」臨別，母親的「謝謝你」三個字，燦然一笑的白齒，讓孟憲輝一個冬天，都如沐春風。

看著小巧的母親遠去的背影，孟憲輝打定主意，一定要打聽出，這是誰家的姑娘。

沒費事，孟憲輝就搞清楚了，母親和姥姥的身份，借居在三爺家的背景。那一天，老孟找了個理由，到三爺家來拜訪了。三爺愛喝酒，看孟憲輝手裡的酒、紙裡包著的熟肉，他都沒問，這個年輕人來幹什麼。老孟倒也痛快，開門見山，請三爺做媒，他說他看上了這個李姓姑娘了。想和她成親。請三爺說服姑娘的母親。

三爺滿口答應。

晚上下班，看到老孟，母親一愣過後，心裡湧出的是煩惱，她可以猜出老孟是幹什麼來的。說實話，過鐵軌，攙扶一下，尚可接受；而談婚論嫁，母親心裡可不是他。母親已經深深喜歡上的，是貌美的少年郎劉慶林，黑胖的老孟，怎麼能取代父親呢。

母親轉身就出去了，她已經跟禿丫頭她們玩熟了，這幾天，她們讓她教手套的編織，母親非常樂意，她已經提前預演嫂子角色了，拉關係，套近乎，她向著心中的理想，邁進了一步。

晚上，母親回來，姥姥從炕裡拿過一個小布包，說：「看看吧，人家還不知道妳願意不願意呢，出手就這麼大方。」

裡面是一塊絲綢襖面，和十金元券。

「妳怎麼隨便就接人家錢和東西？我又沒說同意。」

「人家說了，同不同意都沒關係，就是喜歡妳，也看我孤老婆子可憐。」

「退回去。我不同意。」

「差哪呢？」

「我對他又不了解。」

「妳是嫌他沒有慶林好看是吧？告訴妳，好看當不了吃喝。我了解了，人家有工作，比妳才大四歲，還是個主任。家境也利索，父親沒了，母親帶他長大，已經去世。現在就他單蹦兒一人，有工資，沒婆婆、姑子的婚後亂攪和，再好的條件不過了，打著燈籠都難找。」

「再說了，鐵路工資也高。哪行倒閉了，鐵路都不能沒。」姥姥又加一句。

「說出大天我也不願意。」

「妳願意誰？慶林？他娶得起妳嗎？光看外表啊，外表能長大米、白麵啊。再大些妳就懂了，過日子，還得是實實在在，就說今晚吧，小孟買的燒雞、下酒菜，咱家都多少日子沒碰葷腥了，沒他，妳喝西北風吧。」

「行，今晚我不吃飯，餓著。」

「有能耐，妳餓上十頓八頓的，一頓不算本事。」

「我掙的工資呢？」

「妳那倆錢兒，一隻燒雞腿都不夠買！」

那天晚上姥姥和母親的鬥爭沒有結果。後來的日子裡，小孟經常來，每次都不空手，今天是二斤點心，明天是豬頭肉、半張牛臉，還有米、麵、油。偶爾留下來吃飯的時候，活雞、鮮魚，都是他親自宰殺。裡裡外外，他把一切料理得井井有條，姥姥看著他做這一切，用手指偷偷攢一下母親的頭，那眼神的意思是：「看著沒有，這樣的男人妳不要，是有福不會享呢！」

時日久了，母親也覺得孟憲輝沒那麼煩人了，雖然他的下眼袋兒是腫眼泡，個子不夠高，還很胖，可是慢慢地，做飯，吃飯，吃完飯幹活，老孟的表現遠遠出色於父親。他無論是對人的稱呼，還是對兩女人的照顧，都表現出有過家教的男人的良好習慣。姥姥為了促成這樁美事，她踮著小腳有意倒出空間，讓他們深入相處。在母親和老孟的交談中，她知道老孟很小就沒了父親，母親是個外室，帶著他長大很艱辛，當他好不容易長大了，有了工作，母親又走了，老孟說他的心裡其實很苦。都沒有父愛的少年經歷，引起母親深切的共鳴，母親忽然發現如果忽略老孟的外貌，和他在一起，說話、做事，也是很愉快的。

母親再下班的時候，就允許老孟每晚接送她回家了。

## 4

有了孟憲輝，姥姥又過上了好吃好喝的好日子。可是人家老孟也不是傻大頭啊，供吃供喝，無非是要娶她家姑娘為妻。當老孟看看火候差不多了，就勇敢地提出了這一點。姥姥面無表情地想了一會兒，說：「行，娶也行，你攢夠錢了嗎？」

「多少？」

姥姥的準丈母親娘身份獅子大開口，把老孟嚇了一跳。

「沒有啊，沒有著什麼急啊，是不是，你們還年輕呢，晚個一年兩年，不算晚。」

老孟說：「用不了一年兩年，三個月吧，仨月內，準把錢籌齊。」

姥姥喜出望外，她原想老孟會跟她討討價，還還價，沒想到老孟這麼痛快就答應了她的目標。看來還是年輕啊，年輕，做什麼都不動心眼兒，全憑一腔子熱血呢。

就在姥姥盤算著，這個女婿嫁得值的時候，一天早上，一行穿鐵路制服的人，來到家中。走在前頭的，幹部模樣的人說：「妳就是那個黃老太吧，小孟貪汙公款，已被查住了。聽說他的多半錢，都花給妳家了。」

那天早晨姥姥的頭髮收拾得光光鮮鮮，一塵不染，她還以為是小孟的領導來迎娶她姑娘呢，聽是這樣，姥姥的小腳有些站不穩。

母親無地自容，羞得轉身走了。

幹部模樣的人一點都不同情姥姥，他瞇著眼睛看著姥姥，有些幸災樂禍地說：「妳們把他欠的窟窿給堵上，或許那小子還能減輕點罪。」

姥姥明白了，這是讓她退贓啊，那哪兒捨得啊。再說，退也沒法退了，除了身上穿的，剩下的都吃到肚子裡去了，拿什麼退給他呢？姥姥看著那個男人的眼光，心中也升起惡意，她煞有介事地用手一指，說：「行啊，可以退給你們，去拿吧，全在後院呢。」

幹部沒想到這老太太還挺開通，這麼痛快就答應了，他回頭看一眼他的手下，真欲轉身向後院走去。

後院是三爺三奶家的茅房。

三爺三奶笑出了聲，姥姥的小腳也笑得站不住了，圍觀上來的慶國、慶祿、大嘴、禿丫頭，也都跟著哄笑起來，他們說：「去吧，去吧，後院有得是呢。」

「真是刁民啊。」

「不用高興得太早，都等著坐牢吧。」

坐牢姥姥是害怕的。後來，經過來人的一再催逼，姥姥對三爺說：「劉三兒，你家慶林不是沒媳婦嗎，要不，你想想辦法？這個錢如果你出得起，小連生就歸你家了。」

「得多少啊？」

「不算多，總比買個媳婦划算吧？結婚後，連生還不會跑，她喜歡慶林，不像那些外省女人，就是放個鷹，生了孩子都照樣跑。」

三爺覺得她說的也有道理，動了心，可是錢呢，錢從哪來？他低頭尋思。

「你家慶林早晚得說媳婦吧？不能打一輩子光棍吧？說實話，如果不是小孟那傻小子給我惹了這一身包，我吃這個虧？聘閨女又不跟你要彩禮，就把這饑荒給填上，你這不算撿了天大的便宜？」姥姥進一步做工作。

三爺不再猶豫，他答應行。他說：「只是家裡沒什麼值錢的東西，賣不出錢，我只有捨著老臉出去抬了。」

抬錢，即從私人手裡借高利貸。

「婚姻是命，命裡老天給妳定著呢，該跟誰，跑不了。」母親說因為三爺用抬來的錢補上了老孟欠下的窟窿，老孟並沒有坐監，可是失去了愛情，失去了心愛的姑娘。情感恍惚的他，有一次把道岔搬錯了，險些出了人命。他被永遠調離了，調離鐵路工作崗位，後來去了哪裡，母親不知道。再過鐵軌的時候，母親一人站在那裡，她左看右看，除了火車，沒有了那個持紅綠兩杆旗，聲音溫和的男人。

# 第十章

## 1

東三省變成了日本人的天下。在哈爾濱托爾戈亞大街上，有日本人開的銀行、妓院、茶室、酒吧、舞廳和飯店。門口把守著日本憲兵，荷槍實彈。其中一家新成立的「櫻花苑」，門上掛著大幅影集式的廣告，上面主要寫明妓女特色、身份、擅長技藝，及房間號。從街上走過，高矮胖瘦，一目了然。不浪費時間。

冬天的風裡，呼啦呼啦紅綢廣告，效果很好。隨車追著圍觀的，除了小孩，還有不少市井的男女，她們用手遮擋著刺目的陽光，仰頭看著車上這一簇簇花紅柳綠的女子，那目光是複雜，難以言說的。遊走了小半天兒，沒到晚上，除預定的日本官兵，地方的賢達富賈，也都聞風而動，紛紛前來捧場。老闆小本非常高興，他一眉開眼笑整個臉上就找不到眼睛、鼻子了。要知道，軍隊的價目是死的，上面有行政命令，是政府定價。而地方來的這些富商們，才是真正的行家，正經的嫖客。他們的惠顧才更符合這一行業的市場價值規律。

不巧的是，那晚發生了一件事，天還沒黑下來，有個妓女，懷孕了。懷孕在妓院是不被允許的，比得性病更嚴重，要受到懲罰。避孕技巧、橡膠安全套工具，慰安所已經一遍遍講過，不惜時間和精力，對她們的培訓課時大大超過了吃飯和睡覺。可是仍有姑娘麻痹大意，不當回事。對這種犯規行為，全部視作怠工破壞，有意跟老闆作對，後果是很慘的。

那個不慎流產而露餡兒的妓女，原本是等著心上人來贖她的，跟她相好的是個日本兵，日本兵在來了幾次之後，真心地喜歡上了她，攢下的軍餉，都放在她這兒，他們已經約定好，下一次來，他就帶著她，悄悄逃走，遠走天涯。可是白天汽車上的顛簸，加上風寒，女人下了車，還沒等回到小屋，她走路的姿勢就不對了，隨著疼痛她捂肚子、蹲下、摔倒，她的腿側已是血的溪流了。年輕的枝子沒經驗，她嚇壞了，站在那直搓手。老闆小本明白是怎麼回事，他氣急敗壞，上來就是一腳，咬牙切齒罵了一句「笨豬」。然後，命人把女人拖進她的小屋，給女人喝下一種湯藥，是用來打胎的。在女人的小屋裡，傳來高一聲、低一聲的痛叫。一個小時過去了，聲音沒有停止，叫得更痛了。老闆小本有經驗，他命人叫來日本軍醫，再次為女人的肚子實施清除術。他們去乾淨的辦法，是叫來那兩個操練模具的中國武士，一人一邊，把女人倒立著架起來，像持住一具人體器皿，日本軍醫戴著白手套，他往女人體內注入的是一種藥水，藥水注入後，扶著不動，多堅持一會兒，以保證體內藥水充分化合。大約過了一刻鐘，人們退了出去，倒下來的女人，全身沒了骨頭，也沒了聲息，變成一具沒紮住口的袋囊，血塊兒，一點一點，流了出來。

「死人啦，死人啦！」有姑娘驚叫，奔跑，嚇炸窩了。裡裡外外亂作一團，愛荷和愛蓮也加入奔跑的人群，趁亂，成功出逃。

愛荷和愛蓮逃到哈爾濱的時候，她們已經是見多識廣，有一定對付世道險惡經驗的姑娘了。她們不再相信中國大漢。主動和她們搭訕，想拐走她們的疑似人販子婦女，她們也都巧妙避開。她們相遇了年輕的日本浪人川口，和川口結伴而行，憑添了好多安全。也許那些心懷叵測的人以為她倆也是日本姑娘，對她們不再敢動手動腳，跟川口結伴，她們少了許多麻煩。川口說，他喜愛她們姐妹倆，怎麼看，她倆都像一個人，可是再仔細，又不是一個人。川口說他喜歡愛荷的潑辣，也喜歡愛蓮的溫柔。

「櫻花苑」也帶住宿和飯莊，吃住行，一條龍。川口喜歡這裡，可是打問了一下價格，他就吐舌了，他們付不起錢。遊逛了很久，他們才在一個叫「順風」的小旅店住了下來。當晚，愛蓮就發燒了，燒得夢話不止，連日來，她是受驚嚇太多，經歷太多了，現在終於安穩下來，她崩潰，病倒了。愛荷看得出，妹妹是真心地喜歡上了川口，妹妹的眼神就沒離開川口半步，少女的懷春，那是一根筋的。愛荷心裡的算盤是，用川口壯壯威行，怎麼可能讓妹妹嫁給他呢。再說川口一個浪人，跟中國街頭流浪漢的唯一區別，就是那些人在要飯活命，蓬頭垢面，而川口斜披戰刀，風度翩翩。川口長得像中國男子裡上乘的好男人，臉盤是端正的，鼻樑是挺直的，牙齒潔白整齊。愛荷想，如果他是一中國男人，靠得住，妹妹喜歡他，倒也不是件壞事。眼下，愛荷只想利用他，幫助她們找到母親、哥哥。而妹妹病倒了，一會兒就燒得像一截紅紅的木炭，水到嘴邊，滋兒就沒了；愛荷像母親給她們熱敷過的那樣給愛蓮用熱毛巾，也是幾分鐘，毛巾就乾了。

愛蓮真是病得不輕啊，從小長大，她還沒見過妹妹這麼病呢。

愛荷讓川口出去想辦法，川口回來拿的是幾片藥，給愛蓮服下，出了汗，汗過，熱燒又上來了。

愛荷說：「看來，咱們得去醫院了。」

川口說是該去醫院，可是，川口攤開兩手：「咱們沒錢啊。」

「沒錢你的藥從哪兒來？」

「跟老闆討的啊。」

「你也在要啊？」

「原來你跟中國的流浪癟三一樣也在討。」愛荷想。

愛蓮咳嗽，發冷，渾身篩糠。順風店的那個當家小老頭，他有著雞脖子一樣的紅脖頸，瘦弱而高高地昂著，他已經催她們離開幾次了，他怕愛蓮得的是虐疾，傳染。小老頭一會是好言相勸，說店錢都不要了，只要離開，別耽誤他的生意，一會又說，再不離開，報告政府，愛蓮就會被人捉走，投入醫院的隔離病房。小老頭的威嚇提醒了愛荷，是啊，聽說最近有了流行病，死了好多人，原因都查不清，瘟人呢。愛荷愁苦起來，帶著妹妹走，去哪兒呢？不走，小老頭給舉報，說妹妹是瘟疫，也沒好兒了。愛荷對著小老頭，冷臉立目，她走一步，他退一步，小老頭剛才還是躬著身，現在愛荷逼近，他又仰起頭，愛荷說：「我妹妹現在病重，不能走，只有在這好好養病。如果把我們逼出去，或者賣出去，她有個三長兩短，我就回來死在你門樑上！」

「我可以給你店裡免費幹活，洗衣服、做飯都行。讓我們安心住兩天，待我妹妹好了，自然會走。」

「還有，我們現在沒錢了，跟你借點錢，治好病，也好早點走。」

小老頭由高昂的頭，變成了大睜的眼，他還從來沒遇見過，住宿不給錢，還要跟他借錢的呢。小老頭笑了，他笑得臉上的皺紋像開放的菊花，他說：「姑娘，跟我借錢，這世道，割肉可能，借錢，誰身上掏得出錢來呢？」

「想有錢，去掙啊。」

「妳們年輕姑娘掙錢還不容易？一間鋪子一個人兒，再到政府那中領個許可證，一本萬利，開張就來錢。」

「妳要是同意幹，有買賣，我或許還敢借錢給妳。」

老頭說完，連滾帶爬地跑了。

## 2

川口出去幾天了，找錢，找治病的辦法，錢和辦法都沒有，人也沒影了。又過了些天，小老頭叫來幾個人，開店終是要養些黑勢力的，他讓人把愛荷姐妹倆，風都吹得起的身子骨，架出門外，送上街，推搡了幾下，恐嚇了幾聲，就不管了。

冬天的街道，很蕭條。穿和服的日本女人，她們木屐的嗒嗒聲，憑添了肅殺氣氛。那些高個子的俄羅斯女人，她們的裙子披披搭搭，一層疊著一層，高筒皮靴踏在青石板道上，發出嘎嘎的脆響。妓院、茶樓、小旅館，還有日本什麼什麼臨時政務所，跟奉天街道的景致差不多。中國百姓在這條街上很少見，他們看到日本兵，頭一低就匆匆避開了。愛荷扶著愛蓮，她看到一條飄動的紅絲巾，那是一家絲綢布莊，晚風中，各色長巾旗幟一樣飄揚，真是好看。愛荷輕輕地撫了一下，胖夥計說：「怎麼樣，要吧，便宜點。」

愛荷沒吭聲，她的口袋裡，一文錢都沒有。

「怎麼樣，不滿意這個色兒的，還有這條。」胖夥計熱情執著。

愛荷扶著妹妹走了，病弱的妹妹，臉色蒼白，寒風一凍，又美如桃花。她的喘息有氣無力，如果爸爸活著，媽媽在身邊，多好啊。就是有哥哥們，也不會落得現在這樣啊。愛荷心頭掠過潮水般的傷感，沒有了他們，一切都要靠自己，除了活著，現在首要的，是治妹妹的病，救妹妹的命。

愛荷警惕地帶著妹妹找醫院，不能去日本人的，不能去政府的，她找到了一家私人的診所。愛荷打起精神向那個老中醫丟了一個眼風，不掛號，先問診。老中醫號了號脈，還用了聽診器，他說：「這姑娘，是結核二期，病得不輕啊。不抓緊治，跟不上營養，她的身體，危險。」

愛荷沒有說她沒錢，她想空手套白狼，讓老中醫先給她們治。老中醫馬上開出了藥方，讓她們按方抓藥，愛荷只好亮開手，說：「先欠著行不行？」

老中醫說這是私人門診，不是福利院呢。他也是靠號單吃飯的。

再次來到街上，看著熱氣騰騰的櫻花苑，愛荷有了主意，她下定決心了。飢餓和寒冷，更幫她堅定了那個主意。她讓妹妹打起精神，能堅持五分鐘，過關就行。可是她們怎麼進去的，又怎麼出來了。當班的是個中國女人，她目光很挑剔，前後左右看了她們一圈，說：「臉盤還行，身子骨不對。」她繞著她們看，眼睛看向老闆，說：「她們好像有病，病人。」那男人聽說「病人」二字，當即用手指揮揮：「出去，出去！」

瘟疫在流行。

天黑的時候，愛荷和妹妹又回到了順風旅店，雞脖子小老頭看著她們，並沒有吃驚，他堵著門口，等待愛荷的理由。

愛荷說：「借給我錢吧。我開張。」

「但是得先用你的屋子，生了利，我們五五分。」

老頭沒吱聲，他歪著頭，盤算了一下，說：「好是好，就是警察局不讓。旅店、妓院，各有各的稅，稅率不一樣，放一塊，查出來，一下子就給你罰傾家蕩產了，我還得養老吶。」

「這麼著吧，」老頭說，「街對面，就有一家剛空出來的鋪子，我幫妳說下來。不用太修繕，前身就是個堂子，哪兒都不用動。明天妳起個文書，會寫字吧，不會寫讓街上的老先生代寫，兩份，一是申請書，一是保證書。保證書要有擔保人，我給妳當鋪保，但妳要支付我頭一個月的五五分成。」

## 3

申請書和保證書遞交、批准得都很順利，分別如下：

# 申請書

## 妓女請領許可執照申請書

民國三十二年月日

| | | | |
|---|---|---|---|
| 姓名 | 黃愛荷 | 年齡 | 十八歲 |
| 籍貫 | 山東 | 住所 | 道外區 |
| 為娼原因 | 因貧 | 有無丈夫 | 沒有 |
| 是否自願 | 自願 | 從何處來 | 山東 |
| 有無押身 | 沒有 | 從業場所 | 滿堂春 |

謹呈

哈爾濱警察局轉呈

哈爾濱市政府批准

照片

申請人名

手印

保證書

具保證書人「順風旅店」店主張祥發，茲保得妓女黃愛荷願在本市（XX街XX號）落戶從業。並於從業期間絕對服從政府命令及一切章則。如有違反命令及一切不法行為時，由保證人負完全責任。所具保證書是實。

謹　呈：哈爾濱警察局長

轉　呈：本市市長

鋪保樂戶：張祥發　簽名

妓女之於城市的作用，有如陰溝之於宮殿，是科學的，也是必需的。這裡的政府跟奉天一樣，甚至比那裡更簡化、更快捷，申請保證書，只用一天時間，都批下來了。高效，安定，稅收，三全其美。申請人身份明確，無父無母，無兄無弟，你讓她們去哪裡？福利院？那裡已經人滿為患，再說她們也是自食其力的年齡了。富人收了當小老婆？哪有那麼多的富人，軍閥爭江山，商人囤金條，誰還買女人。

愛荷跟愛蓮都改了名，一個叫柳如是，一個叫柳如花。愛荷是實質的老闆，一切操心費力的事，都由她拿主張。她也制定了「滿堂春」七條：

一：買賣價錢要公平
二：公買公賣不許逞霸道
三：若把東西損壞了，照價賠償不差半分毫
四：嫖客不許打人和罵人
五：兵痞作風一定克服掉
六：婦女姐妹大家都平等
七：愛護姑娘和公物處處注意到

## 4

愛荷還仿照她在慰安所學來的經驗，在她們這裡也製成券幣，像針孔式的郵票，一大張，上有五十小張，面額是一樣的，只是客人根據需要，多用多買。一張的限定是兩小時，如果包下整晚，不按時計，批量打折優惠。愛荷還根據自己目前的實際情況，沒有資本招募更多更漂亮的姑娘，只能少而精，打高端牌。愛荷想了，妹妹暫時不下水，一是身體不好，二是她打算一人就把妹妹養了。愛荷的經營之道是半個世紀後人們才摸索出的貴賓俱樂部形式，會員制。一般的百姓，光棍兒，二混兒，是沒有資格進來混時間找樂兒的。愛荷還藉著辦執照那天有了一面之緣的行政科長，從他那裡發展了第一個會員，同時許諾給他提成獎勵，讓他幫助發展有身份、有地位、有錢財的大戶，介紹進來一人，愛荷跟他三七分成。

重賞之下，政府科長物色人選很盡心，他拉來了各方要人：當權派、日本人、商會會長、地方官吏。愛荷是真正的見佛殺佛，見魔殺魔，日本人、國民黨、奸商，以至後來她才明白的游擊隊、地下黨，全部搞定擺平。

滿堂春屬於一塊鬧中取靜的風水寶地，沒多久，愛荷可以休養生息，當上媽媽了。她精挑細選地招來了小蘭香、女兒紅、桃花、春妹等個個叫得響的頭牌姑娘，她們多數時候賣藝不賣身，這就使得她們的身價股票一樣蹭蹭往上漲，一直飄紅。輕易不賣，激發了富商大佬們商場上的鬥志，他們更願意一擲千金，買到姑娘的芳心。一天晚上，愛荷聽到樓下劈劈啪啪拍打皮肉的聲響，她聽到一直給她兼著治安任務的政府科長，怒罵那兩個挨打的人：「哼，到老子這兒來耍無賴，你們錯翻了眼珠兒，踏錯了地盤兒！」

那兩個人光著脊背，一拽一拐，愛荷走下來。

「二哥，三哥！」兄妹就這樣相見了。

日後，黃立業和黃三源，他們留下來看家護院，也算看場子。他們的殘拐，一個「黃拽子」，一個「黃拐子」，為滿堂春叫出了威風。

日本人川口再回來的時候，愛荷已經認不出他了，他推了個中國式的平頭，對襟兒襖褂，千層底布鞋。川口說，他是回來找她們的，他想娶走愛蓮。

愛荷笑了，她說：「你想娶我妹妹，拿什麼呢？」

川口說：「我現在給一家中國武館看場子，有吃有住的。」

愛荷說：「那你問問我妹妹願意跟你走嗎？」

愛蓮從樓上的窗口，已經認出來人了。她長時間地處於緊張、窒息狀態，她對他的思念，隨著她的病癒，已經結痂的傷痛一樣，凝結在體內了。這麼長時間，她幾次開口問姐姐，川口去了哪裡、會不會回來了，姐姐都是說起別的，並不理睬她的話題。現在，他突然又冒出來了，愛蓮把他們的對話聽得清清楚楚。愛蓮想，姐姐如果真的上來問她，她會毫不猶豫跟川口走的。在這滿堂春，姐姐是吃喝不愁地供著她，養著她，比母親還要疼她，護著她，她得那一場病，姐姐人都脫了形。可是，這種生活，她覺得很沒意思很沒意思，喝酒調笑沒有她，夜夜笙歌姐姐不讓她上場，在這兒，似乎一切都跟她無關。有幾個胖老頭兒，幾次叫姐姐把妹妹請出來，陪上一會兒，多少重金，他們都捨得，可是姐姐就一直不讓她露面兒。姐姐說：「蓮子啊，這羞恥啊，像大門一樣，一旦撞開，就難再關上了。」

姐姐是把她當金絲雀籠養起來了。

## 5

樓下的對話，沒有再進行，姐姐說：「川口，你先回去。我妹妹這，等我問問她再說。」

川口就像中國人那樣一抱拳，告辭了。

此後，川口天天來。

來久了，他也幫助幹些雜役。

這時的二爺、三爺，也就是黃拽子、黃拐子，他們每天的日子，是躺在炕上，抽起了讓人騰雲駕霧的大煙兒。愛荷曾給他們下過死令，就是：兔子絕不能動窩邊草，想吃，外面掠去。愛荷對這一條執行起來絕對鐵面，一次二爺動了蘭香一下，愛荷手中的竹條嗖地就抽在了哥哥的胳膊上，那隻殘胳膊，讓他疼得歪到門框上半天動不了。愛荷說：「這是輕的，以後，誰打身邊姐妹的主意，閹割伺候！」

每天看著花紅柳綠，聽著燕語鶯聲，黃二爺和黃三爺，只能看不能動，也是痛苦。日久了，他們找到了另一種寄託和樂趣，就是歪著，躺著，大煙兒伺候。一抽上，才明白，大煙兒真是好東西啊，太享受了，比女人一點都不差！甚至更快樂，要什麼有什麼，想什麼是什麼，太舒服了，每天是躺在雲彩裡，睡在天堂裡。

愛荷曾非常氣憤，她問他們：「你們不去找哥哥和媽媽了嗎？」

二哥說：「找啊，可是今天抗日聯軍，明天國民黨、小個子日本人、蘇聯大鼻子，你打過來，他打過去，炮彈天天貼著頭皮飛，誰願意出去送死啊！等消停消停再說吧。」

三哥說：「是啊，別找一個搭倆，俺哥倆的命也是死過一次的，撿回來不容易。」

他們抽煙兒的姿勢像睡著了。

愛荷嘆口氣，鄙夷地看著他們。自從他們住了下來，幫妹妹看場子，護院子，平了兩場事端，其中一次堂子遭了搶，一夥鬍子（土匪）聽說滿堂春經營不錯，來的都是大戶，竟在天亮時分搶到堂子來了，二哥、三哥倒是勇猛，給自家妹妹出力，不藏心眼兒，他們拚上命地幹，二哥的另一隻胳膊使槍，三哥的腳跛不耽誤他揮刀，耍起把式都很有章法，跟玩命的鬍子命對命，打到後來，鬍子服了，撤走，財產也沒什麼損失。自那以後，他們儼然就是堂子裡的老功臣了，業績有了，名聲有了，該享受了，開始躺在功勞簿上，吃起老本了。他們不但天天什麼都不幹，還嗜起了賭，抽起大煙兒，賭資和煙錢都由愛荷支付，養著，供著，他們現在真成了滿堂春名副其實的二爺、三爺了。

為找媽媽和哥哥，愛荷也動用過嫖客中的鐵關係——警察局長，請他幫忙。局長很當回事，他發動手下兄弟，東三省都翻了個遍，沒有。連餓死的、倒臥有姓名的，都徹查了，沒有任何線索。警察局的人說：「看來，你要找的人，只可能有兩種下落：一種死了，無名；另一種，就是他不在我們的陣營裡。」

「不在你們陣營裡，能在哪兒呢？」

「中央軍、八路軍、日偽軍，各綹子的兵，多了。弄不好，你哥當鬍子去了。」

日進斗金，也日出流水，愛荷像車輪上的一根發條，轉起來，她就停不下來。幾百家妓院的競爭，有純外資的日本人開的，有合資的中俄合作所。比起中國女人，日本和俄羅斯似乎更顯優勢，她們溫柔狂放兼備，美妙放浪無羈。愛荷她們有什麼王牌呢？吹拉彈唱，幾千年不變的那一套，男人早都膩了。愛荷想了很多辦法，最初拍大畫冊、寫真集，懸掛繁華街道口引人注目的那一套，別人也一學就會，招美人唄，這個難不住誰。愛荷決定從內部入手，服務是硬道理，她帶領女子們練起了真功夫，讀書識字，學千家詩，背萬家詞，花紅柳綠換成了典雅莊重，淺吟低唱掉包為聰明伶俐，全新包裝，閃亮登場。姑娘們還練得一副好酒量，千人一面變成百花盛開，職業特點隱去，用颯爽英姿，跟男人猜拳行令，機智過人，百發百贏。贏得大老爺們心服口服，跟這幫新女性耍上一個晚，可比抱著一具只會撒嬌的美人兒有趣多了，也提神兒吶。

打貴婦牌，打新女性牌，應該承認，愛荷在滿堂春的管理上是有才幹的。她的堂子經營得不比大「櫻花」差，那家老闆時常過來觀摩、學習，或請愛荷過去切磋。有實力的堂主們，還經常聚會、聯誼。來來往往，愛荷儼然上流社會的交際花。

愛荷不但聰明，她還很美，她裸露的肩膀和手臂總使人聯想到爽滑的大理石，她的眼睛讓人像看到了黑夜中的星光。愛荷還特別會羞澀，雖然做過妓女，從事這行這麼長時間了，她依然動不動就兩片紅暈飛上了臉，羞澀得曼妙無比。投過去的一瞥，收回來的一嗔，都那麼真情實意，和那些只會打情罵俏、拉拉扯扯的女人比，愛荷更有魔力。她能跟所有的地方勢力搞好關係，反共的、抗日的、民主聯軍、日本皇軍，比起後來戲中的阿慶嫂，愛荷可能更兼備了讓所有嫖客都欲罷不能的真本事。

可是，大氣候不妙，戰事一天天逼緊，今天八路打過來了，傳說日本人要完蛋了，明天又有日本人更凶殘的捕殺。一天晚上，街上大亂，據說有人炸了日本人運送物資的軍車，日軍瘋狂全城搜捕，連滿堂春都沒放過。按理，愛荷平時把各方勢力都打點過、孝敬過，一有風吹草動，警察局長都會給她報信；再說，滿洲政府既然允許開窯子，平時按章收稅，從不騷擾的。現在，日本人瘋了，他們翻天覆地，挖地三尺，查找炸軍車的人，空氣中都飄蕩著血腥的氣味。在滿堂春，他們沙塵暴般刮來，龍捲風樣刮走，小日本王八蛋翻臉無情，愛荷看著殘局，沮喪而無力。她打算跟哥哥和妹妹說，這個買賣，要及早出手了，天下似乎要變了。

就是這個晚上，愛荷發現，她的妹妹也抽起了大煙兒。愛荷還發現，愛蓮的小肚子那裡，不對勁兒了。

扯著妹妹回到自己屋，「誰的？」

不吭聲，還咬著嘴唇。那陣勢，是甭想讓我開口。

「是那個大舌頭川口？」

搖頭。不像撒謊。

「嫖客？不是一直沒讓妳跟他們接觸嗎？」

搖頭。

「那是誰啊？茶壺劉小六，他敢嗎?!」

搖頭。

「我們這院子裡，還有誰來過啊?!」

愛蓮一扭身，像跟母親撒嬌一樣，扭搭扭搭回房了。

「蓮子啊蓮子，我是把妳慣壞了，呵著護著，當寶貝一樣藏著，還想找個機會，給妳嫁個好人家呢。可妳卻讓豬拱驢踢了。」

# 第十一章

## 1

母親李連生長到四歲的時候，她記憶最深的，是姨娘。姨娘非常疼愛她，可是姨娘生活得很不好，姨娘的丈夫是個比她大很多的老頭兒，老頭兒很厲害，抽煙，咳嗽，臉色長年都是黑的，他看姨娘一眼，姨娘就一哆嗦。有一次不知因為什麼，半夜裡，姨娘站在了屋門外，屋簷兒下，滴著雨水，姨娘沒有穿鞋，光腳站在碎石子上，她的頭髮都濕了，身上打著冷顫。那是母親對姨娘的最後一次記憶，不久，姨娘死了。

母親對姥姥的回憶，就沒有那麼多同情、痛楚，相反，更多的是幸災樂禍。母親說姥姥特別愛搬家，她剛跟一幫小夥伴玩熟了，跟小夥伴的媽媽也熟了，姥姥就問她到人家，人家大人都問她什麼了，她怎麼回答的。每次，都是這些。母親特別煩。不久，姥姥沒經過跟母親商量，就又搬家了。新到一地，母親跟小夥伴熟悉起來，要費很長時間，可是剛熟悉，姥姥又搬家了。母親痛恨姥姥的搬家。

母親對姥姥的另一不滿，是姥姥像扔傢俱一樣頻繁地扔棄她身邊的男人，走一處，人就換了。母親記憶最長的一個爸爸，是那個披軍校呢、腳上軍靴的黃姓爸爸，母親更想叫他老爺爺。來家的客人都叫他「黃署長」，那一段姥姥也威風，家裡的傭人管姥姥叫黃太太，母親是黃小姐。那時家裡來人，都是黑衣綁腿的警察，他們進門躬著身，退出還是躬著身。有錢的夫婦同來拜訪，大冬天裡，他們持的是鮮花花籃，獻上的是空運過來的蒲包水果。女人們圍在闊大的客廳裡，張太太、李太太地玩麻將，男人對坐著談笑風生。母親出門，是衛兵小跑著前前後後。那真是一段作威作福的日子，威風了一年多吧，黃姓爸爸在一次吃早飯時，他接了一個上司或同僚的電話，很生氣，特別特別生氣，因為他當即不顧風度地大罵：「馬拉個巴子地媽拉個筆地！」——黃姓爸爸是膠東人，口音還沒完全變過來，卻罵東北話，一氣兒這麼長，一口純糯米的粘糕正停在嘴裡，一使勁，卡進嗓子眼兒，再使勁，他噎得仰倒了，咕咚，人倒得像舞臺上的僵屍一樣，直挺挺。姥姥急喚人備車，往醫院送，沒等到醫院的路上，黃姓姥爺嚥了氣。

那一幕，讓姥姥一生都感慨。「人啊，就是命，該井裡死，河裡都死不了，誰能想到，他那麼壯的身體，鬼神不怕，卻死在一口粘糕上呢。就是命。」

後來，姥姥又嫁了一個小商人，做牙刷的，是世傳。牙刷商人比姥姥還小兩歲，小夥子長得精精神神，她們在一起，很多人以為是姥姥的娘家弟弟。姥姥為此不臉紅，倒是比較得意，哪個女人願意跟老頭子過日子呢，雖然是為了吃喝。

牙刷商人很喜歡姥姥，他讀過一些書，對姥姥的過去，不但隻字不提，就是偶有鄰居的女人暗中指指點點，他還昂首闊步地挺起胸膛，攬住姥姥的柳肩，像後來的愛國進步青年學生，目空一切，傲視塵俗。姥姥的小腳跟不上他的步伐，他就慢下來，一步一步地等。母親記憶中，這是個文明的繼父，與以往的那些走馬燈大大地不同，那些人抽煙、玩牌、說髒話，手裡夾著煙還摁女人的肩膀，煙灰讓女人尖叫，或嗔怪，一派糜爛氣息。母親對他的記憶，是說話溫和，姥姥聲音高了後，他只是微微一笑，露出一口好看的牙齒，回屋看書去了。

如果不是後來破產，他自殺，姥姥應該過上一段良家婦女的好日子，可惜，這個有文化的商人太脆弱，剛來一撥債主，他就用一死，逃開這一切了。

戰火燒到滿堂春，情急之下，不容愛荷給妹妹挑挑揀揀，只能給愛蓮湊合了個填房的老頭。愛蓮身體有情況，嫁了再說。然後在愛荷自己也準備改弦更張的時候，東北抗日聯軍進城了。他們收編各種幫會，解散妓院。那個穿著土布軍裝，聲音宏亮的黃團長，認出了堂子裡的當家人是自己的妹妹黃愛荷。但他沒有任何表示，一律公事公辦。

黃團長表面不認妹妹，當晚，卻把妹妹單獨留下來，抱頭痛哭。他說他和母親也失散了，當時他們被國軍抓走，路上還在一起，晚上就見不著面了。看那個騎兵頭目不是個好東西。他被充軍，可是在找大部隊的路上，又被游擊隊打散了。打散後逃命，逃著逃著參加了抗日游擊隊，參加什麼，都是想活命，活下去。後隨編東北抗日聯軍先遣軍第三縱隊。

愛荷看著哥哥的胳膊上那塊藍牌：「你都當團長了？」

「天天打仗，剛才還一起走著的營長、連長，轉眼間就沒了。提撥、補缺，快著呢。」

「說不定哪天，哥哥也沒了。」

青山還告訴她，母親打聽不著，見著小四兒了，四弟，跟一幫乞丐搶粥時，腦後被打開了花。「如果不是那副眼鏡，都認不出他了，太慘了。」大哥說這些的時候，她開始掉淚，她說：「老二、老三，兩個混世的敗類，他們怎麼不替小四兒去死！」

解散堂子那天，青山看到了兩個正抽大煙的弟弟。他說他們完了，人抽上大煙，這輩子，就完了。

「也別怪他們，世道不好。」愛荷說。

「世道不好就該天天混吃等死啊？這道號的，等共產黨打過來，全專政嘍！」

## 2

愛荷從良了，是青山幫助的。她的第一任丈夫，是抗日聯軍裡的一個排長，後升為連長，李連長。李連長在一次戰鬥中犧牲，那時，他們的女兒還不到兩歲，取名李連生。姥姥改名為李玉萍。

大哥黃青山的部隊在城裡只停留了不到半年，又開拔南下了。爭奪天下也似拔河，你拽過來，我拽過去，誰的力量大些，誰就多停留一會兒。

愛荷再見到大哥的時候，大哥已經是新政府道裡區的區長了。開憶苦思甜大會，憶舊社會的苦，品新社會的甜，愛荷的任務是講述舊社會如何把她變成一個鬼，新社會又怎樣讓她變回了人。做動員工作的時候，那個街道的婦女幹部，盯著愛荷手腕上的玉鐲，很是羨慕，那個玉鐲真好看啊，配在愛荷大理石般的玉腕上，渾然天成。婦女幹部說：「當然，這個就不要戴了，新社會，婦女不興這個做派了。如果不是黃區長，我們大家保護妳，妳早跟那些受改造的——」婦女幹部停頓了一下，她沒再叫「妓女」，而改用了——「『女人』一樣，搬石頭，送亞麻廠，勞動改造去了。」

愛荷後來的生活確實受到了大哥的擔待。憶苦會她沒參加，控訴什麼呢，她本人就是剝削階級，一個滿堂春，幾十號人，全歸她管，地方官府、有錢商人，也都受她盤剝，吃茶聊天都是要交錢的。那日子挺舒服的呀，比現在找個男人還受左鄰右舍指指點點、街道紅袖標盯著後面看自在呀。愛荷沒上臺訴苦，她的一個小姐妹揭發了她，小姐妹說：「這個老鴇媽，看著蜜兒似的，毒著呢。幾個小姑娘，你讓她看看，雖然我們都有夫了，可是你看看，你們看看，有一個生出孩子的嗎？沒有！她狠著呢，她給我們吃了什麼藥，一勞永逸，斷子絕孫，她也省心了。她比小日本子還狠呢。」

好在有哥哥袒護，愛荷沒有遭批鬥。平息民憤的理由是愛荷也是受害者，她也不孕，她的女兒是抱養的，窮人家養不起，愛荷發了善心，收養女嬰。說起來，她們都是一個階級的姐妹，要說有罪，是那個時代的罪，國民政府無能的罪。這樁平息了，運動一個接著一個來，「鎮反」時，又有人揭發愛荷，說她的滿堂春，曾有過日本人，叫川口，跟愛荷不清不楚，愛荷是日本子潛伏下來的女特務。愛荷被剔陰陽頭了。那一次，母親記得姥姥回到家，就永遠地換上了良家婦女的那種粗布衣衫，手腕上那個晃人眼的鐲子，也擼下了。並嘆息一聲：「唉，這世道啊。」

大哥青山把她的戶口，遷到了江北，人煙稀少。消停了兩年多，再回到江南，就落戶在道外區北小十道街了。姥姥這一次的丈夫是個房管科長，大哥幫找的。青山說：「女人一輩子，要想牢靠，還得找政府幹部，房子、吃喝，一輩子都不用操心了，穩當得很。」可是，青山的眼光沒有看到頭，反貪汙、反浪費剛開始幾天，房管科長抽過人家的煙，接過要房人的禮，就被反出來，投大牢了。

# 第十二章

## 1

母親生到小智、小慧的時候，還沒有剎住車，她又生出了小冬。這時候，我們家那兩間土坯房子，實在盛不下這品種齊全、大小不一的孩子了，都睡在一個炕上，有睡著睡著被壓死的危險。蓋新房，蓋大房，最好還帶一塊菜園子，吃菜不用花錢，這是從前的憧憬，也是眼下必須實現的藍圖。一窩豬羔兒，還要圈個大欄子呢，況且是一堆兒女。

呼蘭河邊，地廣人稀，父親從劉奶奶手裡，用五毛錢就買下了個「地號」，那應該是新中國賣地皮的歷史上，最便宜的一塊土地了。劉蘭香奶奶這時擔任著街道居委會的主任，居委會就可以給居民批地皮，不像後來要那麼多單位，房管局、城建局的。劉奶奶比較有權力，她跟著父親，到了道南，一隻眇目使她走路仰著頭，尋尋覓覓，用手一指：「喏，慶林，你們家就在這兒蓋吧，兩邊都沒人占，圈多大是多大，前面不遠就是小河，洗個菜、洗個衣都方便。這片地不錯。」

「不錯不錯是不錯。」父親滿意地一連聲說。道南沒有多少人家，無邊的黑土地，春天裡發著濕甜的氣息。父親沒什麼文化，不然他一定會說出「采菊東籬下，悠然見南山」這類的詩句。父親的滿意，就是地盤大，孩子多，可勁耍，寬綽。

在我們家，母親為了歡樂的方便，一直和父親占居著一間大屋子，一鋪大炕。只有六個月以內大的嬰兒，才可以睡在她們身旁，需要照顧，需要把尿。稍大些的，能睜開眼睛了，會看事兒，眼珠亂轉的，為少兒不宜起見，他們就要被打入另冊，撥到我們這一間屋裡來了。大炕上，長幼有序，像分配糊火柴盒那樣強弱搭配，大的負責小的安全，別給凍著，也別給壓死。

日子久了，大姐小貞對母親政權的不滿，引發了一場火炕上的暴亂。起因是地盤問題，大家原本靠褥子的界線區別領土，兩人一床褥子，自己的鞋墊兒要放在自己的鋪下面。冬天裡，每個人放學回來鞋裡的棉墊兒，都是兩砣濕餅子，只有靠晚上火炕的溫度，才能把濕餅子烙乾，第二天早上上學要穿。可是，有人就會偷偷把鞋墊兒，放到別人的鋪下，因為那「濕餅子」放在自己的身下，實在不好受。小鳳把鞋墊，埋在了睡在炕頭兒的娟紅鋪下（炕頭兒在冬天，更是一塊黃金寶地，母親制定了公平的輪換制，一人一週，滾動遞進，春夏秋冬，趕哪算哪）。娟紅命好，最冷的時候，她輪到了炕頭兒。可能因為炕頭較熱吧，濕餅子來到鋪下，娟紅一時沒有覺察，如果不是睡在炕梢兒的六寶，強行越過了疆土，擠到五寶的褥子上，還偷偷搶奪了五寶被子上的大衣，悄悄蓋到了自己的身上，這一場半夜的戰爭，也許就不會爆發了。

五寶被凍醒了，他一看六寶的樣子，怒從心頭起：「你個六猴子，手真賊呀，我說我怎麼當了一宿的團長（團著睡的意思）呢！」偷襲人家，小偷嘛。五寶一把掀翻了六寶身上的大衣，連被子也給他揭起來了。寒冷使六寶的脾氣也加大了，他一把扯過五寶的被子，抱在懷裡，讓五寶凍得沒了著落。這時候，娟紅坐起來，她意識到了鋪下的暗雷，雖然心眼兒多的小鳳埋得很有技巧，是貼邊兒，不是正中，一般不易發現，可是娟紅坐起來，感覺到了，她掀開褥子，果然中了埋伏，用腳，把那兩砣尚未烙乾的濕鞋墊兒，踢鐵餅一樣，給踢飛了。「小鳳妳人小，心眼最嘎咕！」嘎咕就是蔫兒壞的意思。五寶和六寶為被子相撲，娟紅和小鳳展開擲鐵餅比賽，撿起扔下，扔下撿起，投擲的目標已從盲目亂扔，轉移到了對方的頭和臉。娟紅勁兒大些，投擲也有技巧，小鳳眼睛先中彈了，她貓一樣喵嗚喵嗚地哭開了，哭聲驚動了東屋的最高政權，母親披衣坐起來，父親拎著鞋子當先鋒官了。看他氣勢洶洶的架式，鞋底子伺候在所難免了。

父親不給申辯的機會，舉鞋就要打。先從五寶開始。跟過來的母親，讓他且慢。母親聽明了原委，雖然亂嚷嚷吵作一團，都在指控對方，可是寒冷，使他們都委屈得抱著膀直哭。哭泣中，他們還翻出陳年舊帳，說哪天哪天，誰誰誰下地去尿尿，回來不慢著點，一腳就踩上了人家的胳膊，疼了好多天。誰誰誰，人家下去去尿尿，回來，他把人家的空兒給占了，讓摸著黑兒的誰誰誰站在地上凍了半天，找不著自己地方，總是霸占別人地盤兒！

「我不是說過了嗎，大的讓著小的，小的敬著大的。互相謙讓。」父親舉著鞋子的手，仍然高揚著，很有威懾力。

母親推了他一下：「老劉，別說空話唱高調兒了，那些教條有什麼用！看孩子們凍的。說來說去，還不是地方小，讓孩子遭罪。你趕緊想轍，蓋房子！」

兩個大法官走後，大家都出了一口氣，平時打架，都是儘量地聲小，私了，把戰爭簡化為敵我的暗暗較量，用不著協力廠商調停，如果招來父親，誰都沒好，不挨打的，也是殺雞猴看，陪綁。像今天這樣大半夜的，要是挨打，都沒穿衣服，這頓皮肉苦，可不是好挨的呀。

還好，母親英明，她的心情似乎比平時好。父親也是假厲害，擱平時，那鞋底子早落下了；今天，他只是一直舉著，假橫呢。總之，父親、母親都沒有白天那麼凶；白天他們幹活累了，若再招他們煩，那真是抬腿不讓步，下手不留情，非狂揍一頓不可。現在，媽媽只說了一句：「這幫孩子！」爸附一句：「小崽子們！」他們就走了。

「真得蓋房了。」爸回屋後說。

五寶躺下時，對六寶說：「你不用美，別看爸今天沒打你，今天沒打，也有秋後算帳的那一天！」

## 2

蓋房子不是太難的事，父親在貯木場，木頭對他來說就如家常便飯，近水樓臺，那一人多高的大板子，都是不花錢的。只要肯出力氣，一捆一捆，父親背回來，在無邊的土地上，圈著夾起柵欄，這就是他的家園了。蓋房用的椽子、檁子，這些成材，也都不過塊八角錢，以最少的錢，買最結實、最上好的木料，獨根紅松，百年老木。父親對木頭是內行，他會在下班的時候，拴上一根木頭，縴夫一樣靠土與木的滑動，拖回來。

木料備得差不多了，起房架，一定要請人了。父親選在一個大晴天兒，招集他的工友兄弟，擺弄木頭大家都是行家裡手，一會兒工夫，房架子就豎起來了。接下來的掛泥拉禾，是力氣活兒也是技術活，大家在地上挖一個十米見方的泥坑，裡面是篩好的細土，麵粉一樣細，加水，拌成糊狀，然後把上一年打下的柔軟秋草，一綹一綹兒，浸到泥池裡，流水作業的工友們舉著女人的黑辮子一樣的秋草，也叫泥拉禾，一辮一辮，編在木架上，房屋的牆，就有了。泥土是不花錢的，秋草是不花錢的，井裡的水也不須花錢，需要花費的，就是男人的體力和女人的操勞。

母親正帶領一群熱心來幫忙的鄰居婦女，過節一樣準備著午飯。為這頓飯，母親積攢籌備了大半年。大米，每人每月只有二兩，多虧我家人頭兒多，雙環、小冬，她們還沒長牙呢，怎麼會吃米，可是每人每月都有二兩。攢下這一大鐵鍋米飯，有她們大大的功勞。

大半天兒，房子就初具規模了。出苦力是勞累的，但男人們的心，是喜慶的。那些做飯的婦女，也像過節一樣，她們今天都穿出了最好的衣裳，頭髮也略有修整。平時，出家門、進家門，一張臉，就是自己的爺們兒看。現在，這麼多人在一起，邊說笑邊勞動，愛逗悶子的男人，還不時地逗她們一些讓人害臊的閒話，臉上羞著，心裡喜著，勞動中產生愛慕，愛慕中燃起激情。女人的臉蛋都是紅撲撲的，男人的胸膛也都油亮亮的。含而不露的一瞥，祕而不宣的一嗔。有個工友大著嗓門問母親，是不是看上了慶林哥的魁梧、漂亮，要不然，母親一個哈爾濱的姑娘，怎麼甘心落在北林這麼小的一個小鎮子呢。

母親不羞，她說：「是啊，我當初在哈爾濱，就打著燈籠，一路找，找到北林。一看，這兒不是嘛，劉慶林，找到了，就不走了唄。」

很多婦女看向「慶林哥」的臉，父親羞赧得成了紅關公。

「人家麗君弟妹也不是吃素的，別看人家個兒小，照樣生了那麼多兒子，一個接一個，一般的娘們兒行嘛。是吧。」

「哈哈哈哈！」男人、女人都開心地笑了，那一天，他們邊吃飯，邊圍繞生孩子的話題展開了打情罵俏。母親也很高興，她們當初結婚，都沒有過這麼熱鬧的洞房。現在，蓋新屋，生孩子，雖然孩子生得已經差不多了，可生活似乎又翻開了新的一頁。就在盛宴即將結束，母親沉浸在歡樂之中，樂極生悲，不幸的事發生了。

早晨起，大姐小貞就被分配管理所有的弟妹，和家裡的雞鴨，還有一頭豬。母親分工明確，爸招呼男人，母親除了做飯，還領導女人幫助父親他們打下手。家裡這一攤，由小貞全權負責。小貞還算有條理，地上滿是釘子，斧子、錛子、鉋子，小貞把五寶、六寶攆到遠遠的一個鄰居家玩，告訴他們不要亂跑，吃飯時叫回。娟紅、小鳳，輕手輕腳，她們負責撿拾起所有的釘子。大姐分給我的任務，是看一會兒熟睡的嬰兒，雙蓮、雙環，她們睡在悠車（東北的一種木製搖籃）裡。小貞快速地把雞和鴨餵了，又給豬添了食，一個上午，牠們是不用管了，只要圈好就行。小貞做這些時像個轉盤子的雜技演員，跑來跑去。她對我說：「留住兒，妳最聽姐話，姐平時也最疼妳，一會兒，妳幫姐姐看一會小冬，我把小智、小慧她們悠睡了，我有事要出去一下。」

我知道小貞要出去幹什麼——後院的玉敏家，新買了一副鋁織針，玉敏跟小貞很要好，她總是對小貞說：「妳媽最能欺負妳啦，別怕她！」玉敏雖然不能幫小貞徹底翻身得解放，像她一樣生活，可是玉敏有了什麼好玩的，都要跟小貞分享。小貞也把她當成最親的人，可以依靠的上級組織，只要有時間，小貞就愛跑去她家玩。上次走時，玉敏說：「有空兒妳來，我教妳織手套。」

小冬好哄，才三個月，不會翻身不會動，醒時抱給母親餵奶，睡著就放到最安全的地方，別讓人碰了壓了。三個月大的嬰兒，吃了睡，睡了吃。我趴在小冬睡著的炕邊兒，看著這個塑膠娃娃一樣的小妹兒，她一動，紅紅的臉上全是褶兒，可不如小智、小慧好看。小智、小慧兩歲了，她們能動能站立，剛會站立的孩子，太想走或跑了。哄睡她們的辦法，就是搖籃，我們老家叫「悠車兒」。小貞把她們摁在一隻悠車兒裡，一正一反，想儘快把她們悠睡著。

家裡的悠車歷史悠久，是兩隻。從大哥大寶開始，到二寶、三寶，一直到現在的小智、小慧、小冬，人人都躺過這個外漆已磨損剝落、內壁光滑得綢緞一樣的年老悠車了。悠車的棕繩拴在屋頂的房樑上，繩子打結處是用兩根小孩胳膊粗的榆木棒。大姐把悠車蕩起來，就加大了力度，小智、小慧都很調皮，她們花樣游泳隊員一樣，一會一冒頭，或者伸胳膊、舉腿。她們不願意睡覺，想站起來，扒住悠車看熱鬧。大姐一遍遍命令她們老實點，聽話！可是她們根本不聽，還是此起彼伏。大姐說：「看來妳們是不能好好睡了，分開，一人睡一個。」大姐把小智，轉移到另一隻搖籃裡，分開，獨立，看妳們還睡不睡！

應該說，大姐的脾氣不夠好，不然她不會挨了母親那麼多的掐。對待妹妹，她也缺乏耐心。兩隻悠車兒同時蕩高了，高空中，她們不再敢站起來，躺下，開始哭。哭聲驚動母親，小貞少不了受罪，她就拿過餅乾，一人分了一塊兒。小智先不哭了，她吃得挺好。小慧也較滿足，一塊餅乾，她把玩了半天。

不睡下，大姐是走不開的，她又開始催她們睡，並加大了手的力度，悠車兒一點一點蕩起來，越來越高，車裡沒了聲息，看來她們這回是真的睡著了。我從沒見過悠車兒蕩過這麼高，我在下面跑，車底都擦不到我的頭皮。大姐讓我躲開，別添亂，她是怕低下來的悠車兒底部把我刮著。我站到一邊，遠遠地望著。我的心裡充滿恐懼。

玉敏等不及，找她來了。大姐說：「別急，她們馬上就睡實了，睡實了我就能走，最少一小時。」大姐還得意地伸起一隻手指。然後左手一下，右手一下，兩隻高高的悠車兒在她手上，比著賽一樣往起悠，一左一右，一上一下。玉敏眼裡流露出佩服、讚賞。大姐確實在炫技，並沉醉其中，機械地繼續推，用力，那意思是：看，我厲害吧，都弄睡了。

「嘎吱兒吱兒——嘎吱兒吱兒——」棕繩和木檁，絞勁的木棒咬出了少見的吱兒吱兒聲，大姐抬頭看，玉敏也抬頭看，我看，我們同時看到，在嘎吱聲中，兩隻悠車兒繞過房樑，先後像兩枚巨大的炮彈，「啪——嚓，啪——嚓——」小智、小慧被扣下來了。

大姐像箭一樣射過去。

母親鏢一樣飛過來。

## 3

「是兒不死，是財不散。」這是我們北林鎮流傳甚廣的一句民諺，它常常出自那些好心的鄰居大嬸之口，用來勸慰那些剛剛夭折了嬰兒的母親。母親思念四寶的時候，也想到這句話，她說那四寶，真是奇怪了，也許真是上輩子的冤家轉世呢。他一出生，就給母親來個下馬威——「那血啊，染得床單都滴嗒滴嗒，牛馬也沒那麼多的血啊，泥地都染紅了。」母親說。「你爸的血都輸給我，還不管用，唉，小冤家不知怎麼心一軟，下來了，好歹把命保住了。」

「四寶生下來，他的吃呀，喝呀，你們大家全算一起，也沒他吃得好，那可是最貴的奶粉啊！你姥姥的錢，除了救我命，全都流水似地花給他了。眼睛亮了，胳膊腿兒也硬了，可是小冤家脾氣也長了，那麼小，話還不會說呢，就會耍脾氣。奶裡沒汁兒，上來就使勁咬一口；奶粉沖好端給他，一揚胳膊，打翻了，連瓶都給摔碎了，那可是用了三個孩子的奶瓶啊。我一生氣稍微聳他一下，可好，他哐吮一頭，仰倒，跟我玩命了。頭磕破了好幾回，差點沒嚇死我，你說這不是要帳鬼嘛。」

母親對四寶的記憶是這樣的，那時她還年輕。到了小雪、小智、小慧，還有小冬，她就不這樣說了。小智和小慧扣翻在地上，發出「哇兒哇兒」的哭聲，母親從地上撿起來，一左一右，她那麼小的個子，抱著她們飛奔。醫生說：「沒什麼事兒，是驚嚇一下，胳膊、腿兒都沒斷，抱回去，養幾天，就好了。」

回家當晚，她們就昏迷了，抽搐，發燒。父親說：「西醫都是混帳，叫老中醫吧。」上門的那個老頭，他黑猩猩一樣的長指甲，在小智、小慧的小胳膊上、額頭上，號來號去，然後表情凝重地說：「看來是嚇掉了魂兒。」

老中醫給她們開了很多紅花藥，父親蹲在灶坑煎，用一柄飯勺，一點一點煎，煎好了，端給母親。

母親的懷裡一左一右盤著她們，母親慢慢給她們敷到腦門上，紅色兒，黃色兒，她們小小的額頭觸目驚心。這兩天大姐小貞特別老實，她幹起活來盡心盡力，一聲不吭。母親給她們敷完藥，她就配合默契地把她們放到炕上了。母親還以她諳熟的殺公雞，用勺磕門框叫魂兒等療法，給小智、小慧進行了半夜的叫答；她們不會答應，母親叫一聲，大姐小貞來替她們應答一聲。這要是從前，小貞死活不會幹的，因為她怕被大家笑話。現在，小貞的應答很肅穆，我們也都沒有笑，應著應著，母親的叫聲出現了哭腔，小貞的回答——「哎——嗚嗚嗚」，她終於大哭起來……

第十天，小智和小慧那星星一樣明亮的眼睛，永遠地閉上了。

在北林，當地人習慣把夭折的嬰兒，隨便就拋了——豬圈、廁所。冬天裡，我們常能看到光著身子的嬰孩，凍硬得像個塑膠娃娃，他們散落在豬圈或廁所旁，頭已經被啃掉了。在小秋家的廁所裡，凍成冰雕一樣的糞便上，直挺挺地躺著一個小死孩兒，都長頭髮了，那是小秋的弟弟，在他周圍，還有許多小油壺一樣的東西，聽說這個嬰兒不能拉屎。那些小油壺被很多孩子撿拾起來，吸進水，當水槍滋人玩。母親堅決不許我們碰這些東西——「埋汰！」母親跟北林鎮上的婦女，有許多不一樣，比如對孩子的教育、管理，對嬰兒夭折的處置。四寶和小雪沒了，母親都是花五塊錢雇了那個光棍老頭，讓他用草簾兒捲了，從窗子遞走，給埋到呼蘭河邊的那棵百年老松樹下。死的孩子，不能走門，從窗子改轍，免得後面的孩子跟著他走。當然，活著的孩子，不能隨便從窗子跳進跳出，這也是母親圖吉利的規矩。

母親說，上帝給每個女人造的子滑車上，有十八個點，那是十八個胎記，一點，就是一個孩子，那叫子滑車。生夠十八胎，死後能進入天堂。母親不信《聖經》，她也不在乎進不進得天堂，但她說她生夠了十八胎。她扳著手指算了一下，生下來的、夭折的、流產的，總共，真是有了十六回的孕育，其中兩次是雙胞。母親說：「老天真有意思，我這麼小的個子，讓我生了這麼多的兒女。替你姥姥了心願呢。」

母親的口氣不無女人完成了「子滑車」使命的自豪。

母親說這些話的時候，她已經停止生育了。當她想念那些沒有成活的兒女的時候，就率領哥哥、姐姐，我們當時還小，不讓我們前去。她們步行好遠的路，走在呼蘭河邊結冰的沿岸，來到遠遠的河西那棵古樹下，那裡埋著四寶、小雪、小智、小慧，還有小冬。踏著冰河，帶著哀傷，古樹面前憑弔，那裡寄託著母親永遠的哀思：「我的孩子，你們也都長高了吧，在這兒冷不冷？有空兒回來跟媽媽夢裡團聚啊。等著媽媽，待媽媽把這撥兒打發完，再去管你們。」

每次回來，母親的嗓子都嘶啞無聲，哥姐的臉上，是冰凍的淚痕。

多年後，當我離開家鄉，到處流浪，身心疲憊的時候，靜躺下來，就特別特別想念那曾經的呼蘭河，河西那株百年老樹。幾個妹妹，我都記得她們的長相，尤其是眼睛，那是我暗夜裡的星星。想念她們，也就更加思念呼蘭河。當我再回來，河邊憑弔的時候，呼蘭河水，已變得像個衰老的醜婦了，乾癟，萎縮，扭扭歪歪。遠方那株古樹，也衰朽成了一個老頭兒，光禿禿的樹幹，風化了的老皮，他彎立在那裡，已不能遮風擋雨。但是他姿態堅定，一河一樹，他們更像一對年老的夫妻，相伴在天地。

蔥蘢繁茂起來的，是兩岸無邊的莊稼。
大豆、高粱。
那是呼蘭河生生不息的兒女。

# 第十三章

## 1

清點一下，活下來的，是我們十個兄妹：劉鐵漢，劉鐵民，劉鐵良，劉林海（因為四寶的死，到了五寶這兒，母親就給他的名字也改了一下，順著父親劉慶林尾部那個「林」字，叫過來了），劉林濤。女孩分別是，大姐劉貞玉，二姐劉紅玉，三姐劉鳳玉，到了我，也因為上面小雪的夭折，給我起小名兒叫「留住兒」，大名劉君生，英子劉君寶。

三姐小鳳八歲了，八虛歲。前面已經說過，在我們這裡，一切都按虛歲算，小鳳的實際年月，也才只有六歲多一點兒。

八歲就要上小學了，不管是冬月生的還是正月生的，那是差一年的孩子呢，這裡全按虛歲走。這時的小鳳，走路像一隻生過病的小雞崽兒，一走一撲楞，兩條腿還不硬實呢。黃毛兒，細胳膊，兩條腿有點順拐，一別一別，鄰居大嬸看著都心軟，說：「她劉嬸，妳家鳳兒太弱巴了，走道兒還不穩呢，栽楞栽楞的，活像個大雞崽子呢。」

小鳳由此得了個「雞崽兒」的綽號，這使她見了那大孀就用白眼瞪她。

「是啊，這麼小個劑兒，也該上學了。不上就被人家落下。人小，歲數也到了。」

「可是這麼點兒，上了學還不挨欺負哇。讓人踩著碰著，就是個完啊。看她那小胳膊、小腿兒細的，哪兒禁踩呀。」

「都怨小留住兒，這個傻大個兒，妳說她著什麼急呢，她姐還沒斷奶，她就急著來，把小鳳擠得沒奶吃，她可長個傻個子。」母親看看我。

「那就讓她倆一起上，做著伴兒。上學放學，都是個照應。」

「誰照顧誰啊？」

「小留住兒照顧她姐唄，誰讓她長得高了。」

我六歲，比三姐小鳳高一頭。

也是，三姐小鳳只吃了七個月的奶，我就急不可待地萌芽了。我的坐胎、成形，小鳳的奶水就變成了胎盤裡營養我的血液。確實是我的擠隊、夾塞，才導致小鳳體質這麼弱。我應該用早上學，給她當「大伴兒」，來承擔一點擾亂秩序的後果。

上學了，我就像小鳳身邊的衛兵，每天跟在她左右。上學放學，過鐵軌，我都想一旦有意外，我都要一馬當先，捨己為她。可是很快，我們的角色就掉個兒了，小鳳人小，可她的心眼兒特別多，這表現在她的學習和做人上。老師講的數學題，我全部是聽天書，發懵，一道都不會，可是小鳳對答如流。課堂作業也寫得特別快，還工整。沒多久，她就當上學習委員了。和同學的關係，也是很快擺脫了危險，沒有人下課推擁她，大家欺負的，常常是那個心眼兒不夠用、略有缺陷的男同學。三姐小鳳，憑著她的伶俐，學習委員地位，慢慢成了大家爭搶的寵兒。如果玩跳皮筋兒，小鳳是不用扯筋兒的，她可以哪夥跳時，她都跟著跳，這個角色叫「老捎夥兒」。蹦方格、擲口袋包，小鳳都穩居「老捎夥兒」寶座兒。

放學的路上，小鳳也很快成了我的領導，她管教我，訓斥我。每天，我們過鐵軌，真是太有趣了，鐵軌就是媽媽當年不敢僭越的那條條鐵線，現在，因為淘挖呼蘭河底的沙石，大量外運，鐵路線又增加了若干條，有的像一匝線一樣紮成一綹綹兒，銀光耀眼。放學的路上，我們像衝鋒一樣趕到那裡，這時候，膽大的男同學，已經飛奔而過了，橫穿，縱奔，跳躍，跨欄，奧運上的百米跨欄，也沒這個難度大，有刺激。男孩子穿越鐵軌玩的是膽量，女孩跟著跑耍的是技巧。不慎摔倒，代價還是很大的。曾有一小姑娘，因為腳夾在了那匝線裡，隆隆的火車開來，小姑娘抽不出腳，搬道工也不能把火車搬翻，他提著長柄斧奔過來，削足保命，沒有實施成功。逼近的火車，猙獰的車頭，一下子就把小姑娘吃沒了……

小鳳是不允許我參加這種跟火車來賽跑遊戲的，每天回到家，她第一件事，就是跟母親告狀，說：「留住兒，又跟同學手把手，在鐵軌上奔跑顯擺了！」「留住兒，跑時書包裡的文具盒都沒用手摁著，鉛筆、尺子，全蹦出來，都摔折了！」「留住兒課堂作業沒完成，下課被老師留教室了！」「留住兒姐姐放學的路上佯打耳睜不聽話了！」……母親每次聽完，都說：「唉，這孩子，本來是讓她上學照顧姐姐的，這倒好，反過來還讓小鳳操心。」

這大兩歲就是大兩歲啊，吃的鹹鹽還不一樣呢。

## 2

有時，上學的路上，鐵路上會橫著一列長長的貨車，半天一天，它都不可能挪動半步，僵龍一樣臥在那裡。這時候，無論大人、孩子，都得想辦法，鑽或跳了。小鳳人小，鑽起來有她的優勢。我們根據大人積累的經驗，貼著車頭一側的方向鑽，這樣，即使列車開動，車輪滾動起來，後面的輪子還有一定距離。我們從車箱的連接處，那兩個鐵錨一樣咬合的鐵棒，彎下腰，一點一點，魚貫而出。鑽過去後，也不能馬上就直起身，更不能大步跨鐵軌，因為這時，也許緊挨著的另一條線，就來了火車。你猛衝，可能正撞上不幸。小心，謹慎，這些動作小鳳完成得確實比我好。有一次，我站急了，後背被鐵錨，給狠狠地頂了一下，去開運動會的白襯衣，留下了永久的一塊油汙，還有我多少天都在疼的後背。

五寶他們，男孩子，不滿足於從車輪底下鑽。他們學著大人的樣子，從車的連結處，攀上去，再向下跳。五寶不但會跳車，他還會抓車，長期的道南道北過鐵軌訓練，使五寶成了大家眼中的跳車明星。五寶也樂意展示，他常常先行跑到鐵路線好遠的距離，也就是來車的方向，當客車要進站了，減速，稍慢，五寶飛身上車，兩手抓住車門的把柄，一點一點，站穩抓牢，把臉朝向外面，車進站了，五寶列車長一樣微笑勝利地注視著我們。他的享受也很短暫，列車沒等停穩，他就要蹦下月臺猛跑，五寶要躲避真正列車長追打過來的旗杆。

這天，五寶心血來潮，他突然想到何不隨車走一段呢，坐坐香油車，走一段，再下來，上學也不晚嘛。這樣想著，綠色小客車開動了，列車員收起踏板，關閉車門的一霎，五寶沒費什麼勁兒，就抓上了車。客車加速，挎著鐵柄的五寶離去的身影像掛在車門上的小猴兒，車速越來越快，他一定是恐懼了，幾次打開一隻胳膊，要下跳，可是車下的道釘、有著尖鋒的石塊，還有越來越清晰的屎尿，五寶下不去腳了。五寶知道跳時要順勢，順著火車的方向跳，這樣能摔得輕點。可是眼下，難度太大了，不再是光滑的水泥臺，而是越到後面越糟糕的屎尿、亂石、髒紙。五寶一閉眼，我們看見那個小猴兒一下變成了一條長影，又咕嚕縮成了一團小球。大家跑過去，五寶摔得頭破血流了。

那天回家，五寶雖然身負重傷，也沒免去父親的一頓好打；因為父親有訓示，不許攀樹，不許上房，如果上天入地把衣服褲子刮破了，皮帶伺候。五寶的衣服和褲子都被石頭啃出了口子。

當天晚上還發生了一件更不幸的事。離鐵軌最近的馬家，他爸爸叫什麼我們不知道，因為看過電影《豔陽天》，我們就叫他馬小辮了。馬小辮老婆生了八仙女兒，到了第九，才是一個男孩。劉蘭香奶奶和他家是比鄰，劉奶奶對他家的介紹，是嗤之以鼻：「哼，因為生了八個姑娘，那老爺們兒天天不著家，在外喝大酒，搞女人。自從有了九胖兒，才見那爺們兒的影子。」

我們每天上學，都能看到那女人，懷裡抱著九胖兒，其實這孩子瘦骨伶仃。女人坐在門口的木墩上，彷彿懷裡抱著的是塊金子，須臾不離。大姑娘出來問：「媽，鍋裡添了兩瓢水，夠不夠？」二姑娘出來問：「媽，包穀麵裡摻點白麵蒸饅頭，行不行？」三姑娘出來更是急火火：「媽，給九胖兒燒的水都熱幾遍啦，還洗不洗這個澡哇！」在我們家鄉，由於天冷，人們是一年才洗一次澡的，在過年時。現在是九月份，剛秋天，她家的九胖兒就要早上洗澡，可見養得金貴。

這樣的情景維持了五六年，我們幾乎沒見過九胖離開她媽的懷抱，他都斷奶了，能走能跑了，他媽依然喜歡摟著他。他的姐姐，四五六七八小姑娘，蹲在媽媽腳旁，仰著頭，葵花向太陽一樣看著他。顯然，她們也跟他母親一樣，喜他，愛他，寵他。

聽說道北有電影，露天電影不花錢，全道南的人都出動了，男女老少，轟轟烈烈，馬路上沙土揚起煙塵，像走過了一支馬隊。馬小辮家因離鐵道近，並不急。等隊伍過得差不多了，他家才全體出來。五分鐘，幾步路。鐵軌上依然橫亙著一列長長的貨車，還加了節，長長的，一眼望不到頭。車箱裡有木材、沙石。這樣的貨車，等是沒時候的。馬家母親懷裡抱著九胖兒，她讓姑娘們先過去，能跳的，能自己鑽的，自己照顧自己。到了她，她準備把九胖遞過去，大女兒在那邊接應。馬母也是遵循著靠車頭的一方，離車頭近的這一輪，把九胖兒塞進去的，那邊的大姐、二姐，都伸出了手，她們想貼著地面把弟弟接過來，別讓他磕碰到鐵軌。

這之前，七姐和八姐鑽的時候，她們故意慢慢地，貓著腰，邊鑽邊回頭，讓九胖觀摩、學習。九胖看著她們，小小的身軀鑽游於鐵軌之上，很新奇，並沒有害怕。現在，離開了母親的懷抱，把他送過第一根鐵軌，九胖眼神散亂了，黑車壁、黑鐵輪——那是他從未見過的天空和世界。他的眼裡，一直是媽媽的笑臉，和姐姐的溫暖懷抱。九胖兒太恐懼了，他幾乎一動不會動，進退不得地等著大姐或媽媽的手。只要落到她們手裡，他就有依靠了。

這時，車輪滾動了，大家一直以為車輪啟動會向前，大家都錯了，車輪真正的滾動，是先向後輾一下，退半步，再向前的。車輪的退輾，讓馬母驚呼一聲，她伸手就去拽兒子九胖，那邊的兩個姐姐也奮力拉九胖，九胖聽天由命地等著她們。馬母的手搶抓得更死、更牢，她拉回了九胖，半截。

巨輪「吭吭吭吭」開走了。

當我們再上學的時候，看見九胖他媽坐在他家門前的木墩上，懷裡依然抱著個襁褓，那是假娃娃。她的兩隻手，成了兩截禿枝。馬母低著頭，對襁褓呢喃：「都說鑽火車時要靠近車輪，那是騙人呢。我看見輪子動了，先是向後滾一下，倒輾，要不是我眼快手快，九胖肯定沒救兒了。」馬母說到這兒的時候，她會親親那個假孩子，說：「九胖兒，媽的手斷了，沒事兒，有你就行。有你，媽活著就有了奔頭兒……」

## 3

若干年後，跳車、鑽車的訓練使我們個個身手不凡，五寶有一度成了跳高健將，六寶在部隊榮獲過摔跤、散打冠軍。娟紅和丈夫在家庭暴力比武中，常常以三比一完勝。小鳳、英子，在她們後來擺攤賣羊肉串兒被城管隊員追跑的日子裡，回回都累得城管隊員撫胸吐血；我猜想如果給她們以機會，運動場上和王軍霞那些大牌冠軍，可能也有一拚。應該承認，我們所有人的跑跳特長，都得益於少年時代的那段跳火車的童子功。

小學的記憶，是上課沒什麼意思，語文課，老師像唸經一樣，她唸了好半天，我一句都聽不懂。數學課，更是可笑。那個有著山東口音的女教師，她老是說「我給你們舉個栗子（例子）」，我一直盯著她的手，她可從來也沒舉起過一個栗子啊。她還總是拿蘋果、土豆打比方，說：「比方說我手裡有三個蘋果、兩個土豆，擱在一起，是幾個？」

我看她一個都沒有！

老師為什麼總是拿空話騙人呢。

一節課下來上得我神情恍惚。

美術課，愛講家史的徐老師就拿來一張圖，上面是一個紅蘋果，有時是一隻水杯，讓同學們照著畫，誰畫得像誰先出去玩。急著出去玩的同學們，幾分鐘，一筆就完成了作業，然後紛紛獻給老師看：「老師我畫完了！」「老師我畫完了！」老師鼻子都氣歪了，蘋果畫成了香蕉，杯子畫成了圓巴溜秋的土豆，和畫上比，實在是相差太遠了。雖然這樣，美術這節課，也就混下來了。

音樂課也是千篇一律，老是那首歌兒：「叛徒林彪、孔老二，都是壞東西。嘴上講仁義，肚裡想復辟。鼓吹，克己復禮……」一般的時候，誰的嗓門大，誰算唱得好，誰就可以先下課。那些「像蚊子，不敢發聲」，發聲也是哼哼的，徐老師說：「我非治治你們不可，不敢張嘴，怕人摘牙，你們大聲唱唱，看看嘴裡的牙能不能少一顆！」

體育課也是由徐老師來上，她讓我們大家站隊，站好，如果大家站得不齊，有交頭接耳，徐老師就會目視前方，一聲不吭，等著我們。有時能等上十分鐘、一刻鐘，待大家犯錯誤一樣都耷拉下頭，不說了，老實了，徐老師才說：「哼，就這麼站著吧，站不好就一直站到下課，我陪你們站，光腳的還怕你們穿鞋的！」

「光腳不怕穿鞋的」這句話讓我困惑了好多年，我一直想：光腳的怎麼能不怕穿鞋的呢？學校的操場，全是沙石，還有帶尖的煤爐渣，如果徐老師光腳，走路會硌破流血的。就連運動員跑步都要穿鞋子呢，徐老師她敢光腳，還不怕穿鞋的，怎麼都想不明白。

在學校最快樂的時光，要算聽家史了。我們差不多隔上一個月，就組織一次聽革命講家史。講家史的除了校工，一個老工人，另一主角就是徐老師。老工人講的總是重複：給地主扛活，地主不讓他吃飽飯，沒衣穿，也沒有鞋子。大冬天，出門要快跑，因為光著腳呢。跑一會兒，見了一堆牛屎，就趕緊把腳插進去，暖一會兒，最好是牛剛屙的，熱乎得要命。暖一暖，出來再跑。我們早都聽夠了這些膩味人的故事，同學們互相問：「要是你，插不插？嫌不嫌埋汰？」

凍死我也不能把腳插牛屎裡呀！

到了壓軸戲的徐老師，我們大家才提起精神，因為她聲情並茂，有哭有笑。講到高潮處，聲淚俱下，縱聲大哭，像舞臺上的演員演戲一樣，把我們全震住了。

徐老師講的故事也講了無數遍，但我們百聽不厭。她講的是小時候，她媽媽給地主家當傭人，她也跟著去了，她媽媽伺候老太太，她陪著小姐。徐老師當時多大她沒有說清，反正她每天要給地主家的小姐梳頭。講到梳頭處，徐老師兩隻手在臺上，真的梳起來，比劃來比劃去，說當小姐一回頭，看到自己的頭髮掉下一根兒時，當時就怒了，奪過梳子就打，打在徐老師的臉上。徐老師臉流血了，可是她擦都不擦，繼續梳。小姐不依不饒，又抄起一個棍子，照著她的頭打。徐老師一看，這不是要把腦袋打破嘛，用胳膊一擋，勁可能用大了，震得小姐嗷地叫起來。這時，管家過來了，還招來了家丁，圍上來，手裡有刀子有斧子，看來是想要她命呀。徐老師不能坐以待斃呀，她一貓腰，從小姐的胳膊下鑽出來，拚命向外跑去。這時候，後面追來一幫人，母親聽見也出來了，讓她站住，給小姐認個錯，賠個不是。徐老師哪信這個，她只要停下來，命就沒了。所以她跑啊跑啊，跑到了大門前，大門緊閉呀，出不去，這時候，徐老師說：「多虧我人小，個矮，出溜一下，從大門底下的那個洞，鑽出來了。」

——「同學們，那可是個專門給狗留的洞啊。」

——「把人逼得從狗的洞子鑽出來，狠不狠心！」

——「不忘階級苦，牢記血淚仇！」先前講的那個老工人舉臂高呼。

「後來呢？」「後來呢？」同學們對後來的故事更感興趣，個個臉上是沒聽夠的表情。隨著老工人舉起的胳臂，好像是一根根木棍，跟著喊口號的嘴，也是一片小喇叭。

後來，徐老師接著講：「就來了共產黨，解放全中國，分了他家的財物，讓我們窮人過上好日子了唄。」

——「沒有共產黨，就沒有好生活！」老工人再喊。

沒有人跟著，顯然，他喊錯了。

——「沒有共產黨，就沒有新中國！」重喊。

我們才跟上——跟了兩遍，氣氛也不熱烈。因為今天徐老師簡段截說了，她沒有講地主家生活富裕那一段：狗吃白麵，人吃糠；狗穿綾緞，人披麻；大冬天裡，她鑽出來，被追打得實在走投無路，就跑進一個大院，抬頭一看，撞進妓院了。天呢。

妓院生活的控訴，雖然我們聽不太懂，但是男人女人，聲色犬馬，讓我們新奇而神祕。徐老師說她都逃到妓院了，那地主家還不饒呢，還要把她抓回去，給地主的少爺當丫頭。徐老師又被捉了回來，每天遭受小少爺的調戲……

調戲的內容我們也不甚清楚，但是「調戲」一詞，讓許多男同學記住了，他們常常說：「走，調戲調戲那個女同學去！」

家史會結束，雖然徐老師沒有講出我們期待的那部分，可是她還是很沉痛，坐在主席臺上，久久不肯抬起頭。剛才的哭，是真哭，失聲地哇哇大嚎，現在，餘波讓她抽泣。她一抽一抽，慢慢摘下胳膊上的紅袖標，上面的字是什麼我忘了，也不明白她為什麼要戴紅袖標。有兩個女老師走上前去，把悲痛欲絕的徐老師攙下臺。

「她還受氣？她上課時打我們下手多狠吶，教鞭都打折了。」有同學說。

「哼，就該讓她回到地主那，再受二遍苦，遭二茬罪！」另一男同學說。

大家哄笑。

長大後，我常想，在文明社會被用來保護的叫「隱私」的東西，為什麼在我們那時，要用來開大會，講家史，公之於眾呢？還要一次一次地逼我們十來歲的孩子舉胳膊，喊口號，弄成一種運動。那個徐老師，她的形象一點都不美，她淒苦的臉、嘶啞的嗓子、大哭起來時的鼻涕眼淚，從來沒得到過我內心一點的同情。特別是後來，當我初一時，和她女兒成了同學，到她們家裡玩，她罵女兒的劈裂嗓音、汙言穢語，也許她真的在妓院待過。她女兒回敬她的只有一句：「別忘了妳是人民教師吶。」

再後來，我才知道，女同學的幾個舅舅，都是各區局的大官，她的姥爺，當年是方圓百里的大財主，她姥姥的手飾，至今還有保留。鬥地主頂罪死的是她姥爺，死後墓裡埋的金劍、金樽，都被後人享用了。並由此，都買了官做。當年林區向外流水一樣運走的木材，百年紅松，導致森林枯竭，就有她舅舅們手上的綠色鮮血。現在，他們都富了，成了富翁，他們的錢夠在北京買下別墅，包括徐老師全家。

皇城腳下，安度晚年。

徐老師的家史，當我們明白後，荒唐而傷心。

## 4

每天放學，我們還有一樂兒。過了鐵軌，要經過一座沙山。沙山分粗沙、細沙：粗沙我們不喜歡玩；細沙，像米麵一樣細膩的沙子，光腳踩上去，太舒爽了。這些無盡的沙石，都是從呼蘭河底淘來，一車一車，運到這裡，再由那個架在鐵軌旁的，米店出米一樣巨大的裝沙機，嗡嗡嗡，刷刷刷，晝夜響個不停，流進火車，運送全國各地。當我們走近裝沙機時，天空就像飄著細沙小雨，我們的頭髮、牙齒、鞋子，周身各處，都淋滿了細沙，並慢慢滲藏到身體的各個角落。晚上睡覺的時候，衣服縫兒、腳丫，細沙隨處落下，媽媽每天掃炕時，都抱怨說：「這幫孩子，成了沙子捏的啦。」

我們是熱愛沙子的，上學時，時間緊，我們也就頭頂著沙雨，低頭走過了。而放學，回來，我們一定是要停下來，以脫鞋倒沙為由，坐下來，坐下就不願起了——兩人一組玩一會堆沙塔，三人一夥兒玩會找寶遊戲。膽大的，跑到沙山尖，像跳水那樣，頭朝下，猛地滑下來。這時候的我們，無論男同學、女同學，都成了小動物，我們跑跳，狂野，興奮，玩命。鬧到後來，膽子都大了，女孩也敢爬到山頂，坐下，當滑梯一樣向下坐著滑；男同學，更是不斷挑戰，玩高難，正著滑，倒著滑，一幫人串一起，一排長龍一樣衝下，在滑落過程中，會有人球一樣咕嚕得到處都是。沙山上，大家的笑聲，響徹遠方的呼蘭河。

多年後在北戴河的黃金海岸看到過此種專案，叫「滑沙」，是一項收費昂貴的娛樂。可是相比我們兒時那真正的潔淨細沙，就好比鏽鐵對黃金，遜色多了。

玩到最後，有人提議，大家全抱在一起，一個摟一個的腰，男同學一組，女同學一組，同時從沙尖向下坐著滑，看哪一組的人最先到底。同時加條規則，就是不能有人掉隊，如果哪一組的人掉隊了，散花了，也不算贏。

按大小個兒站好，我們這組，小鳳排在了最前面。玩沙子，小鳳一直熱衷，她不像懼怕鐵軌那樣怕沙子。捉迷藏、打沙包兒，靈動地躲閃，都是小鳳的長項。在沙山，小鳳玩得最盡興。讓她排在第一，她有過一絲猶疑，可是沒辦法，那一組已經按個頭蹲好了。他們沒有像每次那樣坐著，一個拽著一個的衣服；半蹲，這個姿勢，也許是最快的。小鳳看了看他們，男同學正用挑戰的眼神兒和她對望，小鳳無奈，說：「咱們也蹲著吧，蹲著肯定比坐著快。」小鳳蹲下來，後面的人摟住了她的腰，一個摟一個，雙手扣緊。我們不敢像男同學那樣扯衣襟兒，我們這樣緊密，為的是能不散開，能贏。

預備，開始！——兩條游龍同時飛翔，哈哈哈——「你別胳肢我呀！你手都勒到我胳肢窩了！」——「誰胳肢你了，不勒緊點不是散花兒了嘛」——哈哈哈，女同學這隊，是此起彼伏的笑聲，男同學那邊，嘴裡發出的是「嗚嗚嗚，嗷嗷嗷」嘯叫，遙相呼應，大家沉浸在驚心、刺激、歡樂的海洋——樂極生悲，快到谷底時，由於大家的手抱得太死，最前面的小鳳，被慣性攢堆後的同學壓在了最下面，人疊人，小鳳「媽呀」尖叫了起來，待同學散開，一個一個起來，大家驚懼恐慌地看到，還保持著坐姿的小鳳，頭部深深地低著。

她的脖腔，被崴折了。

# 第十四章

## 1

大哥鐵漢、二哥鐵民，來到北京丁家攤兒後，因為吃得飽，加上體力勞動的拉拽，很多東北小夥子都躥成了硬梆梆的東北漢子。個頭高，長相帥，二哥鐵民在工地幹了不到仨月，即被挑選到了醫療隊，和那些年輕的女青年，短訓後，被分配到鐵路沿線各個公路段，充當醫生。工地上的工友作業難度大，炸山，開道，流血傷殘時有發生，一個段上成立一個衛生所，醫務所的配備比地方醫院密集。

大哥的個頭兒沒有變化，來時多高，現在多高。大家累了，願意拿工友尋開心，他們像突然發現了寶貝似地，把大哥叫成了「劉部長」（不長）。「哎，劉部長，你可別抬這塊，你是領導，領導哪能扛這麼大的石頭呢。」

其他工友哈哈大笑，覺得這個名字有創意，好玩兒。接下來，劉部長長，劉部長短，他們叫得順口，大哥聽著煩心。第一個叫的人是好心，石塊大，怕壓壞了矮小的他，沒讓他搬，大哥也就不好跟他翻臉。可是現在，全工地都這樣叫開了，好像他真是部長似的。特別是在生人面前，讓聽的人一愣一愣的，以為眼前這個孱弱的小夥子，真是什麼劉部長，質疑困惑的目光掃來掃去。當人弄清此「不長」不是彼「部長」時，無不掀起「哈哈哈哈」又一輪的狂笑，龍捲風一樣刮過來、刮過去，大家笑得開心、暢快。

在那個年代，笑話還屬於稀有精神產品，特別是有點意思的，能抖個包袱的，像這樣一個「部長」（不長）的綽號，工地上叫仨月了，大家還趣味盎然，百叫不厭。在他們的笑聲裡，大哥聽出了屈辱。他曾掄起拳頭，跟叫的人來一場對決。可是那麼多人，拳不責眾，實在打不過來。在工友們累死累活的工地上，有人突然喊一嗓子：「部長來了！」信以為真的人馬上嚇得手忙腳亂，從地上抓起工具就佯裝幹活，有的都把工具拿倒了個兒。瞬間逼真的表演，惡作劇的比劃，大家一下子就笑岔了氣兒，笑噴了堂。他們笑得聲流百轉，蕩氣迴腸——「哈哈哈哈！」笑彎了肚子，笑得滿地打滾兒——「哈哈哈哈！」在痛笑中，緩解了疲勞，舒展了筋骨，連心臟，都笑得舒張了。

一頓發自心底的大笑，如喝了一頓高度老酒，解乏了，開心了，找樂兒了。

大哥拔劍四顧無敵手，你不能挨個打吧，況且他根本弄不清剛才那一嗓子是誰喊的，聽的人笑一笑，你就打人家？

不打，這讓人懊惱的綽號，什麼時候是個頭啊？

不罵，這幫混蛋們的窮開心，什麼時候是個了啊？

這一天，大哥心情實在不好，那段鋼軌太重了，扛著它，分明使著千斤墜兒，要把大哥生生壓到地底下去，把他壓到土裡去，太沉了。大哥覺得心臟好像都崩了，怦怦怦，全是狂跳，沒等扛到地方，甩出，地上砸出了一條枕木般的深坑，大哥的兩條腿，一下就哆嗦成兩隻針灸的銀針，顫顫巍巍向地皮針去。禁不住，中間一彎，他坐地上了。

「劉部長，扛不動了吧？」
「嘻嘻，嘻嘻。」
鐵漢突然昂起了頭：「誰再這樣喊老子，誰是雜種操的！」——「我就操誰媽！」又補一句。
鴉雀無聲。
工地突然靜了。
就連鐵釘和鋼軌的叮噹聲，都沒了。
臉色成了紫豬肝兒的大哥，犯眾怒了。他就是再急眼，也不能罵人呢，不能翻臉呢。工地上最忌的就是翻臉，讓工友下不來臺。你就是打兩拳、摔幾跤，都沒事兒。人要識鬧、識逗、識相的，大家才會理你。
大家叫你外號，是看得起你。跟你逗著玩，鬧一鬧，你就罵人爹了，還罵人媽，太不識抬舉了！工友沒拿你當外人，你卻拿自己當了孫子。你這樣子，等於給全體下不來臺，讓全場的臉都僵在那兒，冷在那兒。就你這道號的，從此沒人再搭理你。不識逗，人家不跟你逗了，讓你雞不叨、狗不咬、豬不拱、驢不踢，訕著你，臊著你。兩人一組抬枕木，沒人跟你合夥，一人臭著吧。
大哥一使勁，把那截扔出去的鋼軌又扛了起來，他的委屈漲滿胸膛，變成志氣幫他增長了力量。隨著扭扭歪歪遠去的身影，丟下一句話：
「老子就給你們當個部長看看！」

## 2

「矬子三把刀」，說的是我大哥這樣的男人。第一，他成功地當上了部長；第二，他娶了在五兄弟裡比，堪稱最漂亮的媳婦，朱米蘭；第三，他的兒子，劉希賢，考上了北京大學，是我家祖上最高的學歷。母親教育大家的時候，常說：「看見沒有，找個好女人有多重要。你大哥強，可是你二哥也不弱呀。三寶，差嗎？畢業就留校，多有才呀。為什麼他們的孩子就不行，日子也過不起來呢？還是你大哥心眼兒多，長準了眼珠，找對了女人。這女人呢，可是男人一輩子的匣子，男人再能摟，耙子，可得有個金匣子保管著。」

那時候，個子不再長的大哥，心眼兒蹭蹭長，他不知怎麼弄的，三弄兩弄，就不用扛鐵軌、搬石頭了，而是當上了只拿一串鑰匙的保管員了。那串鑰匙就是一柄柄權力：出貨、進貨，出多少，進多少，好的、孬的，全由大哥說了算；電纜線，大哥可以隨便發給誰家當晾衣繩；棉手套、作業鞋，大哥想讓誰穿多大號就發給誰多大號，看大哥的臉色，定他們穿大鞋、小鞋。敬煙，請喝酒，工友圍著大哥轉，大哥深深地品嘗到了人上人的好處。

大哥開始一步一個腳印兒，穩紮穩打。他入黨了，代幹了，轉幹了。轉成幹部的大哥，不知什麼時候練得一筆好字，開始是進機關工會幫忙。說幫忙，工會的活兒全讓他一人幹了——收會費，評勞模，買獎品，開慶祝會，牆上貼大字塊、刷標語，裡裡外外，大哥把群工部工作一肩挑。

機關工會是自在的，讓工友羡慕的，也是有油水兒的。大哥總結道：但是，沒有什麼權力，只是過年過節跟一幫老娘們兒打打交道，床單、被面兒大紅花地熱鬧一陣，有人為多混個獎品跟在屁股後面親熱一陣，發完了，也就過去了。他們還幹他們累得臭死的活兒，話都懶得跟你說，你還抽煙兒閒逛，偶爾練練你的字兒，領導眼裡沒有你。你活得無足輕重，無關緊要。男人在這個世面兒混，關鍵還是要掌握權力，權力比拳頭硬，權力裡面出政權，權力讓人一派風光。你看人事科長，專門管人的，那些想換工種的工人，長年排著隊往他家跑，沒有空手的；組織科長，更是門前熱鬧車馬忙，管幹部的，相當於二局長啊，來他家跑事兒的，想動動自己或安排家屬，哪有不下本兒的。組織科長的門前，就沒消停過。隔長不短，他老婆就提一大袋子，到小賣部去一趟，把那抽不完的煙、喝不了的酒，到小賣部變現。人事科長、組織科長都是小個子，一個頭上不長毛兒，一個腿是羅圈腿，可他們走起路來昂首挺胸，一點都不自卑。和那些天天累得蔫頭耷拉腦破衣爛衫的工人比，分明是兩個階級啊。

大哥是二十八歲那年調進組織科的，任副科長。人們都叫他「劉科長」，不帶「副」。工友不敢再叫他「劉部長」了，叫「劉科長」時，也不自然，眼神兒躲閃。「哼，躲什麼躲。老子總有一天給你當個響噹噹的劉部長！」

當了副科長的大哥，那年底，就輕而易舉地解決了婚姻問題。大嫂叫朱米蘭，是他們一個處裡的話務員。話務員、打字員、資料管理員，都有時代特色和要求，長相俊美，身材適中。朱米蘭也不例外，她中等個，大眼睛，兩彎清眉，讓眼睛憑添了無盡的光輝。還脫離了一口東北人的地方傻話，朱米蘭講起話來字正腔圓，像播音員。喜歡她的小夥子，找盡各種藉口，跑來話務室見她一面。朱米蘭眼光很高，一般人她都看不上。在那個年代，女孩擇偶，是以高矮論英雄的，一米七以下，算二等殘廢。大哥才一米六，要算等外品了。當大哥看上朱米蘭後，他知道朱米蘭不會看上他，就是加上自己的副科長地位，這邊的籌碼，也不一定打得起人家朱小姐的秤砣，況且聽說局長正打算讓朱米蘭給他家當兒媳婦。聰明的大哥，又一次打破常規，他想：靠人介紹、相親見面，都不是最佳辦法，當你處於劣勢時，別人手裡都摸得一副好牌，你只有重洗，攪局，破冰再來，才有希望，才有可能能贏。

大哥像爭取權力一樣，曲線爭取到了大嫂。當大嫂和他成婚，生了孩子，來北林老家省親時，大哥因為朱米蘭對母親的怠慢、對弟弟妹妹一大家子人的輕蔑，攢了幾年的氣，終於化成劈手兩個大耳光，從她臉上刮走了。打完她，大哥什麼都不說，挑戰地看著她，那意思：「我知道妳沒看上我，知道妳也沒看上我的家庭。可是，妳搞錯了位置，那是不行的！我的家庭我可以論長道短，還輪不上妳輕視。今天我就打妳了，想過好日子，以後就放老實點！」

大嫂捂著臉，仇恨地看著他。

那一刻我們大家也不知道接下來要發生什麼。

大哥開口了，說：「哼，不仁不義不禮不教的東西！」

大嫂放開了手，兩隻手開始一起向外揚，一揚一說話，像演講一樣：「你禮你義，你是好東西！你是什麼好東西？當初，不是你使了手腕，我能跟你？我根本就不願意，別看你是個什麼破副科長。科長有什麼了不起，哪個女人願意找比自己矮的丈夫，出門都領不出手，像領個弟弟。誰出了門，能在男人腦門兒上貼個條，說他不是我弟弟，是我丈夫，還是個副科長呢！不是你耍了陰謀詭計，我憑什麼跟了你?!」

「現在結婚了，生了孩子了，你脾氣大了，在你們家人面前，也敢抖威風了！告訴你，別人不了解你，我可知道你，你最不是個東西！」

### 3

和大哥情況正相反，二哥鐵民高大帥氣，那端直的鼻樑和硬派的下巴，就是父親劉慶林年輕時的再版。在工地，蘇麗和眾多女青年，每天抓彩一樣密切注視著劉鐵民的動向，她們都覺得，女人一生，找到一個好男人，是值得她們賭一生的大彩。二哥當工人時，蘇麗也抬了幾天道釘，二哥被挑到了衛生所，培訓一段當醫生，蘇麗也成了護士。

那時，二哥他們的鐵路工程隊，已經從北京的門頭溝丁家攤兒，輾轉到了內蒙、山西、陝西、榆次、白羊豎，一個地方一個地方地走，一段鐵路一段鐵路地修。蘇麗她們平時是護士，節假日，或者一段工程要竣工時，她們又要穿上彩衣，腰紮彩綢，載歌載舞，組織一支臨時的宣傳隊，充當宣傳員。鑼鼓喧天，慶祝勝利，蘇麗不但領舞，還能獨唱：「**晴天一頂星星亮，荒原一片燈火紅，石油工人力量大呀，滿懷深情望北京，滿懷深情——望北京——**」蘇麗嘹亮的歌聲，在蕭索的荒原，像一股春風，吹進二哥心田；像一顆啟明星，把二哥漫漫的夜空照亮。

蘇麗在眾多女青年中，脫穎而出了。但實在是太一般了，甚至有點醜，只要有一個女青年和她肩並肩，都顯出她的不好看來。蘇麗知道自己的外貌不強，她改用他功，比如勤快、嘴甜。長相不行，咱就用賢德填補；文化不高，咱就動用癡情這個女人最厲害的殺手鐧。更讓二哥感動的是，他們第一次回北林，劉鐵民的老家，鐵民想拿出老家這個又窮又破又一大幫弟妹的家，來考驗蘇麗；蘇麗如果受不住考驗，鐵民也正好接下茬兒——有個長相俊美、給二哥寫了幾封信的另一女性張麗，二哥也很動心。他擔心的，是張麗不會像蘇麗這麼擔待他的一切，包括家庭。

蘇麗禁受住了考驗：她本來坐了幾天幾夜的火車，母親讓她先休息，她堅決不肯，她把母親請上炕，說她要親自動手，讓為了兒女操勞了一生的母親，歇一歇，她來替母親做幾頓飯——話不在多，說到了點子上，說到了母親的心坎裡。多麼知書達理呀，自己的大女兒小貞，就說不出這麼讓人敞亮的話。母親高興，我們當妹妹的也都滿意，因為蘇麗姐，給我們每個人都買了小禮物，頭繩兒、手帕、襪子，花花綠綠，看著就讓人歡喜。

蘇麗的家庭也很符合父親的心意：她是老大，下面弟弟妹妹一大幫，她從小幫家裡幹活，手腳利索，頂了半邊天。一樣的家庭，一樣的階級，誰也不嫌棄誰。父親說：「鐵民，咱不攀高枝兒，當官兒的閨女，咱不要，伺候不起。我看蘇麗這樣的，挺好。」

父親是一朝被蛇咬啊，當年三寶的對象孔令美給我家留下的尷尬，至今還有痛。

大家高興過後，還是有了疑慮，蘇麗姐，畢竟太醜了。母親的意思是，同樣像蘇麗這樣賢慧、勤勞的女人，有沒有比她長相好點的呢？

「有啊，當然有。全處上下，包括十幾個段，給我寫信的，多得是。」二哥鐵民很自豪，他說那幫女青年喜歡他，不只是因為他長相出眾，關鍵還有他的醫術。有幾次，那些炸山開路、入水架橋的工友兄弟，抬進衛生所時奄奄一息，只是一堆血肉，而經過他的妙手，他們有了胳膊，伸直了大腿，手指也找全了。是他一點一點，幫他們撿回了一條條性命。而別的工段，那些跟他同樣培訓了幾個月的醫生，進來的可能是囫圇人兒，出去的，修剪過力，就缺枝兒少蔓了。「沿線幾十里外的工段，工人有事，都願意往我這個衛生所抬。你兒子，有本事，不是吃乾飯的。」鐵民說。

「既是這樣，咱找媳婦，就更應該挑挑選選了。」母親眼裡的意思。

「妳不了解，蘇麗屬於才美不外現，她的嗓子，全段第一。媽，妳不是喜歡聽歌兒嗎，一會，咱們吃過飯，讓她來一段，看比不比得過馬玉濤。唱得好著呢。」

蘇麗的招牌項目，確實是她的好嗓子。那晚吃過飯，二哥鐵民提議唱歌，先由蘇麗打頭炮，蘇麗一點都沒忸怩，她大大方方大地站到屋中央，兩腳一併，再張開，手也扣握到一起，臺風很正地拔直了背，張口就唱：

星兒閃閃綴夜空，月兒彎彎掛山頂。
老房東半夜來查鋪，手兒裡捧著一盞燈，

手捧著一盞燈，胸中的情意千斤重，
腳步邁得鵝毛輕，看戰士睡得正香甜，
想笑又怕笑出聲。戰士們千里來野營，
爬過了多少山哪，越過了多少林啊。
白天練走又練打，夢裡還在喊殺聲，夢裡還在喊殺聲。
舉起紅燈四處瞧，越看心裡越高興。
一個個都像老八路，多好的戰士多好的兵。
人民的戰士人民愛，老房東還是那革命的老傳統啊，
掖好被角兒添旺了火，慈母的心啊階級的情，
慈母的心啊階級的情。
星兒閃閃綴夜空，月兒彎彎掛山頂。
一盞盞紅燈一顆顆心，處處都是軍民情，軍民情。

蘇麗音域寬，音色亮，確實唱得好，在我們耳裡，她賽過馬玉濤，氣死德德瑪。她把〈老房東半夜來查鋪〉這首歌兒，唱得像通俗一樣有情，避開了馬玉濤的憨直，也不像德德瑪那樣假嗓，男女難辨。她使用的全是真聲、真情，濃氣息。唱到高處，她靠腹腔的氣流，一點一點，用完美圓潤牛奶般質感的喉色，把歌兒落下來了。沒有配器，純淨的清唱，聽得我們心明眼亮，蕩氣迴腸，大家不約而同為她

鼓起了掌，大聲喊出：「再來一個，再來一個！」母親也是由衷地欽許。和她比，自己拿手的〈黃河謠〉、〈松花江上〉都遜色幾分，真是山外有山，人外有人啊。

這首歌兒，被五寶略加竄改，成了我們聽三寶房門的一首新歌兒。歌詞是這樣：

月兒彎彎掛山頂，手裡捧著一盞燈，
老弟我半夜來查鋪，腳步邁得鵝毛輕，
看三寶睡得正香甜，想笑又怕笑出聲。
史大梅千里來野營啊，
爬過了金沙山，越過了鐵軌林。
白天戀愛又練兵，夢裡還有嘴巴聲。
舉起紅燈四處瞧，越看心裡越高興。
兩個人都像老八路，多好的戰士多好的兵。
掖好被角兒添旺了火，兄弟的心啊階級的情……

那時三寶剛跟史大梅談起戀愛，有了媳婦忘了娘，有了女朋友的三寶，跟我們大家也不親了。有了本啊、筆啊，這些開會發剩下的獎品，他統統拿到他小姨子那裡，給小姨子、小舅子們獻忠心了。五寶、六寶、英子、小鳳還有我，大家都有意見，有意見也沒地方提啊，正好史大梅晚上不走了，住到我們家裡。五寶就用這首歌兒的惡搞，給我們解了氣。

## 4

說到鐵路，我想起我的家鄉，東北。那裡的鐵路就像一個人的神經，枝枝蔓蔓，四通八達。有一次外出開筆會，在河北邯鄲的時候，很多文友要回承德、廊坊，她們都不能坐上火車直達，要全部回到石家莊，倒車，倒車，倒過之後，方可抵達目的地。原因就是這裡的鐵路是那種一竿子插到底式，沒有便利的分岔兒。我記得我父親說，東北的鐵路，特別是黑龍江，日本鬼子為向外運輸資源，樞紐特別密集，全部是雇民夫修建的。為掠奪、為運輸的需要，因禍得福，他們堪稱先進科學的設計，使交通鐵路根鬚一樣深觸到每一方小鎮，讓窮僻偏遠的鄉鄉鎮鎮，都有了便利的出行，根本無須倒車。最偏僻的山裡，也有鐵路連接來到山外。我們痛恨侵略，那每一條鋼軌的下面，都掩埋著中國勞工的屍體，鋥亮的道釘，是一顆顆中國勞工不屈的冤魂。日本人跑了，他們在建築、交通等方面留下的智慧，既讓我們享用，也讓我們痛恨。

關於鐵路，我們就會想到日本，日本人在東北的統治，我出生時，那一切早都結束了。鬼子、漢奸、洋刀殺人，我們是從概念到概念，我們沒有親歷。我曾經問過父親，問他少年時日本人在北林的模樣：「不怕嗎，是不是天天不敢出門？」

「鬼子不打人，不隨便就打老百姓。招他們的、不聽話的、不好好餵馬的，他們才打。高興了，還給小孩兒糖吃呢。」

父親的話讓我大吃一驚。因為那幾天，我正看到一份報紙，上面的照片，是一排日本兵，臺階上坐著幾個中國小孩，他們在給她們糖果吃。圖下的文字是：日本記者用這種擺拍的方式，美化日本侵略者，說他們來中國是大東亞共榮。

父親記憶中的日本是他們的「開拓團」，開拓團的到來遠遠早於蘆溝橋事變，日本人攜家帶口，扶老攜幼，就像來中國過日子一樣，把婦女孩子，都帶來了。他們屯紮在北林，住到老百姓家裡。占百姓房子時，是由端刺刀的日本軍隊出面，地方政府在一邊維持、指揮，還挑出懂牲畜的男人、女人，幫他們餵馬、打雜。一切的安排，都是當地政府的命令，百姓只是像一群羊一樣，被從一個欄，自己家熟悉的欄，趕到了另一欄，粗枝大葉搭建的臨時欄子。

如果是順民，就會免去挨打，幹好了，還能得到犒賞——暖和的棉衣棉褲、大軍靴，比中國的膠草烏拉鞋，好穿多了，也不凍腳。時間長了，日本婦女和中國婦女也有往來，像親戚鄰里一樣，她們有時會端過來一盆白米飯，捏成一團一團，叫壽司，送給中國女人，中國婦女把醃好的大白菜，回送給她們嘗嘗。

小孩子也在一塊兒玩。

「天啊，你端給我一盆米飯，我送給你一棵白菜，這不成睦鄰了？別忘了，是他們占了你們的房子，把你們趕出去。你們就不恨他？」我問。

「恨啊。可是比起那些占房子的官啊、各綹子的匪啊，日子還穩定呢。你今天來了，占一段兒，把老百姓攆出來，米麵吃光；明天他們又來了，把我們的雞豬殺淨。總是一夥打跑另一夥，誰厲害誰占的時間長。打來打去，只有日本子住下後，算最消停了。」

「沒多少人敢惹，連官府，都騰出地方讓人家辦公了。他們給人家打雜兒。」

「老百姓有沒有反抗的呢？」

「有啊，有那愣頭的。日本子下手可狠了，什麼都不說，拿刺刀上來就挑肚子，那腸子嘩啦嘩啦流了一地，抓都抓不住，嚇死人。誰跟他們反抗，他們就說誰是游擊隊，捉住就殺。殺了幾個，大家也就老實了。硬頂，頂不過。有槍的官府都不跟人家頂了，咱老百姓，胳膊擰得過大腿嘛。再說了，那可不是一人的事兒，全家老小，都沒命。」

「有一個屯子，有人晚上往日本人住的屋子裡扔了點著煤油的火球（那房子也可能就是他們家的房子），縱火的沒抓到，日本子大半夜的把一屯子的人都趕到空場地，一個一個問，一個一個打，打了一通，用槍逼著，把老老少少，逼到一個坑裡，大狼狗躥著，誰動，比活埋還要慘。一屯子人啊，全給活埋了。你說狠不狠，誰不怕？」

「唉，那年頭，沒法想。誰願意騰自己的房子呀？可是官府都投降了，把辦公室都讓給人家了，我們一個老百姓，想活命，不聽人家的還有什麼招兒呢？」

# 第十五章

## 1

母親對三寶，是越來越不滿意了。三寶和史大梅在一起，是典型的小馬拉大車，不般配。但三寶說，他願意，他就是要好好地，爭一口氣。

之前，孔令美小姐對劉家的看不起，不但給了母親難堪，也讓三寶深深地受了傷害。事後不久，三寶就聽介紹人說，孔令美跟她的女友們形容：「媽呀，那麼多人，他們家，黑燈瞎火的，你就看見一炕的腦袋一地的鞋！」

嫌家裡人多也就罷了，孔小姐還說，三寶沒有陽剛氣，說他像個大姑娘。走道兒都是悄悄的，怕踩死螞蟻似的。孔小姐說跟三寶總共見了三次面，最後那次過鐵軌，是黑天，沒有路燈，啥也看不見，三寶連她的手都沒敢拉一下，你說他算爺們兒嘛。

拋棄也罷了，還醜化人。還不是倚仗她那個當官兒的爸？三寶決定化屈辱為力量，發誓像大哥一樣，像孔小姐她爸一樣，當官，當權，當政。男人嘛，不能活得太老實，太老實了，又受氣又窩囊。孔小姐她爸如果不是北林局的組織部長，他閨女能全城選駙馬、全城篩男人？大哥如果不是當上了組織科長，回到老家，能抽著熊貓牌的香煙，踱著步，慢條斯理，那麼有氣派嗎？大哥的個子多小啊。

三寶從團委幹事幹起，團的幹部提得快，三寶略懂為官之道。榜樣的力量，雪恥的精神，三寶不分晝夜，加班加點，點燈熬油寫材料，書記講話，副書記講話，團員們的先進事蹟，半年總結，全年總結，三寶回到家，就像個喜歡做功課的好孩子，一筆一劃，獨立認真，一夜一夜地完成著他那些鋪向官路的紙。入黨是沒問題了，第一年，就給他入了。可是提幹，似乎不那麼容易，哪個幹事，不想提一提啊。聽領導話，看領導臉色，跑腿打雜，拚命熬巴，誰不是想提個一官半職。三寶在一個時期內，主攻目標就是副科級，有了副科，不愁正科。北林局的頭兒，也就是個正處級幹部。

五個春秋過去了，三寶臉色蠟黃，身體羸弱，走路喜歡兩隻手抄著袖兒，低著頭；夏天也是這樣，抄著手，浸著頭，一步一步，像個小老頭兒。因為季節的變化，春秋兩次，三寶走路時會發出「空空空」的咳嗽聲——這是得肺病的人打空腔的前兆。

母親說：「三寶，咱能不能不迷那個官兒了？你看你累得，還像個小夥子嘛，你才二十四呀。那個副科級，有什麼好？咱真犯得著為它毀了身體？」

三寶說：「媽你不懂，不是官不官的事兒，人活一口氣，小孔那麼大脾氣，就是仗著她有個當官的爸，才瞧不起咱家。我們單位六個幹事，誰的材料都沒我寫得快，毛筆字也沒我寫得好，可是都提上倆了，兩人都弄上副科級了。副科級後天天的工作就是開開會，講講話，講話的稿子，都不用自己來寫，得我伺候。我不但伺候他們說話，還要伺候著倒水端茶，伺候著恭敬。年齡班對班，他們還不如我，可是由他們當著老爺子，我是小三，你說我能嚥下這口氣嗎，能善罷甘休嗎？」

「我就不信，再熬兩年，就是輪椅，也該輪到我了吧？」

母親說：「三寶，人活著，就是個健健康康、沒病沒災兒，再有份工作，這就是福了。我看那個官兒，不是好當的。」

三寶不吭聲。

母親知道這是沒勸進去。

「別學你大哥，你看他當了個什麼長，給家鄉點錢，媳婦怕他也怕得老鼠見貓似的，他就以功臣自居了，了不起了。那不行。我是不喜歡，你看他叼著小煙兒，喝著小酒，人五人六的，是個官兒，可哪還有個人樣兒。」

三寶在團委八年，壯志難酬，沒提上副科級。他痛恨他的領導，唯才不是舉，他也對仕途灰心，身體都累垮了，官路這第一步，邁起來這麼難。就是這時候，同情他的史大梅，和他好上了。

史大梅是財務科的成本會計，和三寶是一個機關，認識，沒有多少來往。三寶雖然人累得蔫頭耷腦，可是抬起頭，會場上，還是很奪目的。他跟父親一樣，有一張寬額，一對劍眉，一副好鼻樑，一嘴亮牙齒。三寶被孔小姐拋棄後，幾年來都是女青年們議論的話題，她們憤恨她的嫌貧愛富，同情劉鐵良的一腔癡心。劉鐵良幾年沒再找女朋友，她們一直以為是對孔小姐舊情難釋。是史大梅勇敢地向劉鐵良射出了愛情之箭，她想，再不下手，這個好男人，不定就歸誰了。

史大梅是局裡籃球隊的，她高出三寶一個頭。大梅的臉是倭瓜臉，眼睛和鼻子都像摁在上面的黑豆，沒有立體感。史大梅還有兩隻孤拐突出的大腳，無論冬夏，那非常明顯的兩塊大骨頭，都把鞋子鼓出兩個包。當她第一次來我家的時候，母親就不滿意：「三寶，臉醜就不說了，這樣的腳，脫了鞋，擺到床上，你不害怕？」

「再說了，這是要遺傳的呀。」

「你為什麼就看上了她呢？」

三寶很嚴肅，他從沒對母親這麼嚴肅過，他說：「媽，妳這是典型的以貌取人。孔令美漂亮，可是她心靈不美，她毒如蛇蠍。史大梅，看著外表不算漂亮，可是瞅慣了，也挺好。再說了，結了婚，過日子，是我看她，又不用你們看。還有，她對我特別好。媽，我說了都怕妳傷心，她跟我好後，比妳都疼我。天天中午從家裡給我帶熱乎飯，我的衣服，她偷著拿到水房去洗，烤乾了，再送給我。晚上下班，一道走，自行車，是她馱我。她們家裡，裡裡外外，院子、鍋臺，全是她一人操持，一點不嬌氣。她媽長年有病，不做飯，她家的飯是她從小做大的。妳想想看，這樣的女人，雖然人高馬大點，不比那個中看不中用的孔小姐強？」

「還有……。還有……。」三寶不愧是做團的工作的，思想工作，由淺入深，循序漸進，雖然沒有完全說服母親，但是他的話全都能擺到桌面上，無論是從思想、品德，還是現實角度，都說得出口，拿得出手。母親駁不倒他，只能不服氣地啞口無言。

## 2

母親和三寶的翻臉，緣於他沉迷女色。

晚上都下班了，他也不回家。藉著送史大梅為藉口，在人家吃，在人家喝，吃過晚飯，還磨磨蹭蹭。「天太晚了，我不走了」，還是「天太晚了，你別走了」。母親猜不出，他們是誰主動留下的誰，反正三寶回來，此地無銀地說他住在了大梅弟弟的小屋。

母親的神情有點嗤之以鼻。

後來大梅來，也不走了。三寶沒有妹妹的小屋可以提供，大梅就將就到了他屋裡。

「還沒結婚，就這樣了。她媽也不管？」母親問。

「她家可是姑娘哎。」自問自答。「這種事，男兒家不算吃虧，女兒家，也這麼認著，不管不問，可就有點輕賤，有點值得懷疑了。」

「媽，說話別那麼難聽。人家大梅，可是好姑娘。」

「好姑娘沒結婚就住到別人家裡？」

「媽，話可別說早了，妳還有五個姑娘呢。」

三寶把母親噎住了，噎得也很傷心，傷得瞪大了眼睛。這個三寶，還是那個從小讓她疼，愛，憐惜的老實兒子嗎？還是那個一心為家，愛護弟妹，掙了錢一分心眼兒都不藏的孩子嗎？怎麼當了幾年公家的人，有了媳婦，就掉包成了這樣兒？整個就是完犢子了呢！

這時的母親，開始想念大姐小貞了。一樹之果，有甜有酸，一母所生，有愚有賢。是啊，龍生九子，九子都不同。母親說：「你大姐，小貞，她在家時，也能氣我，我也是疼她最少的，可現在，她最孝心。你三哥，三寶，這個狼心狗肺的，偏疼他最多，他卻最傷我的心。偏疼兒女不得濟啊。」

母親說得沒錯，大姐小貞在家時，活幹得最多，挨打也是最多，因為她嘴硬，母親說一句，她有十句。啪啪啪啪，火力很猛，子彈一樣射擊過去，換來的，是母親的「啪啪啪」，一頓嘴巴，或是女人較擅長的，掐擰。母親的手在她身上刮過，就像一季春風，千樹萬樹，桃花盛開。我們管那青色的印記叫「李子」。人體上結李子最疼的地方，當屬胳膊內側和大腿根兒，一掐人一蹦，能痛到心尖裡。我不懂醫學，不知那地方連著什麼神經，怎麼那麼不禁掐。每當有人挑釁，被挑者，總是問：「你想吃李子了嗎？」此李子，就是指掐胳膊和大腿根兒。

小貞為避免母親的手在她身上結李子，她的兩隻手，跟母親賽跑，不只是賽跑，簡直是柔道比拚，推搡得你來我往。每次動手，母親都累得氣喘吁吁，實在掐不成了，搧一巴掌了事，坐在炕邊兒大口喘氣去。邊喘還邊罵一些難聽的，她罵出來，小貞就罵回去，扔球一樣——「妳才是呢！」「妳不是妳能養出這麼多的崽子?!」

小貞針尖對麥芒地開完火，她心裡並不好受。晚上的時候，她照例要幹每天的活兒，插雞架，上大門，拎全家人的馬桶。北林人叫尿罐子。她走在黑漆漆的屋簷兒下，滿臉是淚水。為了不讓淚湧出，她拚力往下嗾，嗆了喉道，她就一聲連一聲地咳嗽。小貞那時候，臉蛋上經常出現兩塊紅撲撲的紅暈，母親開始沒在意，後來，聽鄰居閻娘說：「小貞這孩子，八成有病。妳看她的臉，她的咳嗽，多像肺結核哎。」

母親害怕了，如果得病，那可不是一個錢兩個錢能治的。

小貞說，如果得病，那也是母親讓她受氣，給生生憋屈出來的。

按小貞的身體情況，她是不該參加什麼上山下鄉的，可是當她聽到知識青年上山下鄉的號召，小貞像當年的大哥一樣，積極報名，自己做主，堅決地走掉了。離開家，就是離開了萬惡的舊社會，離開媽，就是離開了專制霸道的地主婆。小貞在準備出發，拆洗被褥的那幾天裡，陽光燦爛，地寬天廣，好心情讓她一連幾天都沒咳嗽。她邊幹活兒，邊哼著心中的歌兒，她唱的是〈翻身農奴把歌唱〉：

雪山啊霞光萬丈
雄鷹啊展翅飛翔
高原春光無限好
叫我怎能不歌唱
雪山啊閃銀光
雅魯藏布江翻波浪
驅散烏雲見太陽

歌聲表達了大姐小貞飛翔的心情，和她逃離苦海的嚮往。可是來到山上不久，她就累病了，肺病，不但咳嗽，還發起了高燒。

其實來到山上的第二天，小貞就知道，和這裡相比，家裡不但不是萬惡的舊社會，還得算天堂了。這裡蚊蟲叮咬，半夜狼叫，床鋪下面，是比蒼蠅大的螞蟻，太可怕了。白天幹活，那一根一根比人高幾十倍的木頭，要由人來扛，大家像一串小螞蟻，扭扭歪歪，走不幾步，就摔倒了，這個別了腰，那個傷了腿。有的人手指被壓在下面，抬走木頭，手指成了一團模糊的山楂餅。

小貞被父親接送到著名的南岔結核醫院，到那裡就醫，那是一所專治結核傳染病的專科醫院。入院後，父親又回了趟家，給她拿來了雞蛋、奶粉、蘋果，都是有營養的東西。為了省錢，父親還背來一隻煤油爐子，天天給她做著吃。在父親陪伴她，治好了病的一個月裡，家裡賣掉了一根百年紅松，那是準備用來給三寶打傢俱，結婚用的。母親還賣掉了一件裘皮大氅，加一隻傳家手飾，玉鐲。那是多年前，姥姥給她補的嫁妝。母親雖然沒有親自來照顧她，可小貞知道，這一切，都是母親不惜錢財，救了她的命。

小貞病好後，她是個堅強的人，又回到了山上。很多知青，會找各種藉口，賴到家，不回去，因為山上實在是太苦了，不是人待的地方了。小貞好像跟苦累較上了勁兒，再苦再累，她都一天一天咬牙堅持。到了年底，男青年都沒有出滿勤的，可是小貞，她月月幹滿了三十一天！

小貞只給自己留下十塊錢，一個月的伙食費包括女性衛生用品，剩下的，全給母親捎回了家。

母親捏著那二十塊錢，淚水在眼裡打轉：「這孩子，就是犟。」

## 3

長大後的五寶、六寶，他們像孿生兄弟，一起上學，一起淘氣，一起搶軍帽，一起戴像章。六寶搶了人家的軍帽被家長找上門來，那個哭得鼻子通紅的婦女，指著我們家的門框說：「都說妳們老劉家的孩子有教育，他嬸兒是個管孩子能手，乾淨衛生，門檻子都擦得鋥亮，妳這能手，咋還讓孩子出來搶呢？」

那一刻母親真是無地自容，她為六寶侮沒了她教子有方的名聲而恨得牙根疼，她說：「他嬸兒，妳別生氣，先進屋喝口水。我孩子做了這等不光彩的事，我會給妳一個交代的。」

那女人站著不走，似乎是想看看母親怎麼給她一個交代。

母親說：「雖然是當面教子，背後教夫。可我現在要是給孩子一頓嘴巴，他嬸妳肯定也下不來這個臺是不？妳先進屋喝口水，消消氣。孩子我會教育的，等完事，讓他登門道歉，給妳賠不是，並送回妳孩子的軍帽。」

那女人說：「唉，也不是真正的軍帽，不是半大小子都喜歡嘛，我孩子央求我照著軍帽做的。累得我一個晚上都沒合眼。」

「行，他嬸，不論是做的、買的，肯定讓他們原件送還，完璧歸趙。」母親想在來人面前顯示一下她的文化，她的最後一句「完璧歸趙」，效果適得其反，讓那個女人嗤之以鼻了：哼，她兒子都搶人家東西了，當強盜了，她還癲蛤蟆嗑碗茬子，滿嘴是詞兒（瓷）呢。

母親讓父親懲罰了六寶，當然，五寶也沒放過。搶軍帽一事，經過審訊，主意是五寶出的，行動是六寶幹的。包括搶像章、搶人家的香煙盒做成的「啪嘰」（男孩子們用來玩的一種遊戲）。逃學，看電影，一切的一切，都是五寶動壞水兒，六寶去執行。母親審到後來，再聯想他倆平時偷偷在菜園子裡弄個小碟子喝酒，就著黃瓜蘸醬當下酒菜，弄秋天的樹葉撚碎了當煙抽，喟然長嘆：「唉，這兩個孩子像誰吶，他爹那麼老實，卻養出這樣的東西！看來呀，是笑話人不如人了！一個像他二舅姥爺，那個拽子；一個像他三舅姥爺，那個拐子。吃喝玩樂，占全了。真是說嘴兒打嘴啊，現世報了。」

母親說的二舅姥爺和三舅姥爺，就是幫姥姥看過滿堂春的那兩個兄弟。那時，有人喜歡小蘭香，慕名來的，二舅姥爺一定得讓人家先等一會兒。這個「一會兒」是多長時間，要看他的心情，也看對方給他孝敬的份子。一般的時候，少而精的滿堂春姑娘，是供不應求的，一律候著。除了功臣、警吏、對滿堂春有貢獻的，不分時間，進來就上座。那些純來玩的，掏錢找樂的，不是電影裡表現的那樣，鴇媽屁顛兒著招呼他們。不是的，黃愛荷他們輕易都見不著。只有大人物來了，黃愛荷才親自招待。一般般的，沒什麼名目的，就由二爺、三爺看著給安排了。愛荷歇息後，小蘭香算頭牌，來的人，都是奔她，可是見不見、有沒有空兒，都由二爺說了算。這就讓他很有權力，相當於愛荷的當家祕書，滿堂春第一經紀人。

三爺黃三源也不是吃素的。他知道都哪些人跟妹妹愛荷有關係，哪些人怕別人知道這種關係。當他們來的時候，三爺大搖大擺，坐上座。這些人很給三爺面子，恭敬地叫著「三哥，三哥」。三爺有派，雖然跛著腳，坐下來，看不出高低。他儼然是他們的三舅哥兒，這些人都是他的小妹夫。喝酒，吃菜，跟三哥攀近乎，因了妹妹愛荷，三源抖盡了威風。

愛蓮匆忙之下嫁的那個老頭，雖然那時三源、立業都被政府拘管了一段，強制戒大煙，但他們出來後，人倒毛兒不倒。聽說愛蓮死了，三源衝到那老頭家就把他肋骨給掏折一根。老頭說：「三哥，平時我待你可不薄啊，你妹啥樣，你們心裡可清楚。」

老頭的話讓三源又彈了兩根，肋骨處塌了個坑。

「我知道你黃瘸子狠。」

塌坑處又上一腳。

「白瞎了你妹妹。」

一腿掃上去，嘴硬的老頭就沒聲了。

為此三源又蹲了牢。再出來後，大哥青山幫他安排了個國企單位看大門的工作，月月有工資，可以娶個鄉下女人的。三源沒有，一輩子耍光棍。二舅姥爺立業也沒成家，在道外區一個什麼協會當會長，雖然一輩子沒結婚，他的房裡也從不缺女人。新社會了，他們還過著舊時的老流氓生活。大舅姥爺痛恨著他們，又無奈著他們，誰讓他們是親兄弟呢。

五寶、六寶一起上山下鄉，一起當兵，一起退役。退役後的工作安排，是一場背景、「後門」關係的較量。這時候，大哥鐵漢已經輾轉到黑龍江鐵路局了，做了一名處級幹部，因為他那個部門叫宣傳部，「劉部長」名副其實了。劉部長有些權力，他寫了條，讓五寶他們持著，條子遞上去，兩個人都安排了工作，五寶是木材廠檢尺員，六寶是沙石場的驗收員。

他倆的活兒都非常好，五寶每天，抱著個本，一支鉛筆，往木材廠的軌道旁一站，裝車的工人敬著他，調木材的南方「老客兒」也怕他。五寶手裡的煙，沒斷過，抽了一支老客兒就趕緊遞上一支，都是恆大的。五寶看著一根根的圓木，並不急著動筆，他用眼睛估，用心裡算，直徑是多少，材長是多少，五寶說多少，就是多少。老客兒把五寶哄得高興，五寶就給他少說點，少說一方，就是幾百塊呢。反正木材像河流一樣，源源不斷，從山裡運下來，撒點、潑點，也不是誰家的，沒人管。五寶開始時的胃口非常小，老客兒敬著煙，裝車的工人喊著他「兄弟」，他就心滿意足了，下班時，做兩本帳，讓老客兒占盡了便宜，工人們也沒吃虧。

時間長了，五寶有門道了，人家那些檢尺員，可不光是吃吃喝喝，人家心眼兒比他多，死冷的天，人家根本就不到現場，人家在家裡待著，裝車的該裝就裝，老客兒得到家裡請，老客給家裡送的煙，是成條的，成捆的，哪像他，才一根一根發呀。老客給送上門的酒，那也是一對一對，不像飯店，二斤散酒，大夥可勁灌。最讓五寶眼紅的，是老客出手的南方玉，那可是真傢伙呀，觀音啊，青蛙啊，值錢吶。五寶明白過來後，他也動真格的了，敬上的一根煙，他眼皮兒都不撩，廉潔奉公，像一個拒腐蝕永不沾的好幹部；滿嘴甜言蜜語的大兄弟，五寶也不再睬，他沒什麼話，非常嚴肅，抱著帳本子，一筆一劃，嚴格履行檢尺員的職責，圓木的兩端直徑他不檢小頭檢大頭，材長、材身他就高不就低，宜粗不宜細。幾車下來，老客兒的笑變哭了，他說：「這小子，年紀輕輕，不好鬥吶。」

## 4

六寶的工作跟五寶相似，沙石場，就是我們每天上學放學要經過的那座沙山。六寶每天，手持一柄鐵釬，鐵釬上面有刻度，裝沙石的小四輪像一隻蹦蹦蹦的鐵螞蚱，突突突，一輛接一輛開來，六寶把鐵釬向他們的裝沙的車上一杵，可以杵高處，也可以杵低處，長和寬是固定的，有車廂，而這個高和矮，也就是沙子的高度，由六寶說了算，憑著六寶的高興和心情。杵高，司機會憑空多出兩立方；杵低，他一車沙子就少幾米。因此冬天的時候，司機們懷裡常常掏出小瓶的竹葉青：「劉師傅，天冷，來暖暖。」一夏天的時候：「劉師傅，天熱，去那邊吃幾勺冰糕涼快涼快吧。」司機們順手掏出十塊錢。

六寶和五寶一樣，也是後來明白了自己不過是隻蚊子，也就在對方的胳膊上叮了個包，而他們廠長，才是真正大口喝血的，是狼，是虎，是山中之王。

這裡的細沙叫軟黃金，這裡的木材叫綠票子。

六寶跟五寶說：「哥，你們那個徐廠長，徐歪愣（徐廠長有隻眼睛是假的，用狗眼頂替，看人總是歪著，大家背後叫他徐老歪，歪愣斜，只要不正的，都跟他掛上鉤。順嘴一叫大家就能意會為他），人斜，心眼兒也不正。聽說把你們廠的廣播員小單，都給禍害了。那女的才多大呀，肯定比他閨女還小呢。」

「那女的也願意，徐老歪給她不少好處。連她爸，該退休了都不讓退休了，又給安排了個總務股長。總務股長，可管的是全廠的吃喝拉撒呀，肥得很。木材廠成了他們家的了。」

「小單不是有對象嗎？」

「有啊。小單的對象有一天去找她，下午，三點多鐘吧，還不到播音時間，一般的時候，小單都早來，準備準備廣播稿。她對象敲了半天門，門不開，繞到後面，趴窗戶一看，天啊，被窩下面還有三隻腳沒藏完呢。那老東西，大白天的。可把她對象氣瘋了，槍都掏出來了，真想崩了他們。可是掂了掂，他壓住了火，走了。因為他家沒鉤沒門兒，他能當上保衛股幹事，完全是小單求老徐幫的忙。徐老歪給安排的。誰能斃了恩人呢。再說了，他也覺得小單挺不容易的。他那天找我們一大幫戰友喝了不少酒，哇哇哭了一通，罵了一頓操，也就拉倒了。」

「那他就甘心當王八啊。」

「不當有什麼招呢？人啊，該受氣就得窩囊點，不然，沒好日子過。這就是權力。」

「是，別說徐老歪，連他兒子徐大慶，走道兒都橫著晃，算我們沙石場的二廠長。其實他狗屁不是，連算盤都不會打，一百以內的加減法，都算不清。」

「你看他長那熊德性，娶的老婆那麼漂亮。他爹不是廠長，那女的能看上他？」

「他們說那女的也讓徐老歪給劃拉過。」

「劃拉」在東北話裡，意為睡過女人之意。

「粘上手抖落不掉了，發給了他兒子。」

「歪斜愣太不是東西了。對了，你知道徐老歪是誰嗎？」

「徐老歪就是徐老歪呀。」

「他是那個好講家史的那個，徐老師，她弟弟。你記不記得了，徐什麼花，啞嗓子，專愛坐主席臺上給大家講家史，一講就大哭，說她被地主家丁追進妓院的那個，想起來了吧。徐什麼花？啊，對，徐婉花。聽說她原來叫徐婉蓉，因為跟什麼皇后同名，就自己改了婉花。」

「那時她可天天說自己是受剝削階級呀。」

「她撒謊了。她媽是小老婆，是受了點氣。可她家有錢呀。她家墓地裡偷埋的金劍、金手杖，都被老歪他們啟出來了，交了一少部分，表忠心，更多的，留了下來。送禮，買官兒，派上了用場。什麼年頭兒，錢也是好東西。有錢能使鬼推磨，老歪的廠長，是那把金劍換的。」

「哦，怪不得。」

「那歪斜愣別看一隻眼，道行高著呢。送出去一把小金劍，贏得的是整個森林。厲害吧。」

「我打算，跟徐大慶套套近乎。六寶，你以後也多長點心眼兒，別總看不上人家，人家是徐老歪的兒子，自然就是那個派兒，換了你，也得牛。人在屋簷下，該低頭不算你矮三分。徐老歪這就一個兒子，攀攀關係，也許能給他面子。」

「哥，你想當官兒？」

「先弄個股長幹幹唄。六寶，你光看徐老歪劃拉了多少女人，你不知道他的權力有多霸道。江蘇、浙江來的老客，去他家，手裡提的可全是黑皮包啊，那裡裝的不是什麼麻糖、香煙土特產，那鼓鼓囊囊的，全是幣子。只要老徐點個頭，那山上的木材，隨便拉！林子又不是他家的，他也不用心疼，可勁兒造唄。再說了，那老林子深得海似的，多了少了誰也不知道，看不出來。」

「咱們，天天夾個破尺，往那兒一站，看著有點油水，煙啊酒的，可是風吹雨淋，木頭橛子似的，有啥盼頭啊。能檢一輩子尺啊。先弄上個副股長，一點一點熬唄。這輩子不當官，翻不了身。」

六寶說：「我跟你的想法不一樣，當官也是為了有錢，熬官兒也是為了錢，我看還不如直接奔錢去。沙石場，連個場院都沒有，辦公的地方直接就是呼蘭河。呼蘭河裡的沙子，廠長說了算，他讓誰拉，誰就可以拉，那是白天。我看啊，不如雇些人，趁黑天，河裡掏唄。那沙子也沒擺到明面上，掏多掏少，看不出來，沒人知道。直接就賣到外地了，現在外邊可缺沙子了，沙子快趕上木材值錢了。」

「六寶，偷咱可幹不得，那犯法。」

「什麼叫偷哇。他是廠長，他拉就不算偷。那沙子也不是他家的，再說了，呼蘭河，也沒人看著啊。拉點沙子，河道還加寬了呢。」

「我就想多掙點錢。上回看見徐大慶他媳婦手上戴著金鎦子，哥，你見過那東西嗎，一個黃箍，戴到手指上，真挺好看的。王芳都跟我叨咕好幾回了，看那樣兒，她喜歡得不行。我想掙了錢，也給她弄一個。聽說那東西得去省裡，還不是隨便賣呢。」

「六寶，你也不能太慣著王芳花錢了。女人喜歡錢，喜歡比，能把男人累死。」

「不是她比，我比。咱戳那，也是一米八的漢子。人家老婆戴得，咱們就窮著？他徐大慶長得好看呢，黑熊似的。哼，我就不信那個勁兒。」

「你這是跟自己較勁兒。」

「哥，你當你的官兒，我掙我的錢。」

「你打算怎麼掙？你以為還像小時候搶甜杆兒、搶軍帽那麼容易？」

「有啥難的呀。哥，你太長敵人威風，滅咱兄弟志氣了。他徐歪愣，挺大個肚子，走道小短腿，蛤蟆似的，直蹦。他比咱哪兒強啊？」

「不信你就看！」六寶說。

後來的日子裡，五寶和徐大慶攀關係，沒能成功。軟的不行他又換硬的，他拿徐老歪「劃拉」過多少多少女人進行提醒，說那個掏槍想崩了他的戰友可以作證。

徐老歪聽了這話，那隻假眼都笑了，笑得非常藍。他說：「這小子。」五寶的威脅應了那句偷雞不成蝕了米，他的檢尺員一職也被捋了，理由是他收受他人煙酒。不蹲監獄就是對他的照顧了。

六寶為了讓王芳戴上金鎦子，跟徐大慶的老婆一樣富貴，他因偷沙子罪，進了監牢。三年很快就過去了，出獄的六寶，對著太陽吼：「狼吃不敢管，狗吃攆出屎！他媽的，這世道，就是欺軟怕硬！」

# 第十六章

## 1

小鳳的脖子落下了殘疾，她的頭始終抬不直，半低著。小鳳的學習成績特別好，幾個姐妹中，只有她考上了紡織學校，中專。畢業後，分到了哈爾濱第二毛紡廠。因為她身體的原因，她沒能留在機關科室，而是到車間，當了一名擋車車間的技術員。每天在一排排火箭般的錠子前，飛機般的轟鳴聲中，低著頭，幫這個接接紗線頭兒，幫那個指導兩下。她們說話不靠嘴，用兩隻手，比劃。有時比劃不明白，會突然大喊一嗓子，聲音蓋過了機器的轟鳴，像汽車的突然剎車。時間長了，她們像一幫聾啞女人。

小鳳紡校剛畢業時，在大哥家短暫地借居過。她的到來，讓朱米蘭愁眉苦臉，她說：「當初就說過，孩子多的人家不能找，虎狼之家，讓你躲都躲不開。怎麼樣，應驗了吧。我只是她的嫂子，又不是她的爹娘，憑什麼要由我來擔管她的生活呢。」

沒多久，小鳳又得了乙型肝炎。這時候，朱米蘭的兒子希賢已經五歲了，慣養得像個小少爺。朱米蘭說：「小鳳，妳招上我倒沒什麼，我都一把年紀了，妳若招上希賢，可怎麼辦啊，他還是個孩子。」

朱米蘭說：「小鳳，要不，妳別住在家裡了，住到單位宿舍，多好哇。」

小鳳說：「單位宿舍如果有地方，妳以為我願意在妳家受氣？」

「那妳招上孩子怎麼辦？招上我怎麼辦？還有妳哥呢，招上他呢？」

「招上誰給誰治！」大寶劉鐵漢，正在省委黨校學習，不常在家。朱米蘭的問話，他回來後，給了這樣的回答。

「你兒子你也不心疼？」

「兒子、妹妹都心疼。」

「我知道你，怕我說你那個窮家！就護著吧。」這句話是朱米蘭在牙縫兒裡說的，沒出聲。

鐵漢的眼睛會說話，瞪得圓圓；臉色也會說話，一概鐵青。朱米蘭已多次領教了他的眼睛、臉色，這種情形下，若再開口，鐵漢可不管自己的身份，什麼部長不部長，照樣動拳頭、皮帶，抄了傢伙就打人。朱米蘭最初邊躲閃邊說：「你可是個部長呀，還管宣傳工作呢，做宣傳工作的，這麼粗野，咋給別人做的政治思想工作呢。像什麼話嘛。」

鐵漢說：「毛澤東他老人家還是主席呢，打土豪、打老蔣也沒斯文。」

這時的鐵漢，工作上是不如意的，他不願意在宣傳部門幹了，雖然是個名正言順的部長。他覺得他更應該到組織部門，財政部門，這些更能發揮他專長，實現他志向的地方。省委黨校學習進修後，他希望能有所改變。但是這種改變，不會如期而至，不會悄悄到來，它需要鐵漢費腦費神，費心費力，心機費盡後，還要看天意。他覺得自己在工作上都這麼吃勁兒了，朱米蘭還讓他在家事上操心，真不是個東西！

省委黨校在郊區，鐵漢是一週回來一次。回來後，差不多第一件事，就是給朱米蘭和小鳳當法官，斷官司。朱米蘭說：「小鳳上週三，晚上十一點多才回來，又不是夜班，不知幹什麼去了。那麼大的姑娘，出了事可別找我。還有，小鳳在房間總穿高跟鞋，嗒嗒嗒地，樓下都上來找過幾回了。」

小鳳個子低，她一直用高跟鞋不離腳來保護自己的個頭兒。

小鳳對朱米蘭的控訴是：吃飯時，她把一盤菜，都送到了兒子面前，小鳳夾了一口，希賢突然一拽，一盤菜，全灑在桌子上了。希賢還把小鳳的頭卡、背包，都給扔到了地上，說：「這不是妳的家，滾了才好。」希賢才那麼點兒，他懂這個嗎？全是大嫂挑的。是她唆使。

鐵漢臉上烏雲滾滾，他聽了朱米蘭的狀子，臉色紅一陣，聽了小鳳的，臉上又青一陣。聽來聽去，他決定先不打朱米蘭了，當然，也不好當嫂子面問責妹妹。他換了策略，叫過孩子，舉起皮帶，只揚著不打，對他說：「希賢，做人不能像狼，更不能狼心狗肺，小鳳是你的姑姑，爸爸的妹妹。你媽疼愛你，奶奶也心疼她。爸爸也是。你只有跟爸爸一樣愛護姑姑，厚待姑姑，爸爸才會愛你，疼你。不然，爸爸也會厭惡你，討厭你，不理你。惹急了，我這皮帶可不容你了。」講到後來，鐵漢很多話都隱喻給了朱米蘭，有勸導也有威嚇，言下之意，再讓我生氣，你們都沒好日子過！

朱米蘭跟蘇麗抱怨：「他們哥們兒，都是一根筋，對妹妹比對老婆還好。」

「可不是嘛，劉鐵民也是，拿他弟弟當自己的命。那年聽說六寶挨打了，天啊，半夜裡都不睡覺了，氣得滿地轉，大半夜的，就要趕火車站，替他弟弟出氣去。」

「他們家人，別看平時說他媽，養了這一堆，沒正事兒。可他說行，咱插半句嘴，馬上就翻臉，比猴子臉都急。不是個東西！」

「是，說她媽養一堆孩子不應該，可還拚命護著，偷著給他媽寄錢。」

「孝心得眼裡都沒老婆了。」

「都一樣兒。」

這時的朱米蘭，已經跟蘇麗一個戰壕了，有了苦悶，倆人就經常一起嘮嘮。她們的共同敵人，是婆家，更具體些，是婆婆和小姑。統戰的對象，則是丈夫，還有公公。

不久，娟紅也來哈爾濱了。娟紅來哈爾濱是鐵漢單位的領導看中了娟紅，讓她給自己的兒子當兒媳。局長家的兒媳婦，不是誰想當就能當上的，況且人家兒子不瘸不瞎，當過兵，退役後他爹就給他安排了個勞資科長，亞麻廠的勞資科，管著上萬號的工人。接過權力的槍，父親是兒子的好榜樣，李兵硬體很硬。

娟紅進廠當臨時工，然後轉正，然後代幹，再然後，轉幹，當幹部，進機關了。這些，都是李兵的功勞，李兵的勞資科長，在那個年代，可不是吃素的，太有權了。

沒結婚的時候，娟紅也住在鐵漢家裡，但她和小鳳的待遇不一樣，朱米蘭給她倆的臉色截然相反。朱米蘭對娟紅是有盼頭的，也是有指望的，而對小鳳，她基本是一輩子看到底了，不會帶給她一絲的榮耀或借光，所以小鳳回來，朱米蘭哀聲嘆氣，新時代的婦女還要背負三座大山啊！娟紅就不同了，朱米蘭總是希望她多待一段，不要那麼快就嫁過去。李兵來她家，像對待岳母一樣隆重地給她獻禮，她願意有李兵這樣的親戚，妹夫。但是李兵家不等啊，娟紅在那年年底，就被李家迎娶過去。娟紅像許多漂亮女人一樣，用婚嫁，過上了一勞永逸的幸福生活。

小鳳在這方面又一次顯出了她的弱勢，車間那些姐妹，長相一般的，都找個工人，自動組合，成雙成對了。稍好看的，總有人託媒，不是國家幹部，就是公公當官，婆婆有背景，家境不錯的。脖子有殘的小鳳一直形單影隻，她看了看周圍，實在是沒有她的備份，她就像撲克局裡的那個方塊二，總是被人先拋棄掉，甩到一邊。在她去同事小趙家玩過幾次後，她動了點心眼兒，婚嫁一事，看來不能憑天由命了，要自己主動出擊，逮上一個。不然，可能一輩子，這些瞎了眼的男人，只看表面不問本質的男人，都不會看到她小鳳了。小鳳用熱情，買電影票，買瓜籽、栗子等小把戲，感動了小趙的哥哥趙小光，小鳳也終於結婚了。

同樣結婚，小鳳的婚姻沒法跟娟紅比，趙小光是電廠的抄表員，工人。跟父母住在一起，老式的兩居室房子，倒出一間，就是他們的新房了。人家娟紅，從局長家兒媳，成了科長的太太，剛成家，就有寬寬敞敞的兩居室，獨住。一個樓層，一梯兩戶，另一四室兩廳，是她的公婆。有分有合，有蔭有涼的。

「其實女人沒有階級，嫁狗狗階級，嫁了貓妳就是貓階級。」小鳳說。

## 2

娟紅確實占盡了漂亮的便宜，不然，她不能跟小鳳同是姐妹，一下子出現了這麼懸殊的結局。娟紅在很小的時候，就得到母親的偏愛，她可以少幹活，甚至不幹；她還總是有花衣裳穿，而別人，只能梯次遞進撿上面姐妹的。就連挨打，別人要站成一排觀看，父親為的是殺一儆百，殺雞嚇猴，娟紅卻基本獲得了免看免打的豁免權。她的漂亮，使脾氣巨大的父親，都手軟，都寬待了她。

出了門，小貞的醜會引來津津樂道，說：「老劉家的這個閨女怎麼長成了這樣？」娟紅的美也同樣引來圍觀。儘管鄰居都是老熟識了，她們說：「嘖嘖，看看人家老劉家的二姑娘，咋養的呢，天上仙女兒似的。」

其實仙女的形容不夠準確，娟紅是大眼睛、大嘴巴，而天上的仙女是柳葉眼、櫻桃嘴。娟紅有著天然的鬈髮，金色的皮膚，冷眼看，像二毛（混血第二代）。娟紅確實太出眾了，她的美不但為她少年時期帶來特權，成人後，這種與生俱來的資本又帶給她無限的好處。當然，任何一種東西都是一把雙刃劍，娟紅的美，也讓她吃盡了苦頭。這是後話。娟紅長大後，因為她被驕寵得太任性了，連母親也不放在眼裡。母親傷心時說：「這孩子，從小最疼她，大家都給她愛，偏偏她最自私，上不敬父母，下不愛兄弟，偏疼的兒女不得濟。」娟紅眼裡，最親的，也是她最喜愛的、最有熱情的，就是錢。錢和男人比，男人都要靠後。這使母親常常感嘆一句：「我不該笑話妳姥姥啊，這孩子，她太像妳姥姥了。」

說誰像姥姥，這人在大家眼裡基本就完了，因為姥姥當過妓女啊。當然，母親不是指這個，她主要是說，娟紅的認錢、花男人錢的手段、翻臉無情等等，遺傳了姥姥的基因，雖然她們沒有血緣關係。

娟紅的漂亮就像她隨身攜帶的出入通行證，走到哪裡，哪裡都是綠燈。比如上課，回答不上問題的學生，多數都要罰站，或者得到老師的挖苦貶損，而娟紅，她連非常簡單的化學方程式，都答不上來，她沉默地站在那裡，顯得很高貴。化學男老師像對不起她似的，趕緊說：「哦，劉紅玉，沒複習啊，下次別忘了。坐下吧，坐下吧。」

除了語文，娟紅沒有一科能學得懂的，數學不好，物理不會，化學不懂。死記硬背的歷史、地理，她也懶得下那苦功，六十來分，剛及格，是她上學時的常態。娟紅對學校沒什麼興趣，雖然追逐她的男同學一直排著長隊，男老師們，也是那麼寵著她，但娟紅的心思根本不在學習上。她不喜歡學校，不喜歡課堂，她喜歡的，是早早工作，多多掙錢，過富有的日子。看到大姐小貞每月都往家裡捎錢，娟紅說：「媽，我也想上山，我想工作。」

「妳才十五哇，妳不念書了？」

「不念了，沒意思。我想上山去。」

「娟紅啊，妳以為那山，是那麼好上的嗎？妳姐不是從小吃苦，又天生那麼倔，她早扛不住了。多少男的，都長年賴在家裡不走。上山幹活，妳不是那蟲兒啊。」

「我能行，在學校，也是混。」

「妳想好了？那個苦，妳吃得？」

「想好了，能吃。」

「娟紅，別腦瓜皮一熱，就瞎想了。媽不同意妳去，妳記住了，這個世界上，錢難掙，屎難吃。妳還是考大學吧，考不上大學考個中專也行，考不上中專考個技校也行。」

「媽，我不是那塊料，誰不想上大學呀？我考不上。一中都考不上。」

「初中畢業，妳就滿足了？」

「初中怕什麼？我大哥、二哥、五哥、六哥、大姐，他們不是也都沒念多少書嘛，不也照樣有工作，過得挺好。」

「娟紅，妳是光想錢了，媽把妳慣得，掉錢眼兒裡了。」

「妳就任性吧。」

娟紅走不成，她就開始上火，娟紅一上火，脖子上的淋巴就一粒粒腫，嗓子疼得說不出話，嚥不下飯。母親最怕的就是娟紅的淋巴了，母親說：「這種病，一旦嚴重了，就在外面鼓膿，好好的姑娘落個疤瘌脖子，咋嫁人呀，不白瞎了嘛。」母親還曾一再叮囑我們，說：「你們幾個可不許氣你二姐，她脖子怕氣，都別讓她上火。」

現在，娟紅上火了，母親就服了軟，同意她上山。可是，林業局的知青辦停止招知青了，上山下鄉，已經人滿為患，山上和鄉下都不再缺人，要上山，得求人。母親只好求三寶找人。

三寶瞪大了眼睛：「她想不念，就不念了？上去三天，吃不了苦，再下來，讓我再捨著臉皮求人幫她找學校？」

「就讓她鍛鍊鍛鍊嘛。」

「她是掛職幹部哇，想鍛鍊就鍛鍊？妳問她個口供，要是上去了，辦妥了，再想下山，可難了。她不能反悔的。」

母親替娟紅應答了下來。知青辦還把娟紅分到了好一點的地方，叫香水河，一個多小時的鐵路小火車。那小火車非常氣派，「嗚」的一聲，轟轟轟，就像一條綠色小蟲游弋在山野間了。路兩旁有望不盡的金黃，那是秋天的草芒，草梢柔軟得像髮線；看不夠的達紫香，伸盡山邊的紫，如一帶美麗的錦；還有紅色，星星點點，那是野百合花。秋天的蓬勃，有更眩目的輝煌。偶見農人，頭上的草帽和肩上的蓑衣，更映現出一派如夢如幻的畫面景色。因為娟紅不是跟著大批知青上山下鄉的，小火車上淨是探親的弟弟妹妹，他們和娟紅年齡相仿，跟娟紅搭訕，問她是去看哥哥呢，還是姐姐。

娟紅第一次有了抬不起頭，說不出口。

到了林場，剛剛中午，遠看，景色還是那麼美，只是頭上的太陽，好毒辣；腳下的荒草，上面爬著老虎一樣花斑的大蟲子；泥濘的腳下，還不時嗖地竄跑一條蛇。陸續收工的知青，她們哪裡還是知識青年，她們就是實實在在的林場女人。臉都那麼黑，手都那麼糙，身上的衣服，汗鹼硬成了鎧甲。走道都像多長了幾條腿，晃四下，才走一步。再看她們的神情，那分明就是沒吃飽、沒睡醒了。

中午飯娟紅沒有吃，坐了一會，太餓了，她勉強喝下一碗湯。湯花裡漂著蚊子的屍體，她看見給她盛湯的鐵提是餵豬的那種大筲，炒菜用的是鐵鍬，背影衝著她的師傅們，隨手擰完鼻涕，又到自己的褲子上捏了一把，就該拿饅頭拿饅頭，該遞餅子遞餅子了。現實和娟紅的理想天空，差得太遠。

娟紅是第二天早晨去的香水河，第二天晚上回的家。

黑咕隆咚的外面，撲進來一個人。母親定睛一看，這不是娟紅嗎？娟紅滿臉是淚，像一尾脫離水面的魚，嗖地一躍，一頭趴到炕頭兒上，打著挺兒，號啕大哭了。

# 第十七章

## 1

該講述一下我的生活了。我的小名叫留住兒，這是讓我非常煩惱的一個名字，它不倫不類，比招弟、領弟還讓人難為情。我幾次跟母親申請改名，母親說：「不是喜歡妳嘛，妳姐小雪走了，怕妳也留不住，就給妳起了這麼一個名，妳看，多管用啊。妳不但留住了，還數妳長得結實，身體最好。妳姐、妳妹，她們多弱啊，哪個有妳體格好？」

噢，看來是母親用心良苦了，可是她不知道她的良苦用心，給我帶來了多大麻煩，在學校，有一個男同學知道了我的小名，他每天跟在我後面：「溜豬肝！」「溜豬肚！」凡是跟「豬」聯繫上的，他都能扯上我。一通亂叫，讓我在同學面前，非常抬不起頭。我恨透了這個名字，可是沒辦法，派出所不管改小名。

我不願意到學校去，我唯一喜歡玩的人，是鄰居小二。小二的大名叫夏芙蓉，她上面有個姐姐，下面有個弟弟，弟弟叫夏百歲。無論是芙蓉還是百歲，我覺得她爸爸起名字都很負責任，有詩意，有祝福，聽著也好聽。

小二像個淘小子，她的玩法總是花樣翻新。有一天，她給我看一沓未用過的糖紙，對著太陽一照，像玻璃一般透明，非常好看。而我收藏的那幾張，都是包過粘糖，撫了又撫，壓了又壓，依然皺巴不平的大小不一幾張，有的還缺了殘角，顏色也不對。小二這一沓，藝術品一樣晶瑩、可愛。我很驚奇。

「哪裡弄的呢？」

「我爸下去檢查工作，他們送的。說讓拿回家給孩子玩兒。」

「你爸真了不起。我爸好像從未拿回過什麼禮物，除了怒氣沖沖，除了一花筐的樹皮。」

「每樣我都給你一張。」小二說。

天啊，我激動得血液都沖上腦門兒了，這麼漂亮的糖紙！可是，母親是不許我們拿別人家的東西的。

「沒事，我不告訴你媽。」小二說。

說著，她動起手來，一二三四五，每種，都分別揀出一張，塞到我手裡。我怕折，捏蝴蝶翅兒一樣輕輕捏著。小二又遞給我一個信封，像把錢放入捐款信箱口一樣，小心翼翼，往裡送。然後我們再舉起來，對著陽光照。

什麼被暗影晃了一下，我們的頭分開，小二爸爸的頭湊了上來。小二她爸爸長得像電影上的人，阿爾巴尼亞電影，主要是他的鼻子，特別鷹勾。「夏叔叔！」我趕緊叫。見了大人要有稱呼，這是我母親的家訓。

「小留住兒。」夏叔要拍我的頭。在家裡，我最希望爸爸或媽媽也拍一拍我的頭的，肩膀也行，可是他們從來沒拍過，可能孩子太多，他們拍不過來吧。夏叔要拍我，我本能地一偏，他的手落空了。

夏叔叔好像剛喝過酒，還沒有午休，夏嬸在另一屋已經睡著了。小二帶我進來的時候，指了指那屋，意思是我們放輕腳步。小二家四間大房子，這是我們北林鎮，絕無僅有的。他家的所有，都跟我們北林鎮人不同，因為北林鎮人是不午休的，只有晚上，六七點鐘，大家才早早地睡覺。而她家，是白天睡覺，晚上燈亮到很晚。

夏叔叔是幹什麼的，我一直搞不清。她家很有錢，吃得好，穿得好，小二、百歲都有零錢花。她們的穿著，也是與眾不同。夏叔叔的手落了空，他索性坐到炕沿，把我抱了起來，放到他的腿上，坐下。

「爸，你幹嘛呀，走開，我們玩呢。」小二跟她爸說話很隨便，這讓我很羨慕，我是不敢這樣跟我爸說話的，當然，爸爸也沒這閒心，打擾小孩子們的玩趣。

我想使勁蹦下來，蹦到地上。可是夏叔叔的手像護欄。

「小留住兒，長成大姑娘了，妳是我從畫上揭下來的，是我姑娘。」

「爸，總鬧什麼呀。」小二上來幫我。

從前每次來，夏叔叔一直叫我「畫上的姑娘」、「小美人」。夏叔叔說：「別回老劉家去了，妳可是我從畫上揭下來的呢。」

「爸——別逗人家了，我們還玩呢！」小二這回強行扯開她爸爸的手，「你快去睡覺吧，我媽等你呢。」小二把我解放出來了。

夏叔離去的姿勢有點搖晃，他說：「不給我當姑娘，以後給百歲當媳婦也行。小美人。」夏叔喝酒後說話舌頭很硬，好幾個字咬不清，把「人」說成了「銀」。

小二把給我的糖紙再次快速塞到我手裡，說：「走，我們出去玩，我找到了一個好地方。」

北林的午後，夏日的陽光，充足，溫暖。小河上面的天藍是藍，白是白，白雲走，我也走，我們仰著頭，不知不覺就來到了呼蘭河邊。小二挽起褲腿，說：「咱們蹚過去。」

我知道，小二這是在將就我。而平時，她會撲通一聲，跳下河去游著走。我不會水。

「到對岸玩去。」

「那岸有什麼好玩的呢？」我猶豫。

「到那邊妳就知道了。」小二已經帶路下河了。

河對岸是一片無邊的瓜地，瓜地中間有一頂高聳入雲的窩棚，我們都知道，那裡住著的人叫高傻子，跑得快，抓到偷瓜人還敢打，下手可狠了。有一次我們在河邊玩，有人喊一聲「高傻子來了」，嚇得有人跑尿了褲子，有人跑丟了鞋。我們都能跑出了百米冠軍的速度，心跳全是二百來脈。

「咱們不偷瓜。」小二說，「再說瓜也沒熟呢。」

我還是站住不走。

「留住兒，妳可別把糖紙整濕了哇。」小二提醒。

我慢慢挽起褲腿了。

「高傻子不在，瓜地沒熟不用看。」小二打消著我的顧慮。

「那我們去那兒玩什麼呢？」

大地的上空，滿天飛翔著蜻蜓，像一架架小飛機，奔著，跑著，伸手一捉，就可以抓到一個。我們高伸著兩隻手，手裡除了蜻蜓，還有細細的豆娘。小二說：「留住兒，咱們不玩這個，走，上窩棚上看看去，那上面才好玩兒。」

窩棚好高啊，它的四腿是四條參天的樹幹，支起來一個空中閣樓。搭乘而上的，是一架木梯。我們爬了半天，才小心地走上來。蹬高望遠，我們看見了河流、樹木、我們家的房屋，還有屋頂上沒有化完的積雪，連小二家的那根燈籠杆，都看得清清楚楚。好高好開闊啊，一覽無餘。我們伸出手，好像能搆著天了，搆著白雲。小二真是會找地方啊，我從來也沒到過這麼高的地方，我一遍遍地向遠看，看不盡，有山有雲，天雲一色，遠方的連綿，就是傳說中的九霄嗎？小二說：「別看了，咱們來這不是看天的，來，脫了褲子，像我這樣。」

小二的褲腿全濕了，剛才過河過的。我的只濕了一點點。

小二又把衣服脫了下來，鋪到草鋪上。「來，留住兒，妳躺這兒。」

「躺下幹什麼？」

「妳就躺下吧，躺下就知道了。」

小二說：「我爸和我媽吧，天天都這樣，有時是白天，有時是晚上。」小二說著，用手比劃起來。

「我媽每次，又喊又叫的，我都看見我爸那個了。」

「今天妳當我媽，我當我爸。」

「妳……？」
「我用手哇。」

## 2

大姐小貞從山上回來的時候，她給我拿回了一包東西，是一方花毛巾包著的畫筆和顏料，還有一本油印漫畫。油印的漫畫像作業本那麼大，那麼薄，手指一翻，油印處就一片模糊。第一頁是個戴眼鏡的女人，頭上像給網住了一個什麼絲套，身子畫成蛇形，橫著飄飛，旁邊寫著「美女蛇」。第二頁、第三頁都是大大小小幾個人畫在一起，頭大身子小，侏儒一樣。後來我知道那叫「四人幫」。大姐說：「我們場的小尹子，現在又有活兒了，天天畫這個，不用上山，可享福了。那山上，蚊子叮、蟲子咬的，誰都不願意去。我們不去不行啊，沒手藝。小尹子會出黑板報，會用刷子在牆上寫字，還會畫這個，漫畫。留住兒，妳也學畫畫吧，有一門兒手藝，長大了不像姐這麼遭罪。」

「姐，這是妳給我買的呀。和畫筆、顏料比，我更喜歡那條有小兔子的花毛巾。」

「姐給小尹子多燒了十天炕，燒得也比別人熱乎，她謝給我的。平時小尹子可摳了，怕人偷藝，她連畫畫都是背著我們，趁我們不在的時候。這次，她聽說妳要學，不是山上的知青跟她搶飯碗，她放心了。還教我幾招呢。來，姐現在教給妳。」

「留住兒，這畫畫，可真是個好活兒，不閃腰，不下力，站著、坐著都能幹，穿乾淨的衣裳，也不出大汗。小尹子初中都沒念完，畫畫是跟她媽學的。我們場還有一個剃頭的，也挺吃香，專門給知青啊、廠長啊，理理髮，不出苦力。不過剃頭太埋汰，什麼腦袋都得摸，時間長了我怕妳受不了。想來想去，覺得妳畫畫最合適了。」大姐說著話，她筆下的美女蛇就畫完了，是一筆下來的，飄飄忽忽，空白處用碳素筆道兒填滿。

大姐說：「咦，不像，哦，我忘了眼鏡。」她又在那人臉上畫了倆圓圈。

大姐走後，在我自學畫畫的日子裡，畫得很費力，畫得很煩心，一直不得要領。後來，家裡來了個給三寶結婚的傢俱上畫牡丹的趙老師，趙老師盤腿端坐在炕上，面前是個小方桌，桌上面是一扇櫥櫃的小木門兒。趙老師在門板上用毛筆筆尖，輕輕一點，然後顫顫巍巍，顫顫巍巍，一朵牡丹花就顫出來了。原來牡丹花瓣是這樣顫出來的。接下來，他又畫月季，月季的花瓣不再顫，是一拽一拽，一拐一拐，平直中又有棱有角，像一堆重疊的方括號。那一天，我學會了兩種花的畫法，尤其是花瓣兒，顫功和一拽一拽，都有炫耀的快樂。我舉著本子見人就問：「看我畫花嗎？」

大家都說：「別礙事，一邊玩去。」

後來，有一天，我聽到了手風琴聲，嗚嗚嗡嗡，非常好聽。是五寶和他的同學們在搞什麼聯誼。他們浩浩蕩蕩奔向呼蘭河，河水是他們的聽眾，沙灘是他們的舞臺。女同學不多，我也坐到裡面湊數。五寶和那個拉手風琴的人是ＡＢ主角，他們爭相獻藝，激情飛揚。我喜歡五寶的歌聲，更迷戀那架手風琴。抱著手風琴的人除了伴奏，還獨奏。曲名是什麼我不懂，但聽著琴聲，身體像飛出了身外，沒有重心，沒有力量，不在空中，也不在地上，一直飛，飛，飛得很遠。那一天，我叫了很多「五哥，五哥」，我求他把同學的琴，借到家裡讓我玩玩。

五寶低頭想了想，說可能差不多。現在是學校放假，琴歸他使，借幾天應該能行。

那天我踉踉蹌蹌把手風琴抱回家，晚飯是在院裡吃的，我拿了那碗耽誤時間的熱粥，粥太燙，我把它放到木頭上，練一會兒，喝一口。「嗚」的一聲，「嗡——」琴音真是太好聽了，這麼好聽的音樂，父親卻嫌煩，不讓我在屋裡練。不怪媽媽說他老土，土包子。

天黑的時候，我的琴音裡飛出了〈雁南飛〉——「**雁南飛，雁南飛，雁叫聲聲心欲碎，不等今日去，只盼春來歸，只盼春來歸**。」——671——67完了跟著高音1，三個鍵緊挨著摁，好過癮！我自己都為自己叫好了。母親和五寶奔出來，母親說：「小留住兒能拉出歌兒了，這孩子真靈。」

五寶說：「光用鍵盤不行，妳還要學習那邊的黑鍵，叫什麼來了，哦，貝斯。配貝斯。」

「五哥，這個我試了半天，不會呀。」

「哦，明天我讓我同學教妳吧。」

第二天，我背著琴，去了五寶的劉同學家。琴身對於我，顯得有點重。如果是背到後面，我必須貓起腰，使勁向前伸脖子；如果是抱著，我又要拚力向後挺，向後彎，只有這樣，才不至於讓手風琴墜下地。劉家有兩個妹妹，一個比我大，一個比我小。她們都很靦腆，想跟我說話又都紛紛躲起來。他爸爸倒是很熱情，給我沖了杯蜂蜜水，蜂蜜在白開水裡半天化不開。五寶的同學告訴我，黑鍵盤中間那個帶小坑的，小坑上面還有一個小圪塔，是基準音。找準了它，下面的就好辦了。

我練琴很刻苦，沒練幾天，覺得肩膀前後火燒火燎地疼。捲起衣裳偷偷對著鏡子看，手風琴的兩個帶子，像兩把燒紅的烙鐵，把我肩上的皮肉烙成了麵包，還火候不勻。肩膀疼，背也疼，胸部還礙事兒。如果琴身能和我很好地貼合，是不是效果會好點呢。五寶的同學一再說，拉琴的時候最忌含胸佝背，這跟獨唱一個道理。挺胸，抬頭，身板崩直了，這才是狀態。

那晚上，我決定自製一件「小衣服」。這種小衣服，見大姐小貞穿過。那時候，她每天晚上都把「小衣服」脫下來，折疊好，壓在枕頭底下，不讓別人看見。「小衣服」的前面是一排密密麻麻的扣子，特別緊，結實。我曾問過小貞：「穿這麼點的『小衣服』有什麼用啊？」

小貞說：「這可不叫『小衣服』，這叫『大布衫兒』。」

「『小衣服』怎麼還叫成了『大布衫兒』？」

「妳不懂。等妳長大就明白了。」

現在我就明白了，小衣服（大布衫兒）的作用就是緊身、方便，幹活方便，拉琴也方便。這晚，我開始自己動手，之前，已把小貞的樣品偷好了，布料也準備好，那是母親箱子底的一塊灰滌卡。等大家睡熟後，我開始了悄悄的服裝製作。

我無師自通地，比照著「大布衫兒」上的每一塊布，比一塊，到備料上剪一塊，就像用模子拓坯一樣。灰滌卡被我拓成了一片片兒，形狀各異，有的像牡丹花瓣，有的像月季花瓣，還有的像小扇子。我把它們數了數，再數數小貞的成衣，一樣多，沒剪錯。心裡很得意，用線縫起來，不就成功了嗎？就在我擺弄著考慮先連哪一片兒時，那屋的燈亮了，嚇我一跳。我呼隆一下把剪子、針線，連同我的「花瓣」，團巴團巴都塞到了褥子底下，關燈倒頭裝睡。

母親好像有了小解。幾分鐘，那屋的燈又黑了。

眯眼半小時，猜母親睡實了，我再次起身。開燈，繼續工作。

這回，我加快了速度，快速連縫，不再斟酌片兒與片兒之間的順序。我的縫製技術不支援我的願望，不是縫住了不該縫的，就是漏針了，要麼線太長，打了結。就在我手忙腳亂，忘記了邊製作邊觀察敵情時，母親已經站到了我的面前。

眼皮底下，我呼隆又把那堆東西，包括剪子，像剛才一樣，捲進了褥子底下。

「妳在幹什麼？」母親臉色很冷，眼睛也放著嚇人的光。

「沒幹什麼。」

「瞪著眼撒謊？」

「沒有。」

「跟小貞學的？」

「跟大姐沒關係。」

「那妳幹什麼呢？」

「什麼也沒幹。」我也把眼睛瞪了起來，視死如歸的架式。

「留住兒，跟媽說實話，說了實話媽就不打妳。」母親有點軟硬兼施了。

我不吃那一套。

「不說是吧。」母親上前了一步。

這時小鳳醒來了，她費力地推開我，抓出那堆布料，說：「媽，我知道她幹什麼呢，她在縫那種小衣服，那是大人才穿的，她也要穿。」

小鳳還抖起了那件樣品。

「留住兒，妳才多大呀?!」母親聲色俱厲，「剛才，我還以為妳在縫小口袋啥的（一種遊戲的沙包），原來妳在弄這個。妳知道這叫什麼嗎？好人家的兒女誰用這個？那都是那些舊社會——」母親不說了，停了有三分鐘，又開口：「小留住兒，妳還小，想不出這樣的餿主意。肯定是小貞攛掇的！」

十多年後，我終於知道了那種東西的準確叫法，它既不叫「小衣服」，也不叫什麼「大布衫兒」，它的學名是「胸罩」，或者「紋胸」。又過了十年，紋胸可以穿在美女身上晾到戶外，女人買它時，除了橫長尺寸，還要試「罩杯」。無論胸罩還是罩杯，我都沒再碰過它。

## 3

因為我會拉手風琴，初三的時候，伊春文工團來招演員，我成了一名文工團員。但是好景不長，文工團自負盈虧，那時還不興走穴，沒錢吃飯，大家就散了。我又回到學校復讀初三，當年順利考進幼兒師範學校。畢業後，我將是一名用兩個手指在頭上做兔子耳朵狀的幼兒教師，一想那份故作的天真，我自己先起雞皮。

在學校，我的心中充滿憂戚，我的理想，原本是樂池裡那個黑紗長裙、白脖頸、藕玉臂的首席「小提」（雖然我還不會小提琴）。可幼兒師範學校，離那方樂池越來越遠了。這裡除了風琴還是風琴，用腳踏的時候，我力求彈出鋼琴的姿態，儘量美妙。可是，風琴需要腳下用力吧，我的彈姿引來賈楠她們陣陣的笑聲，我被笑停了，只好看著她們。

賈楠說：「劉君生妳像被電了，掙扎呢。」

同學們就更笑了。

我並不生賈楠的氣，她是我們班唯一唱歌跑調兒、嗓門粗過男聲的女同學，長相也略顯隨意。但是賈楠人緣兒好，大家都喜歡她。

賈楠經常，捏著一沓柳葉片一樣的銀白小手術刀，她母親是醫生，賈楠發給大家時，說：「削鉛筆啊，小心啊，削著手可不管。」確實，小手術刀飛快飛快，比轉筆刀好用多了。賈楠有很多醫用的東西，棉紗布、紅藥水、創可貼，有同學碰傷了，不去學校醫務所，直接找賈楠包紮。

大家喜歡賈楠絕不僅僅因為這些，賈楠總是能講出稀奇古怪的故事。比如她媽她們醫院又發現三條腿的棄嬰了，有人以為那是個黑包袱，用腳試著踢了一下，黑包「哇」的一聲，原來是個小孩兒。打開一看，天啊，多長了一條腿，尾巴似的，誰敢抱哇。

一般的時候，賈楠講這些故事是在晚自習，或者大家回宿舍息燈以後。環境的黑暗為賈楠的講述烘托了神祕。賈楠還說過一個老頭，她媽醫院燒鍋爐的。那老頭，一輩子沒結婚，光棍兒。大家都奇怪，他怎麼天天活得紅光滿面，那麼大歲數了臉上卻沒有皺紋。就算他天天喝人參酒，也沒這功效啊。還有，誰都有個頭疼腦熱、跑肚拉稀，可是他，長年累月，沒見他生過病。老頭兒好像也不想女人，從不跟女人逗悶子，更不調戲婦女，每天，按時來按時走的，誰都說不出他的不好兒，可是，就覺哪兒不對勁兒。

有一天，一醫生去他家拿點東西，正趕上他吃飯，一旁是他的酒壺，玻璃的，媽呀，你們猜看到了什麼？那老頭兒的瓶子裡，泡的全是人體各種——我媽說噁心死了。

後來公安局把他抓走，問他從哪兒搞的那些東西。老頭兒交代，他跟看太平間的那個看屍老頭兒，老哥倆經常聯手，喝一壺。

老頭說吃什麼管什麼，確實挺好。

賈楠說：「老頭還交代了他用那些東西包過餃子呢，可香了。」

大家聽到這，都說噁心，要吐了。讓賈楠別說了，別說了，再說點別的。

賈楠就又回到胎兒，棄嬰、大姑娘。

賈楠說，也是她媽那個醫院，有一天，洗手間裡，扔著個盒子，不用問，有經驗的老大夫就知道這是棄嬰，有毛病的孩子。她把院長、領導，還有派出所的，都叫來，讓大家當著面，打開了紙殼箱子。天啊，裡三層，外三層，那小孩正睜著眼睛看呢，沒哭沒鬧，全身上下檢查兩遍，一點殘都沒有，還是個男孩。這是為什麼呢？翻找了半天，被子裡掖個條，上面寫著孩子的生辰八字。多餘的，一句話沒有。大家都說，這不定是哪家的姑娘，被壞了，生了孩子沒法養，就給扔了。你想啊，有爹有娘的，小孩兒又不缺彩，哪都挺好，誰能捨得扔呢。準是大姑娘養的。

那個晚上，大家開始討論大姑娘是怎麼養孩子的問題。

賈楠算答疑解惑的老師，她說：「一個人，是養不出孩子的，得有男的。兩人合夥，才能有孩子。」

「合夥？」

「當然了。合夥包括把手，親嘴兒，還有——一被窩兒。」那個晚上，賈楠說了好多陌生的名詞，聽得我們臉紅心跳，熱血沸騰。我們大致地明白了嬰兒產生的源頭，賈楠還回到事例的開端，說：「如果兩人是搞對象，還情有可原。如果是被人禍害了，強姦，那就太慘了。我媽說對付男人有一個最好的辦法。」

「什麼辦法？」七張鋪上探起了七個腦袋，十四盞晶瑩的燈。

「掐住男人那兒，死攥，別撒手。」

「天啊，那地方——」

女同學們都臊住了，一想就不行。「那哪兒下得去手啊。」

「我媽說了，下不去手可不行，壞人就得逞了。那我們一輩子就完了。」賈楠說到這兒，又舉出一個她表姐的例子。「表姐是中專生，放暑假的時候，回家下火車都半夜了，她想抄近道，就沿鐵路線走。走著走著，後面跟上來一人，表姐害怕，但是她沒辦法，四面都沒人。她就快走，她快走，那人也快走，幾乎是小跑兒了，眼看要追上了。表姐突然一嗓子，把那人嚇一跳，站下，四外看看，再不下手，怕遲了。那人直撲上來，把表姐抱住了。」

「表姐算有力氣的，跟他撕擄了半天，最後還是被摁倒了。身子底下就是道邊的石頭，硌得表姐很疼。表姐把手錶摘下來，說拿這個換。那人一手把錶揣兜了，另一隻手扔掐著表姐的脖子，說：『都跑不了。』表姐摸起地上的石頭砸他，他一看表姐下死手，搶過石頭把表姐打暈了。我媽說如果表姐會這招兒，哪用石頭砸啊，就狠掏，掏準了，他根本動不了。表姐因這事，後來都沒畢業，因為她懷孕了，肚子裡的孩子，又找不著人……」

大家都唏噓，半天不出聲。

「我媽說了，遇到這種事，不能害臊，就得下狠手。」

第二天晚上，大家集體看電影，回來的路上我們三三兩兩，沒有路燈的地方，胡同有點黑。我們回憶著電影，也複習著賈楠傳授的女子防身術。賈楠說這麼多人，壞人肯定不敢輕舉妄動。等我們自己的時候，再加小心。

一直回到學校北門，平安無事。

多年後，當我走進婚姻，這一功夫才得以實踐。那時，剛一息燈，不等孫衛東抓住我的雙手，我已經先下手為強，穩準狠地使出這一招兒，疼得他直嘶氣。咧著嘴說：「真是個傻娘們兒，給她福都不會享。」

## 4

雖然這樣，女兒小雪的腳步還是如期到來了。在蓬勃生育這一點上，我遺傳了母親。所不同的是，國家開始嚴格地計劃生育，除了一胎，剩下的，不管多大，都要攪死腹中。也許正是因為這樣，我更加頻繁踐行賈楠傳授的女子防身術。

小雪來到世上那天，北林滿天飄起了雪花。那時剛進入十月，陽曆的十月中旬，秋葉還沒落盡，天空上，就滿天飛雪了。

北林醫院，遠遠看去，像地面上拱起的一排土包，逶逶迤迤，又矮又破。早晨七點，我感覺到了漲疼，孫衛東用自行車馱著我，向醫院駛去。路上的雪還沒踩實，車子騎上去像輪子滑過棉花和麵粉，孫衛東的騎車技術很頑強，幾次扭扭歪歪，他都膽大心細地用腳支住了。我說：「走一會吧。」他說：「沒事兒，放心吧。」一路過大姐小貞的服裝攤位時，木板窗裡，她像招呼顧客一樣熱情地伸出脖子，問我：「去哪兒，是醫院嗎？」

我說：「是。」

小貞就摁著木案子，蹭地跳了出來，上上下下打量我，說：「姐陪妳去吧。」

我說：「不用。」做了買賣的小貞惜時如金，很多人都說她六親不認。

「小留住兒妳別跟我客氣了，妹妹生孩子是大事兒，我還捨不得這點工夫？再說了，姐不疼妳疼誰呀，娟紅、小鳳，還有英子，她們都離我遠了，想疼也疼不著了。」

可不是，一晃兒，一大家子弟妹，北林只剩下了我們倆。

「你們先去吧，我隨後就到。」

從始至終，孫衛東沒有說一句話，大姐也沒跟他打招呼。在我家人面前，孫衛東永遠都像啞巴。馱上我，再一次騎在風雪中。初冬的雪，一點都不冷，我仰頭看著雪花，忽然想起賈楠表姐的故事。現在我明白，其實她表姐即使提前學習了女子防身術，實踐起來，也未必得要領，因為她還是個姑娘。那樣的夜晚，那樣的鐵軌、石頭，讓一個姑娘把這種理論與實踐相結合，太難了。只有過來人，知道男人是什麼的女人，才有辦法做到一招致命。孫衛東就是挑戰這一理論的活例證。

孩子在我身體裡豆芽一樣水長，這麼快，她就要出生了。我想如果是女孩，就叫她小雪，是男孩，叫小冬。小雪、小冬，都是我夭折的妹妹的名字，我想念她們。

醫院人很少，一個產婦都沒有。幾個女醫生，在打撲克。我記得電影上的醫院，產室，是窗明几淨的，醫護人員特別是小姐，戴著小白巾，穿著得體的白大褂，非常美好。相比之下，這裡的反差太大了。嘰嘰嘎嘎，正為剛才撲克上誰的要賴而笑鬧。看到我來，其中一個扔下手裡的撲克，用頭一擺，讓我進到門診的裡間。

那是一張半截的鐵架子床，棕色的革製皮面裂著口子，在我仰坐上去的時候，感覺得到斷面割拉皮膚的微痛。屋子很大，窗子上破了一溜兒的洞，是淘氣的孩子用石子兒擲碎的。剛才在外面，還不覺得冷，現在，室內，剛脫下褲子，牙齒就上下磕了。

女醫生到我身上比了比，她的手瘦得像雞爪，說：「哎呀，都兩指了，才來。妳這個女人，怎麼沒把孩子生到地上。」

其他扔下撲克的年輕姑娘們就笑了。

「先開個床，去休息等著吧。」瘦手衝門外的孫衛東說。

「大夫，幾點能生？」孫衛東蹦出一句話。

「這可說不準，誰知妳媳婦好生不好生呢。別心疼錢，先辦個住院吧，怎麼也得住一宿兒。」

我穿好出來，看著孫衛東走向窗口的背影，他的步子很大，兩條腿一撇一捺，走得分外用力，向兩邊。孫衛東的母親也是這個步子，我常常不忍看。難道，我今天生出的孩子，無論小雪還是小冬，也是這個步伐嗎？

一個上午過去了，下午又過去了，這一天，一直覺得漲得透不過氣，具體哪兒漲，又說不出來。大姐小貞中午來過了，她看我一時半會還不生，就出去給我買了兩根麻花，說：「先不在這耗著了，生時再來。」這中間，我讓孫衛東去找母親，那時還沒有電話，一切通信，都是人力兩條腿。孫衛東跑得大汗淋漓，他回來，車子後面騎著我的母親。我擔心母親坐他車上摔了，雪硬了路就滑，孫衛東說一跤都沒摔。

女醫生們下午的時光依然用撲克打發，看看錶：「都快五點了，怎麼還不生？妳這肚子倒是結實。」再看看，四指了。「要下班了，這樣吧，打一針催產術。」

一針下去，我的疼痛開始了。

母親帶來了一鍋白水煮雞蛋，都剝好了皮，一個一個擺在碗裡，用熱水泡上，溫著。看我一直出汗，母親說先吃點吧，可別把力氣都流沒了，生孩子是要用勁的。

母親用勺子，挖下一塊，餵到我嘴裡一塊，沒滋沒味，好難吃。我記得我從小長大，就怕吃白水雞蛋，尤其是蛋黃兒。母親說一定要吃，只有雞蛋最壯力。

一個沒吃完，我就要嘔吐了。眼淚是一茬一茬浸出來的，有乾嘔的緣故，也有我心裡的難過。母親說：「留住兒，現在你們只生一個，還這樣委屈。媽生了你們十幾個，個個都是這樣來的。兒的生日，娘的苦日，這下明白了吧。」

母親的話讓我想笑了，因為「罩杯」事件，我一直記仇，有好長時間都不跟她叫媽媽，實在有話要說，就等她轉身。連和孫衛東結婚，都是賭氣的結果。我、娟紅、小鳳，我們都不是為了愛情而結婚。母親說過當初她離開家庭，草草出嫁，是因為姥姥。後來的我們，又有哪個不是為了離開家庭呢。

現在，母親托著我的頭，餵我吃雞蛋。窗外的雪更大了，我能看到衝我腳的方向，有一塊全碎的玻璃用草簾子堵著。母親說：「養小子不如養姑娘，小子太淘，妳看那玻璃，肯定都是他們幹的。小子小時候讓妳操心，長大了讓妳傷心。留住兒，妳要是命好，就生個姑娘吧。還是女兒貼心。妳看現在，就妳大姐小貞疼我。」

「女兒是媽的貼身小棉襖。」

母親的嘮叨，讓我減緩了疼痛。我閉上眼睛，堅持用汗水，替代淚水；用身體的緊繃，抑制住神經的疼痛。也就幾分鐘，緩緩的漲痛又升級為劇烈的撕痛、悶痛，直逼腦髓，又轉入心底，衝出心尖，手尖，腳尖……。我的身體鯉魚一樣打挺，母親說：「別用蠻力，聽媽的。一會兒我讓妳使勁，妳再使。」女醫生守在下面，只說：「咋還不出來呢？咋還不出來呢？都看到頭髮了——」母親比醫生更有經驗，也專業，她說：「留住兒，妳睜開眼睛，把這個雞蛋吃下，蓄一口勁兒，對。等媽說一二三——好，用力——就這樣，一二三，使勁——」

「哇兒——」小雪終於降生了。我的身體剎那間輕鬆通透，啊，上帝，好舒服。

然後就冷得發抖。

小雪是五點一刻被拉出來的，若按時辰來批八字，小雪的命運，就被這幫急著下班的人，給改寫了。女醫生走時，還叮囑我們住一宿兒，別心疼那幾個錢。母親讓毫無準備的孫衛東回家拿被子、褥子，挑厚的，全拿來。這時候，大姐小貞也來了，她包裡是兩隻灌了熱水的葡萄糖瓶子。「怕她冷，當暖水袋用。」

瓶子放進被窩兒，暖和多了。小貞說要不她還能早來，工商那個混蛋，沒事找茬兒，硬想訛她一條秋褲。「那是新上的一批貨，可好賣了，全指著它掙錢呢，憑什麼白給他。他想勒索，磨牙，我不慣著他！」

母親說：「小貞啊，妳公公是廠長，妳丈夫還是車間主任，妳們家的日子又不缺妳撓巴，妳天天拚什麼命呢？就是妳啥也不幹，照樣有房住有飯吃啊。」

「沒辦法，啥人啥命。我就是幹活的命，從小打下的底兒，改不了了。」

小貞都當媽了，也養兒了，也知父母恩了，可是跟母親說起話，還是不忘舊怨。心裡咋疼母親，嘴上都是風刀霜劍嚴相逼的。母親知道她這個毛病，只用手指像姥姥曾經點她一樣，到大姐小貞的頭上點一下。這一戳，母女都幸福。

# 第十八章

## 1

小雪一歲的時候，她的表姐，小蓉也一歲了。小鳳近視，她每次給孩子剪指甲，都像鑑賞家看珍稀古玩一樣，拿到眼前，摸了又摸，看了又看。捏摸半天，來一下子。她婆婆看著小鳳的樣子，又好氣又好笑。小鳳說：「這沒什麼好笑的，要是妳閨女，妳就不笑了。」

小鳳讀書把眼睛讀成了高度近視，也只上了個中專。中專畢業，車間技術員，結婚生子，當了一年家庭婦女。那段日子，是她和婆婆朝夕相處，也是她和她婆婆共同難熬的一段日子。小鳳進廚房，她能一腳把三個柿子踩爛；小鳳端菜湯，看不見腳下，被什麼一絆，她的一盆湯全扣給了公公。小鳳還能把手中的瓜籽皮嗑得紛飛如雨，然後拿笤帚掃的時候，儘管她把眼睛都快貼到了地面上，還是丟三落四，她掃過，婆婆再掃，掃完也不端給她看，給兒子趙小光看。婆婆說：「她就算是個中專生，又歪脖子又近視的，你看連個地都掃不乾淨，不是廢物嘛。這個生，那個生，有什麼用？」

趙小光說：「媽，她好歹比我工資高。」

「高出幾個錢兒？兒子，女人你挑不好，吃苦頭的日子在後邊呢。」

小蓉六歲的時候，剛上小學，小鳳就一天一天不著家了。眼不見心不煩，她說這樣兩方便。多數的時候，她跟休班的女工們打麻將，那些有了麻將癮的女工，機器旁、麻將場，一直在打哈欠，她們太睏了。小鳳也睏，可是比起在家，她精神頭兒還是很足，她覺得這樣生活快樂。婆婆問她：「劉鳳玉，過日子，有妳這麼個過法？」

小鳳說：「妳方便，我方便，大家都方便。」

有一天小鳳半夜回來，婆婆在窗前看到跟她分手的男人不是兒子，第二天，婆婆跟趙小光說：「懶點，瞎點，脖子歪點，我們也認了。她怎麼還——還——還敢這麼幹？那男人眼瞎了嗎，跟她劉鳳玉這樣地勾勾搭搭？」

「媽，妳別總挑小鳳的不是了，妳不知道，她挺顧家的。」

趙小光說的小鳳顧家，是指她隔三差五，用飯盒從廠裡裝回一塊棉布。那棉布，薄而柔軟，廠裡已從女工們的褲腰裡、胸脯裡、腿綁上，搜出過各種各樣的布料，現在，小鳳心眼多，她又用飯盒，開始偷布了。天天上班帶飯，飯盒出來拿得大搖大擺，保安忽略了飯盒。

小鳳把拿回的棉布，變成了女兒的書包、趙小光的秋褲，還有她自己的睡衣、背心。經常搗騰，家裡省下不少錢呢。跟婆婆關係不好，她才沒有惠顧於她。

小鳳跟母親說：「媽，別看我在省城，一聽說是大城市人。哼，那日子，不是什麼好過的。五口人，大熱天，一個廳裡吃飯。其實所謂的廳兒也就是一小走廊。人擠人，公公光著膀子，穿個大褲衩，下面還露著兩根麻桿兒一樣的細腿，左一趟，右一趟，你根本吃不下飯！」

「她奶奶，天天耷拉著眼皮，臉拉得跟驢一樣長，就像我欠她多少錢似的。這樣的日子，我不嫌他們，他們還老是挑我，走道聲大了，睡覺太晚了。老妖精還唆使兒子跟我離婚呢。」

母親說：「小鳳兒，妳千萬別走妳二姐娟紅的老路，她離了，雖然有吃有喝，還有那麼好的工作，可是她不快樂。女人沒日子，心裡就高興不起來。妳還不如娟紅，吃、住、工作，妳哪樣兒能跟娟紅比？」

「不差這個，我早不跟他家過了。」

「是呀。那麼大的城市，妳沒房子住，怎麼活呀。如果能回媽這兒，北林，小鎮子，那當然好。可是妳的工作怎麼辦？這麼早，妳也不能退休呢。好好想想吧，人家哪兒不滿意，妳就改哪兒。改了好好過日子。」

「媽，妳以為現在是舊社會呢，媳婦要受婆婆的氣，沒門兒。她給我驢臉，我還給她馬臉呢，看誰瞧得過誰！」

小鳳跟婆婆的惡化是從二毛廠出了麻煩，說被一家什麼日本人的公司給承包了，也叫買斷，兼併。還有人說叫合資。年輕的資本家叫川口一郎，他說他爺爺當年在中國待過，對中國有感情。這個對中國有感情的日本後人，給小鳳她們女工每人三萬塊，一次了斷，以後誰也不找誰。有些工人願意上班，不願意一次拿完這買命錢，可是那個年輕資本家說：「妳們懂什麼叫磨洋工嗎？我懂，嘿嘿，我爺爺說過就怕妳們磨洋工。」

廠裡的工人全部散夥，這下可趁了小鳳的心，再也不用上那黑白不分的三班、五班倒了，打麻將成了她全部的日子。既然不上班，就該在家做些家務，婆婆命令她別走，把全家的衣服洗出來。

小鳳說：「妳以為妳是黃世仁他媽呢，新社會了，憑什麼我要伺候你們一家子。」

「我給妳帶孩子了，咱們工換工，也該妳做。」

「那是妳願意的。」

隔長不短，趙小光就背負著母親的使命，來家裡告小鳳的狀，他歷數小鳳的種種不是，還有他母親的氣病、氣倒。趙小光說：「小鳳現在還有人樣兒嗎，當然我不是說她的殘疾，我是說，她還像個妻子、母親嗎？就是那些一點臉都不要的糙老爺們兒，也沒她這麼胡混、混不論的呀。廠裡分那倆錢兒，都讓她拿去賭了。孩子天天也不管，她現在連個班兒上都沒有，可是從白天到晚上，你根本見不著她影兒！」

「醜話我可跟你們說在前邊，將來她被抓起來了，或人沒了，可別找我要。」趙小光人蔫，說話卻蔫中帶硬，又噎人又有威懾力。

母親嘆氣：「這小鳳哪還像我的孩子啊，幾年省城，怎麼就成了這樣呢？當年的小鳳，多好的孩子，糊火柴盒，別人五百，她一千都做出來了，兩隻小手比機器還快，從不喊苦喊累，偷懶兒藏奸更不是她幹的。那時候，幾個姑娘裡數她最老實、最勤勞。小貞能幹，但嘴不好。娟紅、留住、英子都倆不頂一個。就小鳳，老黃牛一樣。這改革開放，怎麼把人開成了這樣呢？」

趙小光沒接母親的茬兒，他重新嘆了口氣，說：「俗話說好賭不嫖，妳是丈母娘，我都不好意思跟妳說，那小鳳，是賭嫖兼具。一個女人，像突然發了淫瘋，唉呀，我都沒法說了——」趙小光說沒法說，他也沒少說，他把小鳳在麻將桌上、麻將桌下、胡同口、自家樓下，一樁樁，一件件，母親聽到後來，自己搧了自己一個小嘴巴——「做了孽喲！」趙小光才停了嘴。

母親後來，讓我跟小鳳談談。母親說：「妳們倆年齡差得近，說話好接受，妳勸勸妳姐吧。」

其實我非常理解小鳳，她突然像個女色鬼，跟她的成長有關。少年微疾，少沐浴追慕者的目光；紡織學校，清一色兒雌性，還都是歪瓜裂棗檔的。畢了業，毛紡廠，又是一車間一車間的女工。泡在女人堆兒裡，長期的，幾十年如一日，小鳳就像蹲過監牢的女囚，肯定患上情感心理精神飢渴綜合症了。打上麻將後，她像魚兒游進了大海，一下子漂進男人的海洋。輸錢、贏錢，小鳳也許不在乎，她樂得的，是那些痛痛快快的男人。

趙小光走時，媽都沒叫，只說：「回去吧，回去吧。」

看來他也不打算好了，並不是來治病救人的。

## 2

英子是我最小的妹妹，英子的終生理想，是當一回妻子。有名有份、有花車、有洞房的妻子。但直到她三十五歲，這個理想也沒能實現。沒實現不是說她一直單身，不是的，英子找過無數對象，每個對象也都積極地要跟英子結婚，結婚的日子不像日子，像臨時搭夥的跑腿兒，沒有多久也就散了。

英子的眼睛像娟紅，皮膚像母親，初打眼，英子算個美人。細看，英子有不足之處，也就是人的面相上缺福的地方，耳薄，鼻短。卦攤兒的說，英子臉上的風水給她帶來了坎坷。

英子十六歲時，她同班同學，一個花花公子，帶她私奔了。她們的出逃，把母親跑出了心臟病，那是我成長十幾年，第一次看到人能因上火而癱倒。待倆月後，英子一個人回來了，他們跑去了哈爾濱，錢不夠花，行騙，詐騙罪，少年犯進了監獄。英子屬於不知情，沒抓她，她就回來了。

她回後，母親什麼也沒說，英子瘦弱的身材，讓母親眼睛紅了很久。再上學，不可能了，就業，就英子這一把骨頭，她能幹什麼呢？英子休養了一段，氣色好些，容顏也漂亮了。英子說：「媽，北林鎮子太小了，妳當初在哈爾濱，多好啊，為什麼要跑到北林這小鎮，一住下就不走了呢？」

「不是有妳們這幫崽兒了嘛。」

「是因有我爸爸吧。」

「當時可不是鬼迷心竅嘛。」

是的，也許正因母親也有過情竇初開，不顧一切，才原諒了英子，沒有對她進行大規模的懲處，暴怒。除了隱痛，就是過來人明白日子後的悲哀。

見過一點世面的英子，是不會甘心再在北林待下去的，這一點，母親明白。她想來想去，決定陪英子一同到哈爾濱，見見姥姥。這些年，母親跟姥姥，就像兩個國家——建交，合作；合作，分裂；談判，磋商；翻臉，拍桌子。但不管怎樣，主動權永遠掌握在母親的手裡，她就像強勢的美國，只要她伸出橄欖枝兒，姥姥那一方馬上是樂呵呵的笑臉和小手。對這一點，母親心裡有數兒。但她也知道，姥姥對她的慣溺，那是因為她是她的女兒，養女，而對這些小外孫女，姥姥就沒什麼感情了。姥姥不喜歡女孩，她一直管她們叫丫頭，母親不喜歡聽這樣的稱呼，為此還和姥姥大爭大吵過。姥姥說：「有什麼了不起，拿錢，供妳念幾天書，跟我咬文嚼字，磕起來了？丫頭、閨女的，有什麼區別，不都是女的！沒長把吧，叫小子行嗎？」

姥姥的愚頑讓母親拂袖而去，她抄起自己的松花江帆布包，那裡面有她兩套換洗，原本，她是打算多住些日子的。她要趁姥姥心情好，打聽打聽自己的身世。還沒進入正題，說閒話，姥姥說她養了那麼些丫頭，有什麼用！兩人就不歡而散了。

每次回來，母親都說：「我再也沒有這個媽！」

但現在，為了英子，母親決定再一次去哈爾濱，親自出馬，降低姿態。

姥姥的為人，多數時候顯得是心硬的、無情的，這自然有她滿堂春的遺跡，一個妓女，天天動感情，發大善，那堂子還怎麼開？但她對母親，這個養女，始終是慣著的、溺愛的。母親也知道姥姥不是大惡之人，這一點她有絕對的肯定。母親說：「妳姥姥最沒主意了，架不了三句好話，除了能對付妳姥爺，別的沒什麼能耐。」

母親說：「媽，妳也知道，小鳳當初，住在大犢子家，他是願意了，可那朱米蘭，多堵心，給小鳳受了多少氣。人家不行。英子要來哈爾濱，我看就讓她住妳家吧，跟妳也就個伴兒。」

「我可不缺伴兒，一個人挺好，清靜。」

「怎麼也是個支會兒啊，親外孫女，又不坑妳。不像外人，拿十塊錢買點心，人家得賺妳五塊多，一多半兒。」

「我認。誰讓我養的閨女只認漢子，跟娘不親吶。哈爾濱這麼好，她不待，非糗到那小山旮旯裡，扶她客廳進，她往驢棚鑽。沒辦法呀。命不好吶。」姥姥長嘆一聲。

母親笑了，她知道按這個話題順，姥姥又要算陳年老帳了。

母親說：「媽，妳不也說了嘛，人都是輩輩兒往下疼。不這樣，就都斷子絕孫了。英子最小，是老閨女，身子骨又弱，不照顧照顧她，她就完了。為了孩子，我這不是來求妳了嘛。」

「我知道妳，沒英子的事兒，妳腳步兒都不送，心裡早沒我這個媽了。」

母親趁熱打鐵，拿出大帆布包裡背的豬蹄、豬耳、豬心肝兒，都是姥姥愛吃的。母親說：「這都是慶林拾綴的，烀到大半夜呢，說妳牙不好，烀得可爛乎了。他讓我背來孝敬妳。媽，不但我心裡有妳，慶林也惦著妳呢。」

「嗯。妳那個女婿，還算行，比妳厚道。」

接下來，母親就一連聲地叫媽了：「媽，我給妳拆拆被子吧。」「媽，我幫妳燒上熱水好好擦擦澡吧。」「媽，我給妳……。」母親能體味出姥姥聽到「媽」之後，那開花兒的心臟。小時候，姥姥曾舉著一塊好吃的，讓她一疊聲地叫了十聲媽。那是母親病癒之後，姥姥驚恐之餘。孩子叫出那一聲「媽媽」，那是姥姥母性的證明，也是她女性的享受啊。

「連生，不要再逼我找妳的親媽了。」優勢的姥姥，先拿主動權。

「找啊，怎麼不找，一輩子都不知自己哪來的，多憋屈。」母親不軟不硬地說。

「好，妳找去，滿哈爾濱，大街上，妳不嫌寒磣，就挨個問吧。妳就問，你們誰是我爹，誰是我娘，看能不能問出來。」

「媽，妳都這麼大歲數了，說話怎麼還這麼損呢。誰會滿天下問誰是我爹娘呢。」

「妳不是要找嘛。」

「妳說給我實話我不就不找了嘛。」

「英子，把妳爸劈好的那捆明子，也拿進來，看看引火好不好用。」母親不再跟姥姥續舊茬兒，這個話題永遠都是沒有結果。今天再說下去，僵了就難以收場，英子的事還沒安妥。母親張羅做飯了。姥姥的房子，還是道外區的老樓，燒火做飯全靠爐子，引煤和木柴必須用上好的明子。明子是純松油的，剁好成一小截一小截，這是父親在貯木廠，特意給姥姥備下的。

看著熊熊燃起的爐火，姥姥說：「慶林就是比妳強，長心。」

母親不再討論，少女一樣做個鬼臉，算是休戰。接下來的幾天，姥姥、母親、英子，三代女人其樂融融。這時的最後一任姥爺，醫院的鍋爐工，已經去世。七十多歲的姥姥，每月有政府照顧，手裡還有些餘錢，沒有再找老頭兒，真正地，過起一個老女人的日子了。

英子在給姥姥買點心回來的路上，追上來一個男人，英俊高大，臉盤周正得像電影上的英雄。他表示喜歡英子，想跟英子交個朋友。英子也喜歡他，他們很快就談上了。談上後，才知道，男人還沒離婚，有老婆。但是男人說，他正準備離，離的理由，具那個時代特色，老婆是母老虎，不溫柔。英子只在姥姥家生活了三天，她心裡就膩了，她覺得姥姥的習慣很怪異，比如晚上洗屁股，嘩啦嘩啦，天天不落，有那必要嘛，水還要由英子來倒。還有那雙小腳，又臭又恐怖，聞不得，也看不得，太嚇人。半夜裡，姥姥那雙摸過這兒那兒的手，還用來吃點心，邊吃邊接掉渣兒的酥皮兒，再一揚手，都倒進嘴裡。英子覺得尿都出來了。現在好了，高大男人說願意跟英子一起生活，她就從姥姥家，搬出來。江北房租便宜，她跟男人，在江北租下房子，邊過日子，邊等男人離婚了。

婚沒離成，日子過不下去。彈盡糧絕，沒米下鍋時，男人就沒影了。

英子沒辦法，她出來找工作。工作的第一家，是一鋪小飯店。冬天裡，英子不但端菜，還要洗碗、涮池子。冰冷的水，油膩的碗，英子的小手很快爛成了蘿蔔。那個跛腳的廚師，遞給英子一副橡膠手套，英子的手得救了。

廚子說，那是他自費，從大老遠的商店，買來的。膠厚，不破，不傷手。

英子和小兒麻痹症的廚子相好了。

廚子家一居室，父母姐妹一大幫，英子的婚床，是過廳的廊裡，搭出的一塊木板。

知道英子嫁了個瘸子的時候，母親的心臟病又犯了，這一次差點沒要她的命。母親醒後，用那隻拳頭，捶向了自己的心窩：「命啊，這就是命。」

不到三十的英子，也信命了。因為在她憧憬婚禮，開始新生活的日子裡，一天有人吃飯不給錢，瘸子丈夫掂著菜刀出來解決問題，把那人砍了。他要永遠蹲大牢了。

英子悲哀地想，她曾經拿找個好男人當成畢生的事業，可是經歷了這麼多，卻連一場婚禮都沒有。英子明白，是自己把自己太賤賣，才沒有婚紗，沒有花車，同樣，也沒有一次真正意義上的洞房。英子可能永遠都不知洞房花燭夜的滋味了。

英子開始吃素，她說她這是帶髮修行，算俗家姑子。

# 第十九章

## 1

三寶跟史大梅談婚論嫁的時候，母親的心情，已經像更年期一樣不好了。她跟三寶公開翻臉三次，背後翻臉無數次。爭端是從史家的彩禮要一隻手錶開始，三寶戀上愛後，幾乎每晚，都不再按時回家。有時是大梅給他帶飯，有時是大梅把他領回家。開始幾次，母親還覺得挺好，呵，少了一口人吃飯，又省錢又省事兒。時間長了，母親受不了了，她說：「我養大的兒子，怎麼就跑別人家認親媽去了。我一把屎一把尿拉扯大的，卻給丈母娘天天盡孝。哪有這個理兒！」

矛盾的開始是臉色，後來是口角，再後來，口中吐出的都相當於子彈，戰爭就怕交火，一旦交惡，接下來的峰火便是家常便飯。三寶認為母親太小氣，娶兒媳婦心疼錢，這些年，他掙的錢全都交給家裡了，貢獻還小嗎？「你當媽的平時是怎麼說的？怎麼到了事兒上，也跟那些當官兒的似的，說一套，做一套呢。嘴上高喊口號，說我三寶有功勞，平時對這個家赤膽忠心，怎麼一動真格的，拿點行動，就割肉難受了呢。」

母親被噎得直打嗝兒，臉都氣紅了。但她不直接跟三寶討論「割肉」難不難受的問題，她從大局入手，統攬著來說。母親說：「你是老三，上面兩個哥哥，下面一堆弟妹。你哥他倆娶媳婦，都是打打傢俱，做做被褥，給媳婦買兩套衣裳，也就完了。哪有一開口就要梅花錶的？那可不是一般的錶，三百九，數兒小嗎？值咱家半個房子錢。給你買了，將來五寶、六寶怎麼辦？也讓他們跟你學嗎？你大哥、二哥，人家的媳婦回頭再讓咱們給補嗎？」

「一視同仁，你多念了幾天的書，總跟我講一視同仁，大家平等。現在，你給我出了這麼大個難題，這麼特殊，以後我怎麼一視同仁呢？」

「就是共產黨那些打過天下的老幹部，也是維護江山，保江山，沒有居功自傲搞特權的啊。這些年，你掙的錢是交給家了，可是你不吃不喝嗎？不穿不戴嗎？史大梅，要塊錶可以，非要梅花幹什麼，上海的不行嗎？對不起她史大梅？再說了，那麼高個大個子，戴塊梅花小坤錶，也不協調啊。我看上海牌的就行。」

三寶也被窩囊得不輕，他用眼睛看了母親足有三分鐘。母親說：「看吧，為了媳婦，要用眼睛吃我了。這就是養兒的好處。」

按往常，母親該掉淚了。但是現在她不掉了，她知道她的眼淚得不到三寶的同情，三寶心裡現在只有史大梅。

三寶把眼睛望向了天，屋頂隔著，只有屋頂。三寶就兩眼向上翻著看屋頂。三寶的眼睛大而明亮，他向上看的時候，淚水卻嘩嘩嘩地下落了。

母親說：「三寶，我知道你為什麼哭，你是覺得委屈。是，這麼多年，你對家忠心耿耿，除了工資，還往家裡沒少搗騰東西。知道我喜歡特一餃子粉，給領導送的時候，也沒忘給家裡卸一袋；領導家送油，家裡也是成桶的。過年過節，沒少顧家，要是折錢，也不少錢呢。你覺得你比你兩個哥哥貢獻大。」

「但是你想一想，你守家在地啊，你比他們有便利。你大哥、二哥，誰不是有一分熱發一分光呢。他們都結婚了，還背著媳婦偷偷往家郵錢呢。上次你大哥回來，看他穿那破了幾個洞的背心，我心那個難受啊。」母親眼圈也紅了。

「自從你認識了史大梅，心裡就沒我這個娘了，眼裡也沒有弟弟妹妹了，下班回家根本沒心思理他們。你可記得當初，你下班回來，他們是怎麼圍著你轉，跟你鬧著玩兒……。那時，他們對你可是比你爸還親呢，可是現在，你知道他們多傷心嗎？……」三寶的眼睛放了下來，他的淚水變成一對對了。

是母親抬出了群眾，廣大人民，讓三寶低下了頭。

「不是要錢買錶，你小子今晚都不見得回來。」母親又說。

三寶終於開口：「媽，實在不行，就買『上海』吧。」

「有你這句話，三寶，媽還非給你買『梅花』不可，讓你堵住你媳婦的嘴。」

「你小子有骨氣，敢說句硬話，多花二百，媽心裡也亮堂。」

至此，矛盾應該解決了。可是第二天，史大梅家又提出了新要求，讓三寶轉達：四套被子變成六套，兩套衣服之上再增加兩套。這叫六六大順，四通八達。

母親一聽就火了：「六套，四套，她家要開被子服裝廠嗎？這是聘姑娘還是賣姑娘呢？論的斤兒還是論的堆兒？買菜一堆戳包圓了還得另議價兒呢。」

「你小子既然這麼熊，她家說啥你就回來傳聖旨，那好，你也去傳給她家，這婚，我們不結了，結不起！」

後來，矛盾上報給二寶，鐵民。多年來，只要家裡有了爭端，相持不下的問題，就會寫信告訴二寶，母親的書沒有白讀，她在信裡，有敘述，有議論，有危情，一個風雨欲摧的受害政權形象。二寶有時是風塵僕僕趕回家，有時是書信。看問題的大小，也看二寶當時的工作和生活，能不能脫得開。二寶相當於聯合國安理會，但他的言詞要比安理會強硬和難聽得多。當初娟紅不聽話，他在信上把她臭罵了一頓，罵得娟紅無地自容，號啕大哭。

二寶的信裡問她：「妳以為妳是皇姑嗎？妳知不知道咱爸一個老工人，咱媽不過一家庭婦女，能養妳長大，不讓妳餓死，已是燒高香了。沒我和大哥往家寄錢，妳有命沒命都難說。想幹什麼就幹什麼，天下事盡著妳挑，跟人家當官兒的子女相比，不知天高地厚！記住，以後凡事要有自知之明！」

這些年，二寶已經相當於母親的軍師、參謀、高級顧問了，只要家裡有了難事、大事，大寶那裡，是只出錢，不出話，不表態。他用高貴的緘默，保持他當初對母親「生個沒完」的蔑視。而二寶，確實還像小時候幫助母親分憂解難，肯給弟妹洗尿布一樣，繼續揩屁股。母親有了問題就請回二寶，二寶是她的最高法院，法官回來後，劈頭蓋臉，先給被告方一頓責問：「你長大了，翅膀硬了，能氣媽和爸了？你才長大幾天啊，沒有我和大哥，月月往家郵錢，你能長大？餓死吧。怎麼著，我們還沒跟媽頂嘴，你小崽子炸刺兒裝大爺了？孝以順為先，天下無不是的父母。一切順著她。告訴你，以後再聽媽說誰氣她了，過年回來，別說我不客氣！」

二寶的不客氣，就是過年回來，帶的兩大箱禮物中，沒這人的份兒。二寶每年，都把單位發的工作服，換成弟妹能穿的小碼，他自己，幾年了還是那套，反正工裝也不要求新舊，能應付就行。二寶回來的禮物箱裡有兩寶，一是他的大頭鞋，翻毛的，確實棒，五寶最先有過一雙，穿在腳上，有美國兵的氣派，底厚，幫兒硬，毛面也好看。一腳出去，天下無敵，能踢折一條腿。二是制服大衣，深藍滌卡面，那都是按軍工標準製作的，穿在身上好不威風。二寶還曾給兩個弟弟買過昂貴的冰刀鞋、收錄機。應該說二寶在弟妹面前是有權威的。二寶說：「疼你們可以，不本份，給劉家丟人，這我可不慣著你們。」

每次回來，不等開口，五寶、六寶都嚇蔫了，幾天都是耷拉著腦袋，怕媽又告了他們的狀。二寶的威力相當於中央巡視組。三寶和母親的矛盾報上來後，他沒有急火火趕回家。三弟要結婚了，已經是一個成年人，要給予平等、尊重，連喊帶嚇唬，不行了。自己的身份主要是起斡旋作用。蘇麗已經拎著他的耳朵告誡他幾次了：「不要那麼傻，弟妹都讓你得罪光了，他們已經長大，爸媽還能活幾天？你當這個惡人，一個一個打擊，一個一個樹敵。兩邊勸勸，消消氣，理解理解，也就行了。你看人家安理會，真正得罪過誰，得罪得起誰，也就是和事佬兒，才能顯出你的高明。」

二寶聽了媳婦的良言，對三寶的勸誡一改往日風格，他說：「你別著急，等我勸勸咱媽。」二寶語重心長，教導母親：「媽，生氣是生氣，該花錢還得花，兒子娶媳婦嘛，當地有這個風俗，也別讓三寶太抬不起頭。梅花錶妳給他買上，妳兒子這麼大了，不就張這一次口嗎？至於被子、衣服，剩下的困難，還有我和我哥呢，我們想辦法！」

二寶的表態，讓母親鬆了一口氣，同時又傷心落淚。「這個三寶，從前最聽話，跟這個家也一心一意。那時我把他當老兒子養（北林的「老兒子」、「老姑娘」說的都是最受父母疼的最小孩子）。都長到二十歲了，褲衩子還是我給他洗。你也知道，他受過驚嚇，身體不好，那幾年，為了孔令美一事，蔫得小老頭似的。陽春三月，他還穿著厚厚的棉衣，戴帽子，走道兒腳下一點聲兒都沒有。三天兩頭，吐的痰裡就有血絲。我那個揪心啊。小貞住院，咱家已經掏空了。他又病，你知道我是用什麼法子給他治的病嘛，那可是你妹妹們的胞衣啊。給偏方的老頭兒還要了我二十塊錢呢。晾乾，焙熟，擀成碎沫，拌芝麻、白糖，都是我親手給他一點一點碾，將就了他一條小命兒。有了媳婦，就比狼還狠了。」

「不會的，媽。妳想開些。歷史上各個國家，也是分久必合，合久必分，符合事物的規律。等三寶過了這個階段，他就知道誰親誰後、誰遠誰近了。」

「也是，等他養了兒，睡不著覺時自己摸摸胸口吧。」

## 2

姥姥的好姐妹，劉蘭香奶奶，成了我們家永久的借貸銀行，而且不用付利息。給史大梅買梅花錶的三百九十塊錢裡，有二百，是借劉奶奶的。

母親的箱子底，是她的保險櫃。晚上，拉上窗簾，屋裡只有父親，母親才捨得打開，翻揀。來來回回數了幾遍，十元十元的一沓錢裡，沒超出二百。另有一枚銀元，也叫袁大頭，這個能賣多少錢，母親不知道，她也捨不得再賣。還有一個黃燦燦的金鎦子，那是姥姥給她的傳家寶，十幾歲就戴著了，她才不會用自己的母親換一個她並不喜歡的兒媳婦呢。

母親已經跟父親抱怨多少回了：「越典越當，越賣越窮。裘皮大氅和玉鐲，救小貞的命，沒辦法。救命可以典當、變賣，這娶媳婦，又不是火上房，有多多娶，有少少用，她自己又是願意的，憑什麼還要逼我們老命吶。」

母親那個晚上跟父親擺弄來擺弄去，說：「看來，只有再跟蘭香嬸張嘴了。」

父親想嘆一口氣，嘴彎了彎，把嘆氣又憋噝回去了。他知道，如果出了聲，母親會借題發揮，說他養出來的好兒子，這樣逼命，他連句硬話都不敢說。

父親的罪名是「老好人兒」。誰都不得罪，兩邊買好兒。

父親不吱聲，不表態，他就不用擔責任。事情最後走向哪裡，什麼結果，他都只是看著，聽著，不專權，也不負責。就說明天要去腆著臉跟人家張口借錢的事，打死他他也不會去的。這個重任，只有落到母親肩上，由她親自出馬。借得回借不回、借完了用什麼還，他一概懶得操心。

母親借錢那天，帶了兩個兵，我和小鳳。我們抬著一籃子剛從菜園裡摘下的黃瓜，頂花帶刺兒，又備上母親手工製作的雞蛋韭菜盒子（母親的拿手食譜），開赴劉奶奶家了。感激的話，時令青菜，包餃子，包盒子，這就是母親支付給劉奶奶的人情利息。那天蘭香奶奶正和她的老伴吃早餐，牛奶油條，奶味的飄香和油條的金黃讓母親泛起了久遠的口水，這樣上等的早餐，是她久違的。一堆孩子，一大家子人，牛奶？油條？早被棒子麵、大餅子取代多少年了。棒子麵、稀粥，清湯寡味，這就是她有孩子後的日子。

劉奶奶沒有讓母親太為難，不等母親開口，她就說：「小麗君家那麼忙，親自來了，準有事兒。借錢吧，沒事，我和妳蘭香叔剛發工資，用多少，說話。」

母親一句話沒說，眼裡哽出了淚。

「不用難過，我跟妳媽一樣，這麼多年了妳還不知道我嘛。」

那天走時，母親不但拿到了二百塊錢，還允許我們接了劉奶奶給筐裡抓進去的一把山丁子、一塊熟肉。還有兩根未吃完的油條，我和小鳳，一人一根，邊走邊吃了。

「沒兒沒女活神仙呢！」母親回來，就發出了這樣的感慨，「當初那個大犢子讓我別生，說生多了沒用，徒添勞累（母親沒說大寶的原話，大寶的原意是生多了孩子，大人、孩子都不得好兒。母親現在只強調她的不得好了），可我不聽，還跟他結了仇。怎麼樣，這麼快就現世報了。這麼多年，苦巴苦熬，省吃省喝，盼你們別生病，供你們都讀書，望你們早成人。成人了，完事了嗎？沒有。成人了還是你的要帳鬼，還是你的債權人。你該他的，欠他的，要欠一輩子。買『上海』的都不行，要『梅花』，我這個欠帳的就腆著老臉東借西湊，活該呀，我連個孩子都不如，還沒孩子有遠見呢，生你們像生出了癮似的，見一個喜歡一個，見了倆喜歡一雙。結果怎麼樣呢，一堆狼崽子，喝乾了血不算，還要吃肉，啃骨頭。你說你們喝血怎麼就不嫌腥呢。」

母親坐在炕沿兒上，她的數落，其實主要是針對三寶的。「你姥姥一輩子沒兒沒女，吃香喝辣；你劉奶奶沒子沒孫，掙了錢全由自個兒花。我和你爸，唉，這輩子，是上兒女的當了，當初真該聽那大犢子的話呀。」

史大梅戴上梅花錶那天，晚飯是來我家吃的。飯桌上，清湯寡水，包穀麵大餅子。娟紅說：「又是大餅子，難吃死了。」母親說：「難吃有什麼辦法，給你哥攢媳婦呢。」

因為戴上了錶，母親的話裡有骨頭，三寶和大梅都原諒了她。史大梅特意晾出胳膊，說：「媽，」她已改口叫媽了，「錶我買了，你看看。」

母親勉強看了一眼，那一眼，強顏歡笑，比哭難看。嘴上說著「好好，挺好，是不錯」，就趕緊低下頭喝粥了，她怕自己沁紅了眼。

後來三寶又一次跟母親口角爭鋒時，他提到這一細節：「媽，妳以為我沒看出來嘛，那天大梅晾出胳膊給你看，妳差點哭嘍。別不承認。」

婚前是兩個階級，婚後就是敵我了。史大梅說：「我知道妳，當初勸妳兒子別跟我好，說我長得太高，腳板太大，說我……。人家孔令美好，哪兒都好，可是人家不願意吶。人家就嫌你們這個家窮啊。是我將就了劉鐵良。」

「妳不將就他，鐵良也打不了光棍。上趕著的姑娘多得是。」

「上趕著的那麼多，劉鐵良怎麼還哭著、喊著要我跟他結婚？」

「大梅呀，別說硬話了。鐵良不哭喊，妳還能跟他散了嘛。是吧。就是我們家不幹了，妳媽也不同意呀，還不跟我拚了老命。」

這話打中了史大梅的七寸。

「呵，我知道妳難受，我奪了妳的兒子。」大梅也露出了決一死戰的冷笑。「有本事，就別讓妳兒子跟我結婚呀。娶媳婦，又花錢又失兒子的，讓鐵良跟妳過一輩子唄，多好。」史大梅也拿出了滾刀肉的作風，口裡含潑。

「史大梅，妳真是有娘養沒娘教啊。妳弟弟也長大了，這麼說，讓妳媽把他留家裡，跟妳媽過一輩子唄。」

「我媽不心疼娶兒媳婦花錢呢。」

「我心疼是這錢花得不值，打了水漂兒都不響。就是鐵良一分錢不花，妳也會自己夾著包走進我劉家的門。妳在鐵良身上耍了多少手腕兒，自己心裡最清楚！」

「妳血口噴人！」

「心虛了吧。」

「妳給我把話說明白！」

虛張聲勢，倒打一耙。

那一天，她們的交火很激烈，三寶回來的時候，史大梅正哭天搶地，形態非常不好，一點都不像國家機關的工作人員了。母親沒有哭，她的臉色格外地冷，她指著三寶，告訴他：「鐵良你聽好了，聽牢了，媳婦，給你娶完了，是好是孬你自己湊合著過吧。從今往後，咱們誰也不認識誰了，我不許史大梅再來登我的門。但是，你別以為從此就沒事兒了，你不是揭過你媽的短嗎，說我拐了你爸，自己單過。

單過是不假，可我們月月給你三爺錢花，年節都買米買油做衣裳。你也跟我學吧，贍養老人，是你的義務。月月給我十塊錢，再說了，打傢俱、做被褥、買煙酒錢，都是小貞從山上拿下的分紅，那也是她的嫁妝。小貞熬巴來的血汗，都添到你的日子裡了。你完婚了，再幫助你妹妹，也是應該的，你不是總跟我提男女平等嗎？」

母親的話說得平靜、鎮定，嚇住了史大梅的哭聲，她的眼淚沒了，眼睛變成了上下的橢圓兒。「要錢？媽呀，月月十塊供，這今後的日子怎麼過呀？」

「鐵良，」母親沒有再叫兒子「三寶」，她說，「你可以說不給，也可以到時候躲著不來，但是，你難不住我，你們不仁，也別怪當媽的不義。到時候你就等著我去局機關找你們領導吧。我讓他們看看，你們又是黨員又是幹部的，在家裡都是些什麼東西！」

## 3

因嫌紗帽小，致使鎖枷扛。婚後的三寶，腦袋低得更低了，精神頭兒也不足，他結婚五年，沒有孩子。經過檢查，是他的問題。三寶心如枯槁，他打算把精氣神兒，再轉移到工作上去，一酬壯志。

母親說：「三寶，『仰臉的老婆低頭漢，總算』。你年輕紀紀，天天算什麼呢？還想當那個官兒？就你這小身板，別鬧病，把小日子過好了，就不錯了。」

三寶說：「媽，你不知道啊，人活一口氣，樹活一張皮。我也三十的人了，一無所成，光『幹事』

就幹了十幾年，有這樣的嘛。我又不是不行，總這樣下去，別說同事，就連史大梅都會瞧不起我，跟我離婚。」

「再說了，我還能把『幹事』幹到老頭子嗎？你見過老頭子還做『幹事』的嗎？」

母親說：「『幹事』、『老頭』我不管，我只問你，那官兒，那副科級，不是都搶破頭嗎？你不也為此使了多少年的勁嗎。算計來算計去，把腦漿子累壞了，多不值啊。」

「命不好，時運不濟。天時地利人和都不占，沒辦法啊。」

「三寶，命裡九升九，難求一斗。非求那一斗，求全了，也許不是好事。你看你，身體多弱啊，老天讓你歇下來，是照顧你呢，給你個知會兒，讓你歇著。命裡有來終會有，命裡沒有勿強求。別掙巴了。」

「不掙巴心裡就快樂了？不快樂。媽，別的不說，妳月月跟我要供俸，怎麼不跟我大哥、二哥他們要呢？還不是看我沒能耐。」

三寶那天正是來給母親送十塊錢。

母親把錢推給了他，說：「你拿回去吧。我不要了。」

三寶又推回來。「媽，給妳妳就花。妳兒子沒出息，啥啥都不行。」

母親知道他是在說沒孩子的傷痛。

「你們倆，誰的問題呀。」

「當然是我了。」

「你不是說大梅流過產嗎？」

「那是從前，偶爾。結了婚，我就不行了。媽，以後妳也別跟史大梅較勁了，她不跟我離婚，就算燒高香了。哪個女人不想當母親呢。」

「三寶，你什麼時候得的這個病啊？」

「媽，你不記得小時候，我跟小貞賣針柴，去那人家裡取錢……」

「唉，媽真是粗心，只小心著姑娘別讓人禍害了，哪兒想到男孩子也有人下手呢。」

「我現在，根本就不算個男人。」

三寶是個除了陽萎，哪都好的男人。他喜歡洗衣服，每次洗時，他會把襪子先揀出來，手絹先揀出來，手絹、襪子主要是史大梅的。他用兩隻細長的手指，捏住襪跟兒，打上香皂，一上一下，奮力拚搓。有針對性地搓洗一陣兒，頑漬，腳跟兒上的黑印兒，就洗得發白，汰乾淨，晾乾後跟原來一樣了。同樣的辦法對付大梅的內褲，內褲頑漬比較頑強，他要捏住一點一點，搓洗很久，三寶的手不是鋤地的手，搓時間長了，兩個拇指，都是水泡。不過這樣手洗過後再機洗的效果就是好，大梅每次穿，都表揚他：「三寶，棒。」

三寶說：「洗衣服要學會分類，不會分類，又費水又費電，還洗不乾淨。領口、袖口、內褲褲襠、襪子襪跟兒，這是最考驗一個人洗衣服能力的地方。」大梅同意他的觀點，並一直支持他邊理論邊實踐。星期天，是三寶隆重洗衣的日子。

做飯、洗碗，也是三寶的拿手活兒。包括剖魚、刮豬肉皮、摘雞毛、清理廚地。三寶一樣一樣，能把廚房收拾得沒有一絲腥氣。做完這些，尚有餘閒的夜晚時光裡，三寶會給史大梅把熱水打上，讓她泡泡腳，然後三寶，才回屋看書了。

三寶看的書是《厚黑學》，他不甘心，他還想再拚一拚。上帝關上一扇門，也會為你再打開一扇窗。三寶居安思危，家庭生活看似風平浪靜，在它的下面，也許正風起浪湧。三寶決定除了家務，再用仕途，彌補一下自身的不足。

上班的路上，三寶勇敢地承擔起小馬拉大車的任務。冰天雪地，一輛二六型的小坤車，駕轅的是三寶，坐車的是大梅。大梅坐著，比前面的三寶還高出一頭。大梅把雙腿儘量地抬起，不然，就會杵到地面。冰天雪地，三寶不畏勞苦，咬牙，使勁——三寶的小馬拉大車形象，是母親難過的一道風景。

三寶是在三十五歲那年，弄上副科級的。不是在本團委，本團委始終沒有得到提拔，他趕上了來整黨的工作組。伊春市委整黨工作組，派駐北林局開展整黨工作。三寶還是因材料寫得好，被抽進工作組了。他當時的直接領導是個吳姓書記，吳書記覺得這個低頭走路的小夥子很有實幹精神，無論是寫材料還是馱老婆，都悶聲不響。

工作組在北林整材料就整了三年半，三寶天天的工作，就是一本一筆，跟吳書記記錄。然後夜晚整理。後來的日子裡，過年過節，史大梅提議把吳書記請到家裡，吳書記家在伊春，一人過節沒意思，來家裡喝喝酒，吃吃飯，不是有家的歡樂嘛。

史大梅人醜，但心眼兒比三寶活泛，她待吳書記就像待她的老領導，又熱情又誠懇，她差不多是拿出了阿慶嫂的作風，除了「全憑嘴一張」，還動手動腳，幹活麻利，四個菜炒好了，酒盅也倒上了，她人就解下圍裙，一屁股跨到炕沿邊兒了。三人一桌席，妻唱主角戲。她說：「吳書記，鐵良身體不好，這杯酒，我替他敬你。」

一仰脖，就乾了。

再倒上。「你能來家，這麼大的書記，瞧得起我小史，我感謝。再乾一杯。」

那一晚，吳書記覺得劉鐵良真是娶了個好老婆，雖然人不俊，但會體貼啊。這樣的女人讓男人多舒爽。吳書記開玩笑，問三寶的身體怎麼不好了，大梅不害羞，她嗔一眼，再嗔一眼，前一個是三寶，後一個是吳書記。「嗐，盜汗，男人盜汗，你有啥法兒。」

工作組是處級規格，三寶提個副科級，吳書記就說了算。他在那年冬天就給三寶下文了，副科級，幹事。

剛提拔沒多久，吳書記在又一次來家酒喝的宴上，遺憾地說：「工作組要撤退了，回到伊春。」吳書記問三寶願不願意跟他調回去，「你們兩口子，跟我結下了很深的感情。我還真有點捨不得你們。」吳書記說這話時都有熱淚了。

「願意啊。」三寶和史大梅幾乎異口同聲。此處不留爺，三寶都熬了多少年，副科級都沒弄上，現在的職務，是吳書記提拔的，三寶還指望跟著吳書記繼續升官發財幹革命呢。北林鎮跟伊春比，不就是個彈丸嘛，有什麼好留戀的。再說了，男兒大丈夫，志在四方。

「不過，鐵良你能跟我先調過去，小史，要等一等。」

「沒事，我這工作挺好，先幹著。等他扎了根，我再去。不著急。」

從此，三寶離開北林，跟著吳書記回伊春了。他天天寫材料，整材料，加班加點，點燈熬油。三寶吃得了這個苦，做這些，簡直就是輕車熟路。想當官，不熬著行嘛。三寶到了伊春後，回北林的日子很少，經常是吳書記催他回去，「看看小史」。

吳書記在北林時，過年過節，小史請他來家，像家人團聚。三寶來伊春，過年過節，他也到吳書記家，不同的是他提著的東西撂下，並不在人家留飯。

三寶說他不挑，他理解。吳書記對他有恩，知遇。

世事無常。吳書記被調走了，聽說是得罪了什麼人。到了一個幾乎是無所事事的部門，賦閒。三寶新來的領導像新皇帝登基一樣，一朝天子一朝臣，前朝人馬統統換掉。三寶沒有被換走，還得益於他的寡言，和表面的老實。但是從此，他也一輩子就是副科級了。副科級幹到退休。

三寶說：「我丟人啊，花白頭髮了官兒還沒有娟紅幹得大！」

# 第二十章

## 1

「坐生娘娘立生官兒」，這句民諺是詮釋娟紅的。娟紅來世時，是「臀兒生」，坐著來的。屁股先出，把產婆嚇了一大跳：「媽呀，我接了一輩子了，臀兒著來的可稀罕。這孩子，福大。富貴命。」

前面已有那麼多兄姐開路，娟紅的疊著來並沒讓母親太費事兒。母親有經驗，產婆有膽量，兩人一配合，娟紅的哭聲就響起了。落草到母親身下的草紙上，產婆沒等直腰抹汗珠，先扒開娟紅的腿。「呵，丫頭，」產婆拍打了一下娟紅的屁股，「等著你家出娘娘吧。」

母親不願意聽「丫頭」，但她願意聽「娘娘」。面對預言，她也不能不謙虛，畢竟產婆不是縣長，她說了不算。母親說：「都什麼年代了，哪兒還有娘娘！」

「哎，什麼年代沒有娘娘？從前是皇后、皇妃、官老爺的太太。現在，縣長的老婆，不是娘娘嗎？人家肩不擔擔，手不提籃，飯來張口，衣來伸手，不是娘娘是什麼？官兒大的，更是娘娘了，省長夫人、市長夫人，還有國家領導人，哪個的老婆不是娘娘？只是現在不那麼叫了，叫太太、夫人啥的。」

母親一想也對，她笑了。

娟紅的娘娘命，在她青年時期，體現得一波三折。從山上下來後，她沒辦法再上學了，是三寶求人，給隔壁的知青辦領導送煙送酒，娟紅才進了木片場，當了一名刷漆女工。

刷漆女工是廠裡最好的工種，更多的女工，要站在機器下，接木片。那臺巨龍一樣昂著長脖子吐片兒的鐵機器，突突突突，每天，男工在另一端扔進他肚子裡一根歪曲的圓木，經過粉碎，轟轟轟轟，頭這端嘩嘩吐出的，就是山崩一樣的碎木片了。龍頭下站著無數女工，兩人一組，她們掙開口袋，拚命接天下掉下的這泥石流一樣的木片屑，隨木片飛下來的，除了滾滾的灰塵，還有不斷崩飛的木渣、木節，鋪天蓋地，有時就打中誰的眼睛。女工們置身在木屑的煙塵中，雖然她們穿著工作服，戴著防塵罩，一個上午下來，機器一停，她們差不多是集體摘口罩，痛咳，集體抱著肚子，咳彎了腰。

娟紅躲過了這要命的活兒。刷漆工種相對讓她滿意，可是一個月下來，膠和漆的嗆鼻氣味也讓她罷工。她跟母親說：「頭暈，噁心。刷漆的時候，即使戴著兩個口罩，也眼睛嗆得流淚，皮膚還起疙瘩。」娟紅說：「媽，再這樣下去，還不如死了呢。」

母親也沒辦法，她說：「妳沒看見，把妳從山上辦下來，妳三哥吃奶的勁都使出來了，給妳安排個油漆工，也是他費了大勁。不怪他拚命想當官，沒有權，辦點事是難啊。」

娟紅一有事了就開始上火；一上火，脖子就起淋巴。母親著急，說：「要不，妳去妳大哥那兒看看？散散心，也看看他有沒有什麼辦法。我是不能求他的，我一開口，他就質問我當初為什麼要生這麼多孩子。這個大犢子，這輩子，是把我的口封住了。」

娟紅跑去大哥那玩，好運就來了。大哥單位的局長，一眼看中了她，讓她給兒子當媳婦。人家兒子接過父親的槍，年紀輕輕已經是勞資科長。娟紅離娘娘的命，不遠了。

婚後，娟紅確實過過一段吃喝不愁，花度不算，完全是娘娘那種無憂無慮的日子。公公的公車，經常給她們坐。李兵的下屬，也時常來家裡供俸。娘家人來省裡，到娟紅家登門，完全是晉見皇親一樣，娟紅很有面子。可是好景不長，娟紅發現了李兵作風不好，是個流氓。

是李兵兜裡的避孕工具出賣了他。娟紅像那個時代所有遇到這類問題的女人一樣，跟蹤，調查，走訪，一個叫陳紅的嫌疑人浮出水面。陳紅長得很瘦，屬於幾年後才流行起來的骨感美人。在當時，大家還叫她麻桿兒。沒想到就是這個不起眼的貨色，擄獲了丈夫的心。「黃臉老婆養漢精啊！」娟紅咬牙切齒地罵她。她決定摁李兵現形，讓他不承認都不行。

娟紅那天先到辦公室報了個到，給李兵造成她在上班的假象，然後，她就出門候著了。不久，果然李兵也出來，再然後，陳紅出來。娟紅打電話到李兵辦公室，以夫人的身份問李兵去了哪裡，同事說，他去貨庫了。娟紅的火騰地就燃燒了，她知道李兵的貨庫在哪裡，那是一處老舊的，將要拆的單元房，李兵家親戚的。裡面還有些日用傢俱。這位親戚借過李兵他爸的光兒，討好李兵，當時他們搞對象時，李兵就用過這裡。

李兵步行，手上還拎著一包東西。後面十米遠的女人，走得很慢，外人看，完全是不相干的兩個人。李兵走到樓口，停了一下，裝做要扔什麼東西的樣子，往一處廢棄的垃圾箱走去，而陳紅閃身先進了樓。

李兵在觀察，有沒有可疑情況，他沒認出娟紅。娟紅為了今天的追蹤，確實喬裝了一番。不經意間還以為她是個帥小夥兒。李兵放心大膽地上樓了。

娟紅停了下來，追了半天，她突然不知該怎麼辦了。敲門，人家打開了，兩人坐在那裡，犯法嗎？下面等，出來也是一前一後，互不認識，你拿住了什麼現形？沒有鑰匙啊。娟紅蹬蹬蹬衝上樓，樓梯落滿了灰塵，娟紅憤怒的腳步讓這些灰塵飛揚起來。她照著門用腳就踢，請「李兵畜牲」開門。

門裡沒有聲息，一點動靜都沒有。

娟紅的腳都踢疼了，更疼的是她的心，快氣蹦了。不開門，裝沒人，這是娟紅沒有想到的，她束手無策了，沒有任何工具，徒手砸門、撬門，都辦不到。

娟紅又「咚咚咚」地跑下樓，對著二樓的窗子大喊：「李兵，你出來。李兵！！！」

李兵沒出來，不知從哪家，走出來一個老太太。

老太太說：「小夥子，這裡沒人住了，你找誰呀？」

娟紅說：「有，我看到他們進去了。」

「哦，你說的是二樓那對夫妻啊，他們也不常在，只是偶爾來一下。」

娟紅一下子氣哭了，她蹲下來，人家都以夫妻相稱了，自己還傻過日子呢。娟紅哭得淚水洶湧，她一哭，老太太看出來這是個年輕女人。

也就明白了幾分。

「要不，姑娘，妳去我家坐坐？」

娟紅搖頭，蹲在那裡，她咬住牙，要死等。

大半天過去了，太陽都要落山了，裡面的人還是沒出來。「他們一輩子都不出來了？我還不信了呢。」娟紅倚樹站著，腰都疼了，那是生兒子落下的毛病。

「姑娘，回去吧。那兩個人，肯定已經從陽臺跑了。」

娟紅繞過樓房，看前面的露天陽臺，陽臺下面是個棚子，起階梯作用了。

娟紅氣紅眼了。

## 2

回到家，李兵正紮著圍裙在廚房裡做飯，看她回來，奇怪地問：「妳怎麼這麼晚才回來？」

娟紅沒說話，她鞋都沒換，「蹬蹬蹬」進到屋裡，一屁股坐到桌前的皮椅上，說：「你也進來！」

李兵明白今晚的飯是做不成了。他把圍裙攥在手裡，低著頭，坐到皮椅對面的沙發上，地位上，首先矮了一截。娟紅已把兒子送他奶奶家了，她也料到今晚審訊不會太順利，還可能要發生暴力，她怕嚇著兒子。

娟紅說：「李兵，你自己說吧。」

「說什麼？」李兵還算鎮定。

「就說你今天白天都幹什麼去了。」

「我上班呀。白天。對了，中間有事，出去了一趟。」

「去哪兒？」

「庫房。我想看看庫存情況。」

「勞資科長還要親自查看庫房情況？」

「當然了。這些不掌握，怎麼工作？」

「一人去的？沒帶個兵？」

「帶了，領導哪能光桿司令。」

「男兵、女兵啊？」

「當然是男的了。」

「一個老頭。」李兵又補充一句。

「啪——」娟紅被這份對答如流氣壞了，她說：「你還上庫房了，你的庫房就是女人的褲襠吧？」

娟紅的耳光搧得李兵紋絲未動。像沒有發生一樣，依然端坐在那裡。

李兵在思索，這種事，犯在女人手裡，挨一個耳光、兩個耳光是難免的。早挨早利索。早挨晚不挨吧。他沒有抬頭，也沒有還手。像在聽課一樣沉靜，思考。

娟紅站了起來：「你還挺鎮定，撒謊眼睛都不眨了。庫裡的貨看得怎麼樣呀？」

「還行。基本可以。」

「老頭兒讓你開心嗎？」

「馬馬虎虎。」

「啪——」又一記，打在李兵的右臉了，跟剛才的力量和手法差不多，孿生的一樣。「你在庫房裡，沒聽到敲門聲嗎？沒嚇壞了？」

這一記很疼，李兵動了一下，向裡挪了挪。他說：「娟紅，妳已經打了我倆耳光了，咱們的帳已經平了。妳懷疑我跟了什麼女人，請拿出證據。不然，妳再動手，可別說我不客氣了。」

「啪——我讓你不客氣——」娟紅還真是好身手，她像打耳光的專家一樣，受過特種兵訓練似的，說話間閃電般的第三個耳光又落在了李兵的臉上，重茬兒，疼得李兵火燒火燎。「你亂搞了，還要威脅我，不客氣？」娟紅的話沒等說完，已經急了的李兵騰地起義了，他拿出在部隊玩過的十分之一功夫，輕輕一掄，娟紅就上牆了，再一掄，「通」的一聲，娟紅又落地了。

摔得不輕。但吃驚大於疼痛：「你搞了女人，耍了流氓，還敢打我？」娟紅一個鯉魚打挺躍起來，「我跟你拚了！」

接下來娟紅的抓撓招式沒有章法，也近不了李兵的身，指甲功，必須接觸皮肉才見效，娟紅別說皮肉，就是李兵的頭髮、衣領，她都抓不牢。剛一伸手，另一隻還沒到，就被李兵兩隻捏一塊接住，給送回去了。一動腿，還沒達到預定的高度，整個身體已經人仰馬翻了。打不過，娟紅只好拿出不怕死的滾刀肉精神，李兵一次次把她甩開，她一次次發起總攻。大約有十幾個回合，娟紅發現，這樣徒手打下去，不借助於武器，她根本就是在伺候著李兵打，在給李兵搭打她的花架子。娟紅轉眼衝進廚房，再出來時，已經是菜刀在握了。

李兵撒腿就跑。

娟紅後面追砍。

娟紅的菜刀揮砍水準不算很高，幾次都能剁到李兵的後背了，甚至一隻胳膊，可是她都砍空了，驚人的只是場面，氛圍。李兵後來想老跑也不是辦法，他停下來，迎面徒手奪過刀，狠狠地擲到地上。

「耍什麼瘋啊？讓爸媽聽見！」

「聽見更好，讓他們知道知道她的好兒子！」

「妳到底想幹什麼？」

「你就說今天你都幹了什麼！」

「我願意幹什麼幹什麼，妳管不著。不願意過，離！」

這樣的話已經說出口了，看來他是不想活了。

娟紅又衝進臥室了，再出來時，她長劍在手。

這柄劍還是娟紅跟公公他們遊玩時，在新疆買下的。據說掛在屋門後，避邪。

這一次李兵拿不定是迎上去，還是再跑。房間這麼小，跑也跑不多遠。正在李兵猶豫之際，娟紅「啊」的一聲，把那柄劍，扎到自己腿上了。

李兵嚇破膽了。他慢慢地跪了下來，說：「我說。」

姦情告破，一五一十。是娟紅用自殘的方式，逼李兵交代了自己的罪行的。

突審成功，結案。

結案的結果，就是他們離婚了。

## 3

離婚後，娟紅曾求過李兵，輾轉託女友，當面託公婆，說：「看在孩子的面子上，破鏡重圓吧。」

李兵冷笑：「當初逼我，妳怎麼不看孩子的面子呢？」

破鏡重圓？破了的鏡子，從來就沒圓過！

若干年後，娟紅對我說：「天下男人都亂套了，小蜜，情人，尤其是手裡有點權的，哪個一夫一妻？可是偏偏我不饒這事，跟他死磕起來沒完，把他整跑了，妳說我不是傻嘛。」

我幫她分析：「一般的女人，嫁到有點權勢的家庭，對男人都要低眉順眼，妳卻反其道而行之，敢打李兵。這是咱媽小時候太慣著妳，把妳害了。妳沒學會受屈兒。」

「還有，那個晚上妳對李兵實行的是比國民黨渣子洞還恐怖的手段，就是一般男人，他也會心裡打定主意，待這事兒一過，就不跟妳過了。別看他當時痛哭流涕。」

「是，也對。我那時就是太傻了，缺心眼兒，一根筋。知道李兵搞了女人，我幾天晚上都不能睡覺，睜著眼睛，心都快氣崩了。現在想，那還算個事兒嗎？阻止男人別亂搞，除非把他們都劁了。幾千年國家都解決不了的問題，我卻想不開，硬碰硬。唉。其實李兵也騙了我，他當初，肯定就不是好鳥兒，而我當時還是姑娘。」

「不公平啊。我真是太傻了。」

娟紅說這些話時，已經是她離婚十年之後。十年的獨身，出門娟紅是女強人、女幹部，關起門，面對我時，娟紅沒有逃脫受過創傷的當代祥林嫂。

娟紅在亞麻廠，打字員、資料員、圖書管理員，凡適合年輕女人幹的，輕閒自在的，她都幹過。跟李兵離婚後，她用了十年功，想再成家，都未能如願。緣木求魚，鑽石取火。娟紅開始化悲痛為力量了，她念了黨校的專科，本科，利用同學之便，調到了市委總工會。離婚了，再在李兵家的天下，不自在。接下來，她又把自已搞成了研究生。研究生難度大些，要找人打通關節，提前偷題，有時，還要花錢找人替考。費大勁折騰了幾年，娟紅有了一張張響亮的文憑。文憑在手，長矛在握了。

娟紅是三十五歲那年，出任文化局長的。她經常跟公安局的、電視臺的，一起聯手，掃掃黃打打非。全市的歌舞廳、桑拿業，包括後來火爆的網路，都歸她們管。很多新興的行業像福利彩票特行一樣，是要審批的，限量的。那段時間，娟紅手中的權力，可以跟稅務、財政、交通、電臺等要害部門有一抗。娟紅也很有工作方法，隔長不短，就叫上媒體、公安各部門，突擊一下。掃蕩一次就加大一次名聲，做大表面成績。那些不懂規矩的，提前沒有打點的，都倒楣了。找人、求情、電話、遞條子，轉來轉去，娟紅經常能收到省級人物打來的電話，請她通融。當然，娟紅會給這個面子。

幾年工夫，娟紅的紅火跟當年的姥姥有一拚了，她手中的王牌，除了公安局長，還有法院院長、財稅、市政，都是本地有頭有臉的大人物。北林老家誰有了事兒，到省裡找娟紅，請娟紅幫助說句話，娟紅有的管，有的不管，不管的就不見，管的也就是打個電話的事。這時的娟紅，還那麼年輕、漂亮，稍一打扮，還能歸入少婦的行列。娟紅少年時的資本，一直節節攀升，發揮到現在。

娟紅也當過短暫的第三者，她的夢想起於楊東明，止於楊東明。那天，他叫她去，她以為是想念了，招見。特意跑髮廊做了頭髮，美容店化了很費錢也很費時的妝，然後怕壓皺了裙子，捨不得花錢打出租，城東跑到城西，站在公車裡。那時娟紅還是個小打字員。當她走進門，愣了，除了楊東明，還有人家的老婆。

女人站在男人身後，冷笑地看著她。

不對呀，天下狗男女約會，也沒有大老婆在場的呀。她正納悶，楊東明走上來，她以為他要向她解釋，誰知他胳膊掄圓了，照她臉上來了一下子，雖然屬於雷聲大雨點小，娟紅還是懵了。背後的女人看著她們，輕蔑地笑了，說：「你這軟骨頭的東西，叛徒，讓你打你還真打了。還給你吧。」她扔給了他一張紙。

楊東明拿起來，撕巴撕巴，電影上的地下黨一樣，塞到嘴裡，要生吞。

「別費那勁了，還有備份呢。今天就是考驗考驗你。」

楊東明是黨校常務副校長，雖然後來娟紅再也沒有見過他，但為了贖罪，他給娟紅當過革命軍中馬前卒。娟紅如今的地位，有他一鞍一蹬。

娟紅在我面前基本本色出演，不端局級女幹部的架子。她一人獨處時，經常非常難過，內心沒有一點快樂。當初離婚，她和李兵都爭搶孩子，協議的結果是沒爭到的一方，可以不付撫養費。娟紅不付撫養費，她的錢多得沒處可花。娟紅喜歡跟我傾訴，多年來，我成了她免費的心理醫師。因為有娟紅的幫助，我已經離開北林，調到哈爾濱區婦聯當一名婦聯女幹部了。娟紅跟我反覆唸叨的，就是說她太傻，輕易就跟李兵離了婚。「男人出了軌，女人就離婚，真是癡呆了。現在女人出牆男人都不離了，女人還這麼認真，不是腦子進水了嘛。這是個亂套的時代，誰都管不了，也管不好。你看我隔一段時間就賓館、歌廳的掃一下子，罰他們那麼多錢，有的人還丟了官，坐了監，可是，結果怎麼樣？沒什麼用。野火燒不盡，春風吹又生，斬不盡，除不絕。這男女之事，是天下最難管的事了。亙古沒見好辦法。」

娟紅沒有讀過波伏娃，但她對男人的感悟基本和波的論述一致，尤其是具體到李兵。波老太太說：「雄性的生命沒什麼用途，也不承擔什麼責任，除了短暫的性交——」波老太太上述的論斷是針對螞蟻、蜜蜂來說的，她說的是公蜂。娟紅經過延伸，就延到所有男人身上了。她發現更多的男人同李兵一樣，也都有螞蟻、公蜂的特點。娟紅十年擇婿的標準是按著貞潔忠誠來找的，最後她發現那有點像居里夫人發現鐳。

娟紅的苦惱，還不僅僅是單身，內心孤獨的問題。她還有傷心。她找母親評理：「媽，妳說，我哥他們，就算大哥當年對我有功，大嫂朱米蘭也不能訛我一輩子啊。我都跟李兵離婚了，她還求人家辦事，有事就找，有事就找，這不是打我臉嘛。還有五寶、六寶，我這個官兒，是給他們當的呀，是擔子就來撂我肩上，有了問題就得我解決，這可好，我成專職為他們服務的了。為了半天，落個好兒也行啊，我聽說，那幾個嫂子傳我，說我怎麼怎麼……。媽呀，妳說他們有良心嘛，用著妹妹，說著妹妹，有本事他們自己去當掌權啊，憑什麼使喚起我沒完啊。嗚嗚嗚……」

「我就說過，那五寶、六寶，跟當年妳那個二舅姥爺、三舅姥爺一樣，可會利用妹妹了。」

「人家我姥姥跟他們不是一個媽，我還是他們親妹妹呢。」

「唉。」

大姐小貞阻攔她：「娟紅，妳都多大了，還回來讓媽跟妳操心。媽這輩子不容易，把咱們拉拔大了，讓她省省心吧。別再給她添孬糟了。」

「讓她說吧，說說心裡痛快。」母親說。

「她痛快了，給妳堵心。娟紅從小就自私。」

## 4

小貞在三寶結婚後的第二年，也結婚了。小貞算好心有好報，她在山上吃苦受累，每年攢下的工分兒，變成錢，幫哥嫂添磚加瓦了，也贏得了「賢良」、「能幹」的好名聲。小貞跟娟紅不同，娟紅掙錢後，她的工資，都變成了皮包、皮鞋、時髦的衣裳，母親也給她立過規矩，掙了錢要交家，由母親保管。到她用時，再給她拿出來，也算取之於民用之於民。但娟紅不上當，她說不用，她現在不交，結婚時也不用媽媽來操持，兩不管，都隨便兒。

母親和娟紅的分心，就是從她掙工資開始的。母親說她上有哥姐，下有弟妹，她不向哥姐學習，也要給弟妹做榜樣吧，這樣自己掙錢自己花，各自為政，這個家不要散花兒了嗎？

娟紅說：「媽妳不知道省城，花銷大，坐一趟公車，就是幾塊錢進去了。」

母親說：「妳哥他們也都在省城，怎麼還給家郵錢？」

「我哥不是官兒嘛，我哥不是掙錢多嘛。」

「妳姐掙錢少，她還山上的知青呢，她怎麼知道節省，除了吃飯，剩下的都交家。」

「我姐呀，她是老傳統。媽，妳就別管我了，妳不跟我要，我以後結婚也不找妳要。」

母親要了多次，都沒奏效。就是從那時候起，母親說娟紅鑽到錢眼兒裡了。母親說：「沒想到這孩子這麼無情，從小最偏疼她，五個姑娘裡，一直她是老小的待遇，可她心眼這麼毒，一點都不疼人。妳看妳哥妳姐，誰回家來空過手？都是又買吃的又買穿的惦著這個家。可妳看她，吃妳喝妳行，對爸媽，對姐妹，啥時候捨得過一絲兒？」

「這孩子呀，一輩子只認錢。」

和娟紅相比，小貞確實是太孝順了。她從小能幹，長大了繼續吃苦。山上知青幾年，身上蚊子叮的包都成了荔枝皮，可她從不抱屈。上面的幾個哥哥娶媳婦，哪家的日子裡都有她的汗珠子。小貞賢慧、能幹、「會過日子」的好名聲遠播四方，傳到了李江波他媽的耳朵裡。當聽說「十公里」的山上那幫知青中，只有一個叫劉貞玉的女青年，一年到頭堅持下來滿工分時，老太太都禁不住讚歎地搖頭了：「天啊，這個姑娘真不簡單。」

李江波父親是廠長，母親是家庭婦女。但這個家庭婦女可不一般，她慧眼識人，選兒媳婦不看門庭，不要出身，只看這姑娘本人的實績。李江波母親的經驗是：當初，江波的父親就是一個窮小子，母親是農村丫頭，兩人結婚。他們這種條件的，剛建國的貯木材加工廠裡，成千上萬。為什麼後來，她的丈夫成為了廠長呢，就是女人能幹。男人強，強一個，女人強，強一窩兒。反過來，也是，爹熊熊一個，娘熊熊一窩兒。大凡養出了好兒女的家庭，都是女人能幹，在家是把能手。買駒兒看母馬，古語說的就是有道理！

李江波的母親還託人詳細打聽劉貞玉的母親。

一打聽，真不錯。家有淵源，她的母親就那麼能幹，十個孩子，養大了不殘不瞎，個個水靈，還都有工作。父親是本份人家，老實能幹，大大的良民。這樣的人家兒養出的孩子，錯不了。

應該說是小貞和母親的共同聲名讓她成功地嫁到了好人家兒，廠長的兒子啊，在北林，很不錯了。那時候，小貞每當出門，大冬天裡，她圍脖的外面都是霜花兒，鄰居的叔叔、大娘會對著她的背影指點著誇獎：「看，那就是老劉家那個大閨女，恁能幹，男人們一年到頭都得在家歇兩個工，可她，楞是能扛下四季。這麼多年，一個工都不缺！」

婚後，李江波的母親從不拿廠長夫人的派兒，她領導小貞，從勤儉節約幹起，比如吃苦在前，享受在後；男人桌上，女人桌下；一盤魚要先可著丈夫吃，自己邊緣撿撿剩菜；桌上有整雞的時候，雞翅、雞腿，最好的部位，女人永遠不要伸筷子。「女人嘴饞攢不下江山」，老太太信奉這個，也唸叨這個。

她告訴小貞，多年來，別看家裡有人來送點東西，可是攢下這一片家業，靠的還是她長年累月的吃糠嚥菜，好日子是攢出來的。

李江波的母親沒有多少文化，她幾乎是大字不識，但是生活的實踐讓她得出好多真知灼見，並成為屢試不爽的試金石。她對小貞的要求只有一條，就是在她領導下，婆媳二人，好好伺候公公和兒子，雖然李江波才是一個工人，鋸木車間拉鋸的，可是婆婆說：「當初妳公公，也是抬木頭的，就是我精心照顧，他一心工作，才當上的廠長。」

開始，小貞服從了婆婆的領導，天還不亮，她早起給全家人做飯，晚上天黑，她依然在院子裡收拾柴禾，準備明早用度。飯桌上，也是看婆婆的筷子，婆婆是她的好榜樣，筷子專門撿殘羹，小貞也就不夾肉。一段時間下來，婆婆覺得沒走眼，選對了接班人。可是小貞難受啊，在家裡，母親那，她也沒這麼委屈啊。

小貞的委屈不表露，她能忍，這都是她多年練就的功夫。忍，小貞每當遇到不順心的事，她就勸自己：忍。小貞的忍讓婆婆感動了，她跟丈夫提議：「幫小貞換個工作吧，明年也許咱家就要添孫子了，就算他媽能幹，咱也不能讓孫子受屈兒呀。幫她找個輕閒的，也好方便照顧家裡。」

公公寫了個條兒，小貞從此就結束了苦力生涯。到一家公辦的百貨商店，當出納員了。風不吹，雨不淋，公家還配發了一輛坤式二六自行車，天藍色的。小貞騎著她那輛好看的小坤車，慢行在北林的陽光下，她由過去的「老劉家能幹的閨女」，成了現在「李廠長家能幹的兒媳婦」，人們的目光，由讚許變成恭敬巴結討好了，這樣的目光，真是很舒服。小貞品嘗到了「忍」之後帶來的好日子，新舊社會兩重天啊。

小貞還慢慢地有了商業頭腦，她經常五馬倒六羊，把商店暢銷的，倒回家裡，再把家裡不用的，以貨易貨，倒回商店。知青女友的孩子吃下就吐拌兒的奶粉，她幫助拿到商店裡賣掉，女友丈夫穿著不合適的大衣，洗一洗，熨一熨，也拿到商店減價處理。那時節，她們店裡的全體女店員，人人都是最好的貿易家，她們倒來倒去，換來換去，終於把小商店，像很多工廠一樣，給搗騰黃了。

# 第二十一章

## 1

一九九〇年的時候，沙石廠黃了，貯木場黃了，木材加工廠，也黃了。北林局，就剩了機關黨委的辦公樓，一座很氣派的辦公大樓，出出進進，是機關裡的工作人員。

五寶也曾是這裡的一員，政工幹事。他的木材檢尺員被捋後，無所事事，打麻將混了一段日子。後來，廠長徐老歪突然出事，不是貪汙也不是腐敗，那年頭兒還沒有反腐一說，是他自己中風了，嘴斜眼歪，那隻好眼睛，看不清東西了。他差一年到退休，如果不是他身體出了毛病，他會幹到六十五的，因為他已是局長的後備幹部了。上面有話，後備局長，也可以幹到六十五的。

徐老歪倒了，五寶請戰友們大喝了一頓，算慶祝。其中叫上了小單的對象小趙，小趙跟小單已經離婚了，有一個兒子。小趙在酒桌上痛斥說：「他媽的，那兒子怎麼看怎麼歪！」

很多人同情小趙，也責罵小單的無情。你說你婚前就跟老歪混了那麼長時間，小趙都容你了，結了婚，有了孩子，還不完，還是隨叫隨到，哪個男的受得了這個！

「說來說去，還是那女的賤！」大夥說：「喝酒，不說她了。離了利索，男人不愁找不到女人。」

老歪倒下沒兩年，廠子就黃了。有個副廠長，一直想當廠長，他買斷，好像用了兩萬塊，廠子就歸他了，工人也歸他了。他全權地挑挑揀揀，優化組合，名兒是跟從前一樣，但手法完全不同了，廠子是他家的，自己的買賣了，不能幹的，給他送再多的煙，請他喝酒，他都不上道兒。他留下的，都是技術過硬、工種熟練的工人，男工居多，女工們，那些喜歡上班嗑瓜籽的，扯閒話的，打毛衣的，家裡孩子病、老人拖後腿的，他都請回家了。

五寶他們這樣的檢尺員，吃裡扒外的，一個不要。他用的，全是自家親戚，相當於管家。

五寶有大寶的條子，他進了局機關，當幹事。有三寶的前車之鑑，他幹得有一搭無一搭。五寶發現，想當官的人比想發財的人多多了，這個官兒，是競爭最激烈的一個行業。他覺得還是六寶說得對，發財也不錯。

五寶動賺錢的心思了。

恰逢有一天他們正在打麻將，上班時間打麻將，本很平常，可是新來了局長，要整頓，狠抓機關作風，弄出點名堂。天天白養著你們就不錯了，看看報紙，喝喝茶，有時還打打撲克，可是踩鼻子上臉，辦公室天天嘩啦嘩啦，晝夜把麻將響在機關上，連機關黨委書記都被拉下了水，玩上了癮，一天不玩，臉色兒都是灰的。開會時，他曾跑了調兒：「同志們，今天咱們開會，可不許耍賴啊，誰再打夥兒，玩鬼，偷牌，別怪我不給錢。」

哈哈哈，這笑話讓新來的局長下了狠茬兒，他要整他們一下子。動用了檢察院、派出所。這叫聚眾賭博。吉普車上跳下來人砸門那天，五寶他們都嚇出了汗，也都傻眼了，為打麻將要蹲局子，丟人啊。

罰款，交錢，放人。五寶是媳婦領回來的，她東湊西借出三千塊，把五寶贖了出來。

五寶非常內疚，平常過日子，他家就是五寶大缸灑油，他媳婦滿地撿芝麻，特別節儉，輕易不錯花一分錢。現在，為了撈丈夫，馮小芬動用了血本，還背上了外債。五寶叮囑她千萬別告訴媽，她說知道。

這幾年，母親最喜歡的人，就是五寶，五兒子了。五寶會唱歌兒，會調節家庭氣氛。在三寶跟母親硝煙四起的時候，五寶常常給母親寬心，比如唱一曲《紅燈記》〈臨行喝媽一碗酒〉——讓母親又回到了過去的時日，那貧窮但非常美好溫暖的時光。五寶還時常給母親買電影票，讓母親去看電影，那時搞一張電影票，相當於弄一輛自行車票那麼難。

五寶娶的媳婦馮小芬，是真正的賢慧，她的賢慧不像蘇麗、朱米蘭，是需要有丈夫在的，是要表演的。丈夫不在的時候，她們基本是本色出演，想說什麼話就說什麼話，有什麼臉就耷拉什麼臉，非常輕省。只有丈夫在的時候，她們的表現才很投入，下本兒。那時候，如果母親再挑剔，再說人家有什麼不好，兒子都不能容忍了。因為他們的媳婦表現得實在是天衣無縫兒。馮小芬，她不是這樣。幾個妯娌背後都說她傻，別看她長得好，缺心眼兒。五寶打麻將一次就輸個上百，而她，為一把兩毛錢的笤帚，還跟人家磨半天，能省五分是五分。現在，為了給五寶救出來，她捨出三千塊錢，還什麼都沒說，一句埋怨也沒有。這樣的女人，不窩囊嘛。

五寶回家的當晚，看著鏡子，劈手給了自己一大嘴巴：「做人不能再做這樣的人！」

五寶跟戰友小趙合夥，決定下海做生意了。北林機關也鼓勵幹部們自謀生路，別在宦海岸邊擁擠了，瞎糗了。下海撲騰撲騰，興許有更好的路。

五寶和小趙像很多北方人一樣，一下子就撲向南方了，南方的概念就是廣州。在北方人眼裡，南方遍地金條，一貓腰就可以撿。五寶和小趙在南方挨了半個月，有上頓沒下頓，小趙換了「軟飯」，他說幹什麼不是幹，總不能餓死吧。當富婆的小女婿，跟當老闆的小孫子有什麼兩樣嗎？

小趙還給五寶也介紹了一個，五寶看看那女人，再看看小趙，說：「小趙，你他媽完了。」

五寶憑著自己會唱會賭的小功夫，街頭擺了一陣兒「三張」（地上三張撲克晃來晃去，讓人們總是猜錯），騙了一點小錢。三張擺了沒半月，就被另一夥地痞給轟散了，說：「到老子的地盤搶飯，也不打個招呼。」

瘦成皮包骨的五寶，三百六十行，行行都幹遍了。小趙心疼他，說：「咱們自己開買賣吧。」五寶說：「錢，錢在哪裡？」

小趙說他會想辦法。

五寶將信將疑，開買賣，辦藥廠，主意是不錯。小趙說了，這裡的男人都喜歡喝一種藥，成本很低，價錢很高。老家那邊就可以有貨源。小趙說過幾天他籌到錢，就來找他。五寶想，富婆管吃管喝，管穿戴，可絕不會管你的錢。小趙打算哪兒去弄錢呢。

三天後就等來了小趙，還有後面一幫手持鐵棍的人，比電影上的黑幫更恐怖。小趙邊跑邊喊：「完了，快跑吧。」

五寶是後來才知道，小趙打開保險櫃偷了富婆的錢，才招來追殺之禍。跑。五寶把那些人甩開時，小趙也沒影兒了。

回家，北上。五寶用上了少年時期的童子功，兜裡沒錢買車票，扒火車回家。進車廂肯定是不行的，裡面無論你躲到哪裡，廁所、椅子底下，都會被列車員揪出來，而且會當著那麼多人的面，羞侮你，打罵你。完後，依然逃不了補票。五寶最大的困難，就是沒錢，沒有錢買票。所以別被他們抓到，別碰面，一站一站地倒，總能跑回家鄉。

五寶決定坐在車門外，沿途的火車到站時，趁車減速，他先下來，等車開動，他再上去。小趙跑向了哪裡，他不知道，也顧不得那麼多了，逃命要緊。

天氣已經很冷了，過了河北，接著是東三省，瀋陽，遼寧，黑龍江，勝利在望，考驗也在加劇。五寶掛在車門外，嘴裡呼出的熱氣，變成了身上的霧霜，霜化水，水結冰，把他凍成了一團速凍。一站又一站，列車速度形成的老北風，像一把刮骨刀，一上一下，一左一右，把五寶剮得白骨森森，後來又變成木棍在他身上沒頭沒腦地抽打。北林車站終於到了，乘務員一推車門，五寶一砣冰凍的肉一樣咕嚕到地上。

奇蹟般活下來的五寶說：「我經歷過長征啊，雪山草地算啥，我那是真正的長征。」

五寶應了「大難不死」這句話，他回來後，馮小芬從娘家籌到一筆錢，成立了北方醫藥公司，自任劉經理。五寶經常向他的戰友講述他在南方的生活，東躲西藏，變成了南征北戰；街頭橋下，是他有意地臥薪嚐膽。五寶運用了文學的才能，繪聲繪色，他把南方最後的走麥城，演繹成天降大任，捨我其誰。追著小趙要帳的，把他們看成同夥，天天逼他，要卸胳膊卸腿，他回北方，是戰略轉移。保存革命有生力量。禁受住了考驗，才有了今天的勝利。

五寶後來還認識了省裡一個拉廣告的記者，他給了他一筆錢，他幫他寫成了一本書，重點寫了這次逃亡之旅，雖然僅僅是為保命，但那個拉廣告的記者很有文才，他把這一段寫成了不朽的長征，中國版的「一個人出埃及記」。五寶很滿意，見人就發一本，是自費印刷，封面上是五寶領袖般的人頭像。

五寶給別人講這些的時候，他的一隻胳膊始終捲在懷裡，回來挎車門柄逃票時凍傷了。五寶已經像當年的三舅姥爺一樣，成了大名鼎鼎的劉拽子，因為他有錢，北林的著名大款。北林縣長出門，上飛機、下飛機，都有五寶陪在身邊。五寶勸六寶也加入他的公司吧，賣藥，比賣白粉合算，同樣高回報，卻不是高風險。

小平都說了，允許一部分人先富起來。

## 2

家庭出現兩極分化，是在幾年以後。貧窮的原因極其相似，富卻富得各有不同。大寶算富人，他黨校畢業後，奮鬥了兩年，沒進到他理想的部門，而這時候，年齡已逼近五十。審時度勢，大寶提出放棄宣傳部長之職，願意到基層去，當個企業裡的書記，和工人們一起，建設現代化，也建設美好的家園。

大寶在運作這類事情上是很有一套的，他向上邊打了報告，又在私底下走動走動，橋樑公司駐上海辦事處書記這頂烏紗，就戴成了。企業裡，書記和經理一樣的收成和待遇，大寶不動一兵一卒，每月拿起高薪，還是名正言順的。大寶的離去也讓上下級由衷地高興，倒出空兒了，再安排安排，領導手頭寬裕；退出競爭，下屬同僚也願意進步進步，挪動挪動，在歡送大寶的宴會上，大家比歡迎新領導的到來要由衷，他們也願意向主動棄權、罷賽的選手致敬。

大寶很快就是真正的富人了。

二寶也不錯，當年的鐵路流動大軍，輾轉到地方，競爭不過地方醫院，所裡開展承包，二寶當上了包工頭，妻子蘇麗是他的副經理。夫妻店，開起來同舟共濟，一心一意，不養閒人，留下來的都是技術好的，也聽話的。也就一年，他們就發了。五寶的醫藥公司，是他們的長江、大海，滾滾的財源河流。其實平時的日子裡，診所接待病人並不多，更多的時候，蘇麗幫助五寶賣藥，醫務人員，懂藥，能給患者說得頭頭是道。那時剛剛有了保健品，富裕了有點錢的人都想長壽、不朽，或者，多些人生的快樂。保健品、補品，只要起得出一個名目，都賣得很火，像後來的建材市場，供不應求。二寶他們診所與其說是醫院，不如說是五寶公司的一個醫藥商店。

賣藥確實比賣別的發家。

不過也不是人人都發，也有好多倒閉的，罰關張的。五寶能做大，更多得益於娟紅的庇護。娟紅在省裡，人熟路子廣，批文是她幫跑的，一有風吹草動，娟紅還讓他早做準備。五寶出手大方，娟紅家的高級音響、新房裝修的歐式廚櫃，都是五寶的獻禮。在他們共同發財的日子裡，一度兄妹情深。那時候，家庭的貧富對壘已經非常明顯了，什麼階級說什麼話，什麼種子開什麼花。大姐小貞，最常說的是：「別看他們都幫娟紅唬，那是看娟紅有用，能辦事。等娟紅沒權了，看他們還認識她老幾。」

小鳳說：「老母豬拱地，五寶跟我們窮人光憑嘴兒。」小鳳說同在省城，五寶去娟紅家，就沒空過手兒，而到她這兒呢，頂多是孩子玩的什麼紙風車兒。「哼，為富不仁。」

娟紅和五寶鬧翻，原因是分贓不均。娟紅認為五寶心眼兒太多，給她那點，九牛一毛，毛毛雨都不算。五寶認為娟紅太貪，貪得無厭，比外人胃口還大。娟紅覺得五寶沒良心，過河拆橋，現用現交。五寶說一個自家的妹妹也要像外人那樣端著架子，等你一應的禮數，累死人。娟紅跟母親說：「我一女的，是，處級，算個官兒。可是上次為了五寶批文的事兒跑北京，北京啊，那可是浪大水深的地方，我個芝麻粒兒算什麼，連滴露珠都算不上。拿錢請人吃飯，都摸不著門。送禮，人家北京的官兒可不是土包子，吃過，見過，三瓜倆棗眼皮兒都不撩。他五寶知不知道，那次辦事我費了多大勁兒，搭進去了什麼！哼，批文下來了，他一轉臉，就沒事了。以為我不知道？那張紙一轉手可就是上百萬啊。哼，還說我心黑，我看他的心肝兒都綠了，做了商人，就不是人了，更別說當你哥了。」

母親說：「妳不會不給他辦。」

「不辦？妳可知他那兩片嘴，能把活人說死，死人說活。五寶的嘴兒最巧了，不知跟誰學的。」

「娟紅，妳也是無利不起三分早。」

「媽，妳這樣說可不公了。我是他妹妹，能眼睜睜看他傾家蕩產？妳不知五寶的心眼兒有多多。」

「也是，五寶跟當年的妳二舅姥爺一樣，二舅姥爺當年最能拿妹妹白使了，餿主意都是他出的，妳三舅姥爺跟著幹。當年妳姥姥的光兒可沒少讓他們借。」

娟紅不吭聲了。姥姥當過樂戶，而自己現在是堂堂的政府幹部。母親總是一說五寶就想起他們，娟紅覺得事兒雖然差不多，可是不能比，不好聽。

小貞跟娟紅一樣，也經常回來找母親訴苦。她當年五馬六羊地把集體商店搗騰黃了之後，做了一陣個體服裝商販，後木板門市被扒，她和丈夫李江波，又烤肉串、賣餛飩。這時她的公公已不是廠長了，丈夫也不是車間主任了，北林木材枯竭，全體老少都下崗。她們去省城找生活，修自行車，賣「一抹淨」，哪一行，最後都以城管隊員的追逃而終止。最後的穩定，是小貞婆婆拿出保命錢，給她們投了本兒，買下四平米門市，賣粥。

一般的時候，小貞沒有具體案情，只說感覺。「媽，朱米蘭最勢利眼了，從前，我公公是廠長那會兒，朱米蘭見了我，都是遠接近送的，還總是誇我『小貞最能幹』、『小貞最賢慧』。現在呢，見了我，馬上把臉扭到一邊，裝做沒看見，像我小貞要求她、借她似的。」

「還有蘇麗，也不是個東西，有倆錢兒就人闊臉變了。那天碰見她，堵著門和我說話，好像我進了屋就會吃她們家飯似的。我自己有粥鋪。沒敢讓我進屋，堵著門和我說話，夠意思嗎？我看她們就是太毒了，嫌貧愛富，拿我小貞不當人。忘了當年我苦巴苦業地在山上為他們掙錢攢媳婦了。唉，富了就不認人了。」

「人敬有的，狗咬醜的。」母親勸她說，「古語不是說了嘛，窮在街頭無人問，富在深山有遠親。

小貞，妳就長點志氣，咱人窮，志不短。以後少往人家跟前湊，就當看不見她們。傲著點兒。」

「我也不是有意湊，不是碰見了嘛。蘇麗就怕我吃她們家飯。」

「一頓飯，唉，怎麼弄得像趕人家飯碗的王米糧似的。」

母親不經意的話傷了小貞的心，小貞的眼睛一下子立起來，母親自知失口，忙說：「六〇年那會兒，咱家那麼窮，一大鍋水，裡面不超過十粒米，全是野菜、樹皮，我照樣把你們餵活。小貞，比起那時候，日子好多了。不過妳放心，等我見了你哥他們，我要說說他們，讓他們教育教育自己的媳婦，別有倆錢，都不知姓什麼了。」

## 3

過年的時候，北林的小平房，擁擠而熱鬧。雖然背後各告各的狀，當面，大家還是一團和氣的，該叫哥叫哥，該叫嫂叫嫂。朱米蘭還給小貞買了一條圍脖兒，小貞回送給侄子一副手套。蘇麗比朱米蘭更大方，她總是出手不凡，她給全家都買了禮物，公婆是隆重的皮製品，小姑小叔，也都因人而異。史大梅跟母親已經和好了，遠香近臭，他們全家搬到伊春後，再回來時，總是一家三口（他們已從外地抱養了一個男孩，看樣子是打算跟三寶生死一生了）。吃過餃子，收拾了年夜飯，大家休息下來的時候，聊天嘮嗑的陣營裡，又分出階級來了。

娟紅跟我算一組，她說：「這一個女人要是能逮住一個好男人，是她人生中最大的一注彩。錢都是二寶掙的，人都讓蘇麗交下了。」娟紅這話我明白主要是針對蘇麗的，對蘇麗的婚姻有感而發。蘇麗跟鐵民哪兒都不般配，可是她卻能讓鐵民死心塌地對她好一生，還忠心耿耿。

蘇麗一輩子都沒為男人吃過醋，跟蹤盯梢兒這類女人差不多都要受過的折磨，蘇麗一直沒嘗過，不知她有什麼功夫。這麼多年，鐵民掙的每一分錢，都原原本本交到蘇麗手上。偶爾出差，鐵民為了省銀子，他不捨得買臥鋪，更不捨得給列車員賄錢，沒座就站著，五十多歲的人，能一直從東北站到西北。鐵民的一生，有兩個硬指標，一是在他的手上，花出的人民幣不超出一千塊。二是雖然儀表堂堂，很多女病人都喜歡找他看病，可他絕對沒染過妻子以外的女人。

就這兩點，把娟紅羨慕了一生，也嫉妒了一生。

聊天小組都是小聲的，竊語的。史大梅雖然跟母親和好了，可她不忘當年恥，跟兩個妯娌在一起的時候，還是抱怨：「哼，老太太就是護著姑娘，姑娘怎麼都好，我們怎麼都不好。再不好，我們可有丈夫，有家庭啊，她姑娘呢，再好，一個一個都單著，那娟紅能耐多大，不也照樣沒丈夫。」

「是，老太太就這上堵不了別人的嘴，心裡短著呢。」朱米蘭和蘇麗異口同聲。

大寶知道女人們在一起沒好話，可是這個弊端又無法根除，過年，就是要全家團聚的，團聚，就人多嘴雜，各有各的曲兒。大寶怕母親看媳婦們在一起嘀咕，不快，他陪母親打起了麻將，兄弟三個加母親，動輸贏的，母親拿出當年的威風，贏了三個兒子。

他們都輸得心服口服，說母親是佘太君在世。

休息的時候，大寶跟母親聊天，他聊起當年帶著朱米蘭去看姥姥。當時姥姥還不到七十歲，看疼過的「大狼」沒忘記她，給她買了這麼多好吃的，姥姥高興得踮著小腳裡外地小蹦小跳，為他們張羅飯菜，下午帶領孫媳婦出門扯料子。姥姥手裡有多少錢，大家不知道，但都知道她長年不做飯，叫館子，買點心，是姥姥的日常生活。從前，每當母親來，帶著孩子回娘家，也是扯料子，做衣裳，吃館子，這成了姥姥的三大件。雖然過後她會抱怨，會數落誰誰沒良心，再來，還是這一套，不花錢，不盡意。

大寶說那次他就有心打聽一下大舅姥爺，那時聽說他還沒死，大寶表示了要去認認門。姥姥一聽就勃然變臉，說：「你是個官兒迷吧，要找舅姥爺求個什麼官？」

大寶沒有回答問題，他只說：「想拜訪一下。」

姥姥又冷笑了，說：「小寶子，你是不是你媽派來的探子？要問什麼？告訴你，死了那個心，你大舅姥爺，我權當沒這個人！」

姥姥弄得鐵漢很下不來臺，特別是當著媳婦的面。那一次，鐵漢走後，再沒來。二寶帶媳婦蘇麗再去時，姥姥對鐵民說：「二狼啊，你可別學大狼，好吃好喝，還給他媳婦扯了衣裳，就因為我說了他兩句，這一走，肉包子打狗，再也沒見影兒。媳婦跟他一道號的，騙吃騙喝，騙點東西拉倒。」

鐵民說：「姥姥啊，我不騙妳吃也不要妳喝，妳想吃什麼我都給妳買。妳就跟我說說當年的事兒。妳和我媽。」

「幹什麼？查戶口？」

「姥姥，妳不總說養我媽長大不容易嗎，飲水思源，我是想聽聽妳當年的不容易。」

「那是，你媽抱來，沒有奶，是我一口粥一口粥餵大的。沒有我，你媽早餓死了。沒你媽，哪有你們。沒你們，哪會有現在的媳婦、將來的子孫？我對你們家，可是有大功的。」

「那是，姥姥，我們都多虧了妳。」

「告訴你，你們這一幫兒，包括你們的媳婦，都得感謝我。沒我，沒你媽。」姥姥轉向了蘇麗，「沒我救活妳婆婆，妳婆婆哪兒生下這麼壯的小子，沒我將就他們長大，妳哪兒找這麼條條順順的小夥子去——打著燈籠也難找啊。」

「是啊，姥姥，不但蘇麗要感謝妳，將來我們的兒子、兒子的兒子，子子孫孫，祖祖輩輩，都要感謝妳。沒妳，就沒我們這些革命後來人啊。」

「小二寶子，就你嘴貧。跟姥姥逗悶子呢。」

大寶跟母親說，無論是他還是二寶，都跟姥姥探過口風，可是說別的行，一扯身世，姥姥就是個翻臉，一點情面都不留。

說這些話的時候，母親、父親、大哥、二哥，還有五寶，都坐在北林老家的小火炕上，暖屋，熱炕，當年的毛頭小子們，都長大了。五寶為讓母親高興，還扯開嗓門唱了一首歌，當年的〈臨行喝媽一碗酒〉不喜慶，五寶換成〈革命人永遠是年輕〉——「**革命人永遠是年輕／它好比大松樹冬夏常青／它不怕風吹和雨打／也不怕天寒和地凍……**」五寶載歌載舞，端起肩膀像松樹那樣左右搖擺，逗得母親喜悅地笑，父親也在一旁樂呵呵。母親說，她這一輩子，知足。唯一的一點缺憾，就是——

大家就沉默了。

這些年，母親曾數次去找過姥姥，跟姥姥談心，深入淺出講道理。可是每次，姥姥的回答都讓她傷透了心。姥姥說：「妳沒有媽，當時抱妳的只有一個老頭，也不像妳爸。妳想呀，妳才那麼點，那個老頭都六十多歲了，抽大煙兒的，沒錢，就抱著妳賣，妳不定是第幾手了呢。」

「那個老頭總有名有姓吧，妳告訴我他叫什麼，我一個一個問，總能問出來。」

「沒幾天他就死了嘛，抽死的。當時買妳，他渾身上下沒有四兩骨頭，玉米秸棨的人兒一樣，能不死嘛。」

「媽，我都一把年紀了，找到親生，也不會離開妳。妳怎麼就別不過這個勁兒呢？」

「哼，妳找妳媽，我還找我媽呢。六十多年了，我都沒找見我媽秋紅，我現在做夢還記著她的眉眼兒。」說起自己，姥姥還拭起了淚。「那時，我可比妳能耐大，找人動用過警署，妳大舅那時官兒也不小，都沒找著。人找人，難死人。我媽當天可能就被折磨死了。」

「媽，妳好歹還知道妳媽什麼樣兒，我呢，壓根就不知道自己是怎麼回事！」母親淚閃。

「反正我給妳造不出個媽來！」姥姥怨怒。

那時，每次從姥姥那兒回來，母親都發誓：「這輩子，我就當自個兒是石頭窠兒裡蹦出來的吧！」

4

「六十三，鯉魚跳沙灘。」母親是六十三這年，有恙的。魚也放了，福也祈了，可是母親突然地，病倒了。

病倒後的母親，忽然憔悴了很多。有一陣，大家來看望她，安慰母親別著急，會好的。母親看著窗外的藍天，說：「我不是怕死，活多長是長？生死是命裡註定的。我不甘的是，我這輩子，就這麼糊裡糊塗的了？」

大家都明白母親指的是什麼。

二寶說：「媽，妳放心，等妳好了，我背妳去哈爾濱。姥姥再不開口，我給她上老虎凳、竹籤子，不信她比江姐嘴還硬。實在不行，我把小腳老太太吊起來，只要妳不心疼就行。」

母親被逗笑了，眼裡湧出幸福的淚花。她說：「最懂我的，就是二兒子。比你爸都理解我。」

這其中，母親危重過兩次，醫院裡的電腦就像印鈔機，「嘩嘩嘩」流進去，「嘩嘩嘩」流出來，輸進去的是錢，印出來的是帳單。我看著上面密麻麻重複的藥品，說：「咱媽哪用過這麼多藥啊，昨天整天我都在，根本就沒打過什麼白蛋白。我要找醫院理論去。」

娟紅攔住了我，說：「算了吧，媽還要在這兒住著呢，這也算最好的醫院了，得罪了個別醫生，給媽罪受。再說了，五寶他們這麼多年，賣藥公司，賺了不少黑心錢，媽吃這點虧兒，也算老天的平衡吧。」

還好，母親很快就恢復起來了，能吃東西了，說話氣足了，出院那天，除了瘦些，一切都一如從前。

母親再去哈爾濱，她沒有採納二寶的老虎凳計策，而是打算用「懷柔」。這一次，母親帶上了父親，父親背上姥姥最愛吃的豬頭，整隻豬頭、一副豬蹄兒、豬下水，這都是父親半夜三更，用一根兒老朽的木頭，慢慢燉，慢慢熬，一點一點煨爛的。鹹香的滋味全部烀進豬頭裡，又慢慢向外延，滲得人聞了就要流口水。母親已經想好了，這一次，一定要以攻心為主，兼施好脾氣，姥姥再急，再翻臉，她也不跟她硬頂硬。

以柔克剛，哄死人不償命。

這時的姥姥，已經八十多了，國家領導人的年齡，國家領導人的身板，不聾不花，一口燦爛的假牙，吃什麼都不懼，咬鋼嚼鐵。看母親率領父親背來的整個兒豬頭，姥姥眉開眼笑，她說：「小連生！」母親說：「我都多大了，老太太了，媽妳還叫我小連生啊。」姥姥說：「妳多大，在我眼前兒也是連生，叫妳小名兒，是改不了的。」

姥姥說：「小連生，妳這麼孝敬我，那點小心思，我還不知道？還把慶林搬來了，妳為什麼來，我心明鏡兒似的。妳剛有漢子那會兒，心裡可沒我，三年五載，都不想我這個媽，屋裡有漢子，懷裡有孩子，其他，妳什麼都不認。現在，妳三番五次，顛顛兒地總來，還背來了這麼多好吃喝兒，不就是想從我嘴裡套話嘛。」

母親說：「媽，妳老人家火眼金睛，我也不說別的，就等妳話兒了。」

「什麼話兒？實的我說了妳不信，假的妳讓我編瞎話兒？」

「妳不說，我也有辦法。他三舅姥爺家的地址都被我打聽出來了。」

「聽說他癱了，但還不糊塗。」母親突然使詐。

姥姥一下子變了臉：「小連生，妳還真能打聽，都打聽到那去了。妳是要把我的老臉丟盡吶。好，妳不嫌寒磣，我就實話告訴妳，妳是大姑娘養的，妳媽當時是個窮人家的姑娘，被人給壞了，有了妳，沒臉養，生出來就送人了。送來送去，轉到我這兒都是一個老頭兒了，他抽大煙兒，養不活妳，又扔到我屋簷兒下，我就撿起了妳。」

「那個大姑娘叫什麼名字呢？」母親忍氣吞聲，像嘮別人的家常一樣，儘量不動聲色。

「沒名，不知道。哪個大姑娘有了這種事，還有臉留名呢。」

「沒臉留並不等於她沒名，總是要有名有姓的。」

「有名有姓也沒用，聽說後來給人當了小，沒幾天，就被那男的給折磨死了。」

「人死了，還哪兒找去！」姥姥的眼皮耷拉下來了，這就是免戰牌，不打算理你了。

這一次，母親沒有吵翻即走，她改變了戰略，讓父親先回了，她似乎打算長住沙家浜了。姥姥還很高興，第二天，母親早早地起，她說出去給姥姥買點心，道外區，有姥姥熱捧了一輩子的「老鼎峰」。早餐由自己的姑娘去買，雖然這個姑娘也已是老太太了，姥姥升起了一種久違的幸福，恍若隔世。那個穿著小皮靴、機靈又調皮的小姑娘，一晃兒，已追她的年齡了。姥姥在如夢似幻中，等得太陽老高了，這早餐怎麼還沒回來？

母親是一路車一路車地倒，一公交站一公交站地換，她的目的地是老南崗區，那是她上次來，鄰居聾老太太告訴她的。母親已經把地址，牢牢印記在心了，她一條街一條街看去，仰著脖子一個號牌一個號牌地數，她的手裡還提著雙份點心，如果找到了，她想撂下一份。雖然姥姥從沒讓她見過這個三舅，但一想到這個人，母親竟然鼻子發酸。

可是走了三個來回，沒有。

母親試著敲開一戶一樓的房門，開門人是個老頭兒，他聽了母親打聽的那個地址，歪著頭想了半天，說：「哦，姑娘，那是解放前的叫法了。現在早扒了。」

因為那聲「姑娘」，母親的鼻子又酸了一下，她把點心留了一份給那老人。

回到家，已中午了。母親知道會有一場硬仗等著她打，果然，姥姥不問她去了哪裡，而是叉開兩隻小腳，篤篤定定地看著她，等著她，那意思，自己交代吧。

母親也不驚慌，回來的路上她都想好了，那是一種絕望的想好。母親說：「我見過三舅了。」說完，也篤篤定定地看著姥姥，等姥姥的反應。

姥姥的手已經接過了那包點心，那是她熱愛了一生的、吃了一輩子都沒厭倦的正宗「老鼎峰」。姥姥聽了母親的話，有過一秒鐘的猶豫，兩秒，三秒，然後，姥姥加上了另一隻手，雙手掄鏈球一樣，把「老鼎峰」轉半圈狠狠擲了出去。圓點心像木質棋子一樣，軲軲轆轆，在母親的臉上、身上，炸開了。

母親沒動，她說：「媽，我實話告訴妳，我沒見到三舅，我去晚了，他前天剛剛嚥氣。」

母親又說：「如果敲開妳腦殼能知道我是從哪兒來的，媽，我真想敲破妳的腦殼！」

# 第二十二章

「六十六，閻羅大王請吃肉。」母親是六十六這年走的，為這壽，全家買了一口許願豬，但是那年冬天，母親再也沒有起來。

知道母親得了癌症，父親悲聲大哭，他的哭聲驚動了鄰居，也驚醒了母親。母親對他說：「老劉，有你這一頓哭，我會笑著閉上眼睛的。從前，我一直害怕你心裡只有蕭蘭。」

父親哭得直晃頭。

「等我走了，你盡可以再找一伴兒，老話說，滿堂兒女不如半路夫妻。聽說蕭蘭也離了，你就把她接來住吧。她心裡一直有你，這個我知道。」

父親說：「別說了。當著孩子的面，瞎說什麼呢。」

母親笑了。母親的笑像冬日的陽光，乾爽明亮。

母親又說：「把你姥姥也接來吧。」

「我想再看看她。」

# 尾聲

母親去世後，我像得了幽閉症。生完小雪時，我就有過長時間的憂鬱，那時我對孫衛東施用賈楠傳授的女子防身術，使夫妻間的功課常常變成了他一個人的自習。孫衛東非常惱火，怒火萬丈的他，沒多久，就給我下了一紙休書。母親去世，孫衛東來到我家，在我無聲大哭的日子裡，他站在了我身後，擁住我。這一次，我沒有推開他。

我現在是一名婦聯女幹部，兼計生委員。無論是從前的幼兒教師，還是現在女幹部，都是我討厭的職業。我既不喜歡把手指放到頭上做小兔子狀，更不願意天天面對哭啼的秦香蓮。追逃藏匿的懷孕婦女，更非我的長項。我曾經的理想，是樂池裡那個美妙的首席小提琴手，黑紗長裙，皙指白頸，坐在音樂的世界裡。可是現在看，這個夢，可能得下輩子了。

白天的工作就是混，只有夜晚來臨，我無用的身體變成了我精神棲居的聖殿，讀書，寫作，自給自足。在這方靜謐的樂土故園，我開始書寫母親的故事：

母親曾跟我說過一個細節，屋簷兒滴著水，雨停了，光著身子的姨娘依然光著腳站在房簷下，寒冷使她的身子光潔得像大理石，偶滴的雨水到她身上一砸，她一哆嗦，雨滴落珠一樣流掉了。

她是被老爺撵出來的，晚上九點多，站到現在的三更天，不准穿衣服，是對她嘴巴不牢的懲罰。因為白天，來家玩的母親，讓她歡喜得昏了頭，她說：「連生呀，管我叫媽媽吧。」

抱養的孩子最忌真相，許多人為此不惜遠走他鄉，隱姓埋名。母親輕易就聽到這句話了，雖然那時，她還太小，對自己的身世還不感興趣，可她隨便就聽到了這句話，並講給了那個老頭兒聽……

脫光衣服，光腳，站到屋簷下，淋雨，重病，咳血……姨娘不久就死了。

我猜想，那個早逝的姨娘，是不是就是母親尋找了一生的母親？燈下黑是人常有的事。那麼，生父又是誰呢？——有一天，小鳳閒聊時對我說，她們廠的女工，都瘋了，瘋什麼呢，那個收購她們廠的資本家，叫川口什麼郎，說他的爺爺來中國了，懸賞十萬，找一個叫柳如花的姑娘。小鳳說她們好多人，麻將都不打了，天天到處打聽，誰叫柳如花……

母親的故事被我寫得斷斷續續，那天晚上，我又真切地夢見了母親，母親還是當初領著大家夥兒，糊火柴盒時的模樣。五寶、六寶累了，母親讓他們歇一會兒，唱唱歌兒。五寶、六寶歡呼，家庭歌會就又開始了。唱歌兒可以緩解疲勞，又能鼓舞士氣，母親真有辦法。〈黃河大河唱〉的二部輪，幾個孩子唱出了氣勢，五寶是以漿糊刷當道具，腳下站成丁字步。六寶呢，他調門兒高，一唱就跑調兒，把大夥兒都拐跑了。他的洋相讓我和英子笑噴了堂，在大家都盡興了，唱夠了，母親壓軸，還是她喜歡的那首〈松花江上〉：

我的家，在東北松花江上。
那裡有，森林煤礦，
還有那，滿山遍野的大豆高粱。
我的家，在東北松花江上，
那裡有，我的同胞，
還有那，衰老的爹娘。
「九一八」，「九一八」，
從那個悲慘的時候，
脫離了我的家鄉，
拋棄那無盡的寶藏，
流浪！流浪！！
哪年，哪月，
才能夠回到我那可愛的故鄉？
哪年，哪月，

才能夠收回那，無盡的寶藏。
爹娘啊，爹娘啊，
什麼時候，
才能歡聚一堂？

——創作於二〇〇六年
——二〇二二年四月二十日修訂

貓空－中國當代文學典藏叢書8　PG2810

# 黑土地上的兒女

作　　者　曹明霞
責任編輯　孟人玉
圖文排版　黃莉珊
封面設計　陳香穎

出版策劃　釀出版
製作發行　秀威資訊科技股份有限公司
114 台北市內湖區瑞光路76巷65號1樓
電話：+886-2-2796-3638　傳真：+886-2-2796-1377
服務信箱：service@showwe.com.tw
http://www.showwe.com.tw
郵政劃撥　19563868　戶名：秀威資訊科技股份有限公司
展售門市　國家書店【松江門市】
104 台北市中山區松江路209號1樓
電話：+886-2-2518-0207　傳真：+886-2-2518-0778
網路訂購　秀威網路書店：https://store.showwe.tw
國家網路書店：https://www.govbooks.com.tw
法律顧問　毛國樑　律師
總 經 銷　聯合發行股份有限公司
231新北市新店區寶橋路235巷6弄6號4F
電話：+886-2-2917-8022　傳真：+886-2-2915-6275

出版日期　2022年11月　BOD一版
定　　價　420元



讀者回函卡

**Printed in Taiwan**

國家圖書館出版品預行編目

黑土地上的兒女 / 曹明霞著. -- 一版. -- 臺北市
: 釀出版, 2022.11
面； 公分. -- (貓空-中國當代文學典藏叢書 ; 8)
BOD版
ISBN 978-986-445-729-8 (平裝)

857.7 111014543